少年不为青春留

祁镇平 著

让爱情像雪花一样飘向远方，落到你肩膀，融化在心间

"……头发起风了

吹起一个没有结局的故事

那片发红的叶子

随风流浪……"

敦煌文艺出版社

图书在版编目（CIP）数据

青春不为少年留 / 祁镇平著. -- 兰州：敦煌文艺
出版社，2017.3（2022.1重印）
　　ISBN 978-7-5468-1037-9

　　Ⅰ．①青… Ⅱ．①祁… Ⅲ．①长篇小说－中国－当代
Ⅳ．①I247.5

中国版本图书馆CIP数据核字（2017）第043991号

青春不为少年留

祁镇平　著

责任编辑：张　桐
装帧设计：石　璞

敦煌文艺出版社出版、发行
本社地址：（730030）兰州市城关区读者大道568号
本社邮箱：dunhuangwenyi1958@163.com
本社博客（新浪）：http://blog.sina.com.cn/lujiangsenlin
本社微博（新浪）：http://weibo.com/1614982974
0931-8773084（编辑部）　　　0931-8773235（发行部）

北京一鑫印务有限责任公司印刷
开本 787 毫米×1092 毫米　1/16　印张 18.25　插页1　字数273 千
2017 年 3 月第 1 版　2022 年 1 月第 2 次印刷
印数：2 001～4 000

ISBN 978-7-5468-1037-9
定价：58.00元

■ 姚学礼

　　丙申年冬至，祁镇平将《青春不为少年留》的定稿送给我，这部即将付梓的长篇小说就等我的序言。暮色下的平凉西门坡，车流熙攘，北风渐寒。祁镇平站在路边与我对唔，他谈吐有致，显出平凉人的沉朴和机智。简短讲述中不时露出独到见解，竟比一般人高了几分。令我赞许的是他能将身边事以小说的方式表达到甚好。在我的的经验里，一个不会细节描写的作家和一个面对现实不能记实描述的人成不了小说行当里的大家，或者说这些人的才能不在这方面。祁镇平是我称许的记实作者，他将青少年在平凉和庆阳校园及毕业后的创业生活展现出来，使读者从文本上近距离看到曾经发生的故事。这对本地人特别是青年学生来讲就有亲和力。

　　《青春不为少年留》触及的平凉青春不是宏大事件。披阅其作，在平静中写平常人物，在平常中写平凡事情，在平凡中写平凉故事，用平凉故事写平凉学生的一段生存状态。时间是上世纪90年代至今的平凉当代，正是小说人物从青春少年到青春成熟的时期。这段时间他抹不去，挥不掉，就将历历在心的经历付诸笔端，安妥了自己的少年心，也为我

们打开了平凉的记忆场景。

小说描写的是平凉三流高中的学生，在青春躁动中伙同同学胡打胡闹，带着对未来的朦胧期盼和眼前的世事迷惘，同时又有着充沛精力和强烈欲望。青春的激情和敏感使第一人称的"我"与女生方媛的苦涩而甜蜜的感触，发生了校园中常见的目视或语言交流，这本是正常的少年本能，但能与同学打架、吵嘴、分离联系在一起，却多了份情趣。因为一副挂历、一次敦煌之旅，产生了去埃及、去巴塞罗那、罗马、巴黎圣母院，在尼罗河上考察人类文化遗迹的向往。当怀揣美好梦想的平凉学子一毕业，前程似锦变成了前途自创。匆匆几年物是人非，岁岁花相似，年年人不同。女生方媛实现了梦想在埃及有约，而更多同学有的鱼翔浅底、蹀躞街头；有的鹰击长空，颇为自得。而主人公却默默无闻心围一个中学按时就班的从事舌教。一切来得突然，一切都平常发生。回顾往事，青春不在。身为教师的祁泾平就以怀旧将自己所历所记。

这本长篇小说给读者呈现了一种平凉意识：过去的平凉是什么？这是平凉吗？我们生活在平凉吗？这些问题总在长居平凉的人心里发出不同思动。这种意识立足地的发问是一种平凉乡愁，离开的人愁，未离世的人愁。愁是一种怀思，愁是一种依恋，愁是一种着急和欲望。作者是通过一伙小青年关于理想、关于读书、关于未来而与本土本人发生的思想自唔。小说一连串的小故事小冲突无不打上平凉人的生存烙印。

平凉这个历史古老的边关小城，当今在贫困欠发达的黄土沟壑中总传承一种农耕意识的小农观念，这种观念顽固地长期存在并不轻易失去。非但如此，还强大地试图改变网络时代的创新。老百姓喜欢或忍耐的事情，均不从乡党观念而取舍。毫不例外，在少年同学之间也以相好的同学形成亲疏关系。在家长、老师、社会环境中所塑造的平凉人在平凉背景是什么、前景是什么、远景是什么中选择自己的努力方向。主人公都在青春期坚持平凉的味道：吃苦、熬日子、善良、充满希望、互助而忍耐，以及无法摆脱的平凉人不尿平凉人，认老乡，给老乡办事……

他们都在坚持梦想：走出成为被平凉才肯定的人。作者以"远方的理想"为精神线索，给书中人物不时展示远方有什么。不仅是风景形象，重要的是精神和意志，神秘与浪漫气息，那种英雄事业。方媛不是英雄，但她是陇东人的羡慕对象。当她在埃及与平凉老同学发来信息，这是一种青春期的圆梦。作者是肯定这种不畏艰难曲折、勇往直前的。以陇东人的智慧而在异乡取得成绩，方媛是平凉故事和平凉人品的凸现。

宋代词人秦观在《江城子》中有"韶华不为少年留，恨悠悠，几时休"之句。作者改"韶华"为"青春"，以表达自己的"青春不为少年留，疾风残照映白首"。青春一去不复返，今日须眉非少年，"却把韶华酬"。美妙时光不会永远留在少年身上，人永远不会活在青春里。青春是一个短暂的人生过程，有春天也有夏天、秋天和冬天。生命的过程如同一朵花的开放和凋落，似一枚果子的稚嫩、成熟及坠落，这是无可奈何的事情。在不知不觉中，一个少年变成青年，青年变成中年，然后慢慢老死。岁月如流，生命苦短，人生百年，一如昨日梦。祁泾平与秦观的感慨是一样的，唯有把握今日，抓住当前，莫失机遇，不放弃眼前。就像同学方媛，为了梦想去坚持奋斗，唯有不息奋斗，这才是人生青春的意义。在这本小说中，陇东学子追寻梦想的过程是苦涩的，即读书知道了什么，又产生了迷惘，但躁动不安，总想甜蜜美好的前途是在远方和未来，不把身边看重。远方是什么，未来是什么，也许是一个风景，一个故事的美好，就去奋斗。方媛去奋斗了，克服挫折，经历艰险，或碰壁还是达到了。而更多学生在读书听课时，对未来充满希望和激情。可毕业后，书本与现实不一样，现实原来这样不近人情，不入常理，不照书上去做。学生们就在这片故土上寻觅，几番瞎折腾后使梦成为了"天亮"，只好适应这个社会环境。一些努力得放弃，徘徊、犹豫、焦虑、失望、发愁、流泪、无奈、忍受。耐活着成为适应者，变成真正的平凉人，这是多么可叹可悲的变化。单纯、率真、激情和上进的平凉学子，在现实中随年岁增长，陇东人的那些阳刚、淳朴、憨厚在变味道后才活得起来，而那些偏执、嫉妒、胸怀狭小、阴暗、冷漠无情、舔肥欺瘦及拍马溜须也成为本书表达的青春无法留住。青春如斯失去，少年变白首，天各一方的方媛与祁泾平以及老同学们各自适应平凉人的各种态势而成为其中一员，这就是本书的核心意义。

作者是陇东人，对本土方言土语和文史很熟悉，书中人物对话皆以方言出现。读来亲和真切，毫无书本普通用语，颇具地方活力。对平凉文史作者也多评述，使本书地域特色入微。特别对拆掉的明城墙、毁古碑、平凉名字的来历、黄帝问道的时间、广成子是人是仙等等的质疑，加重了本书的乡土教育作用。其三是对平凉人心理特质的自我剖露，将"我"的性格中对风俗的抗争，被生活习惯熏陶的孤独写得逼真。这些都展示了：一、平凉人守本开新；二、本人精神的传承；三、平凉人的生命力和平凉精神。将农耕社会中平凉人在新时代的心灵变化静静交待出来，使读者受益，由读者去品去评。

丙申年冬至于西门坡

（姚学礼，中国作家协会会员，作家。曾任甘肃省作家协会副主席、平凉市文联主席、平凉市作家协会主席）

壹

我和方媛扯上关系，是从一次桃色事件开始的。或者说，方媛憎恨我，是从一次打架事件开始的。

中秋节那天，凉城四中邀请几位本地知名作家，请他们给全校同学做文学创作方面的辅导报告。

午后的操场，微风和煦，阳光恬静，白云飘逸，聚散依依。

作家还没有到，爱好文学的副校长先读了一篇自己的散文。他说前几天生炉子，无意中熏死了烟筒里的小麻雀，顿感生命脆弱、人生短暂。我和班上的几个同学在下面偷偷调侃：死个麻雀都如此伤感，你吃肉时咋不体恤牛的可怜？陈登科说，难怪他每次作文都是不及格，原来是没打死过麻雀。他们村里麻雀多得是，周日回去，拿上弹弓打它一二十只，说不定他的作文就写好了。我说你得烤熟吃了才行。潘虎鸣牛眼一翻："你那脑子，烤熟吃都不顶撒（不起作用）。连毛带内脏生吃咧（了），老师给你看个面子，怕能得六十分。"马永恒抢白一句："烤熟把营养全流失了，最好生吃，明年高考你就登科了。"

副校长在上面讲，我们在下面辩，他说一句，我们顶一句。直到班主任走过来，几个人才悄悄闭嘴。

主席台上，副校长语重心长，谆谆教导。今天请到的作家，在凉城甚至全省都很有名气。他们来四中作报告，是四中的荣幸，是对每位同学的信任。大家一定要认真听讲，不能让外人把四中看扁了。

在凉城人的眼里，四中的学生岂止被看扁了？那是早被看做玻璃渣渣了。"凉城一中是房梁，交大兰大随便上；凉城二中顶门杠，西北师院浪打浪；凉城三中抬水棒，种菜种地不缺粮；老子卖葱儿卖蒜，五中鸭子进工厂"。交大兰大不一定随便上，但能做房梁，绝非等闲之辈。顶门杠、抬水棒不如房梁，也算有用之才。鸭子呢？鸭子是凉城几家军工厂的外地职工。由于说普通话、生活习惯是大城市做派，凉城人就叫他们"鸭子"，他们多半来自上海、天津、唐山和东北。上海是凉城人心中的大城市，凡是说普通话的外地人，大家就统称为"上海鸭子"。那时候小姐还是小姐，干爹真的是干爹，鸭子自然也是鸭子。鸭子们的孩子也叫鸭子，多数在凉城五中就读。这所学校是为方便军工厂子弟开办的，校址就在工厂旁边。小鸭子们没考上大学，进入父母所在工厂就业，成为二代鸭子。

凉城四中的学生，全是没考上一中、二中的。由于学习差、纪律差，凉城人叫他们瓜把梨核茄莲根，葱胡子蒜皮鸡蛋壳。

四中领导不信邪，用尽一切办法，要把茄莲根点化成顶门杠：快慢班、单独辅导、一中同步练……茄莲根们不争气，或者是麻袋上绣花——底子太差，每年考上大学的不过三两个人。逢上流年不利，还有推光头现象。

考学无望，一些茄莲根自暴自弃，渐渐成为全校、全级、全班的扛把子人物。他们主动挑起年级争端、制造个人纠纷，然后又积极化解矛盾，冰释爱恨情仇。隔三差五，操场边、厕所内、后墙外，一堆茄莲根围着两三片蒜皮子，讨要说法、辩解青红皂白。长江后浪推黄河，瓜把梨核茄莲根毕业了，葱胡蒜皮子又欲把持校园朝政。葱胡蒜皮子太多，校园至尊只有一个。争到最后，就凭实力说话。开学后放假前，四中门口、文化街、体育场、甘沟河滩，各路扛把子人物聚集成群，隔街对峙。一旦谈判失败，就兵戎相见。满街道头破血流、豕突狼奔。那首顺口溜的最后两句便是："四中天天打群架，上房揭瓦耍流氓。"

"上房揭瓦打群架"的恶名，凉城四中背了将近十年。好多家长对四中望而生畏，不到万不得已，孩子坚决不能进这所学校。其实，瓜把梨核们只是考不上大学罢了，大多数人并没有变成流氓。惹是生非的，每班不过三五个人。这三五个人影响力极大，成了损毁学校荣誉的老鼠，所谓一个老鼠害了一锅汤。

既然点化不成顶门杠，做个抬水棒也行。学校又对老鼠们采取挽救式教育：个别谈话、家长会、励志大会……校长常说，考不上大学没关系，做一名守法公民最重要。

老鼠们没有理解学校的良苦用心，仍然自以为是、我行我素。惹事、打架、被打、处分、反省……

这不，虽说校长提前告知要认真听讲，不要丢四中的人。作家们坐下后，我们班的几个老鼠又在下面无事生非、品头论足，甚至连嘉宾的长相，都成为取笑的话柄。

作家声情并茂地朗读自己的作品，一一做出分析，讲解文学和诗歌的魅力。大多数同学们受到感染，操场里响起阵阵掌声。班上的老鼠们一向狂放不羁，除了你一句他一句地要小聪明，哪里会品味作品中彰显的人文情怀？

> 吃在睡的地方
> 睡在吃的地方
> 唱在吃睡的地方
> 和谁也不争
> ……

> 如果不能向上
> 也就站着死亡
> ……
> 而古宅这时却站起来
> 转身悄悄地走了
> ……

这几句话很是奇崛，能听懂，似乎又听不懂；好像在说与世无争、自由自在的生活，又像在说不争才是最自信的争。我坐直身子，向主席台望去。

一位驼背、头发稀疏，架着酒瓶底眼镜的中年男子，在讲解诗的意境。

"同学们，不要把诗歌想得太神秘。只要用爱当眼，以心做笔，你们也能写诗……我们每个人对生活都有理解，为什么不以自己的方式记述下来呢？……下面我给大家念一首诗，这是我在一中听到的，尽管是学生写的，却很有韵味……"中年男子清清嗓子，抑扬顿挫起来。

> ……头发起风了
> 吹起一个没有结局的故事
> 那片发红的叶子
> 随风流浪……

"头发起风？不就是帘卷西风吗？不就是红旗漫卷西风吗？抄袭模仿，有撒（什么）了不起？"我向周围几个人卖弄博学多才。

中年男子又说："这位方媛同学……"

方媛？怎么又是方媛？我呆坐原地，脑子起风了。

这已经不是我第一次听到方媛这个名字了。

初中毕业，我成了瓜把梨核茄莲根。偶尔遇见考入凉城一中的初中同学，彼此都会聊聊各自学校的情况。他们除了提到班上其他人，说的最多的，就是方媛。

"那天高一级演讲会，有个叫方媛的女生太倨咧（傲慢、厉害），她念哈（下）北岛滴（的）乃个（那个）《回答》，直接把全场给震惊咧。现在倒好，全级男生见面就是：告诉你吧，一中，纵使你把校门锁上，我也不喝大灶的米汤……"

"你还记得咱们班上乃个谁吗？太烂面咧（太丢人了）。本来就是照顾进来滴。也不知道自己是个撒货（什么东西），这两天一哈拼命追方媛木（木，句末语气词，无实在意义）。人家不理，他死皮赖脸滴站在后面喊'告诉你吧，方媛，我不相信，狼是个麻滴（狼是吃人的）'……"

我钦佩一中学生的机灵，又暗笑狼就是个麻滴。对方媛倒没太在意。

从高一到高三，每次见面，每说到一中轶事，他们十有八九会提到方媛，要不就是方媛说……方媛又说……

"方媛排的舞蹈，在高二级拿咧个第一。音乐老师排哈滴，才得咧个第二。"

"方媛说早恋这个词就是对学生的歧视，乃（那）都是耍着呢，能恋个撒？充其量叫男女生交往过密……"

"方媛说学校就不应该文理分科，文科生都是些笨蛋，多看些书谁都能把文科学好……"

"那天方媛说……"

"那天方媛还说……"

方媛是谁？谁是方媛？我逐渐有了认识这个女生的念头。然而，凉城四中的歪瓜裂枣，咋能高攀到一中的学生？人家一中是什么？凉城最好的中学！1905年建校，清朝陇东官立中学堂，校友遍布全国各地……

学生都说，考上一中，就等于一只脚跨进了大学的门槛。他们的脚跨在哪里我不清楚，反正自我进入四中后，每次看见一中的同学走过，他们都是踢着正步……

报告会结束时，四中的老校长或许是受了作家们的感染，或许预感到某国若干年后要争夺中秋节的归属权。他老人家颇有前瞻性地宣布了一条消息："晚自习放假，全校师生回家过节。"同学们欣喜若狂，全体起立，向老校长报以热烈的掌声。掌声的高昂程度，远远超过了作家们所收获的。

回到家里，好多同学若无其事地吃完饭，又一如平常地出了门。不上晚自习，还不趁机约上一帮人在凉城巡游一番？

贰

就是这一巡游，使我卷入了桃色事件。

宿舍里聚集了十几个人。

"要不要带家把（防身棍棒之类）？"潘虎鸣从床板下抽出一根九节鞭。宿舍是扛把子人物的军械库，手盔、短棍、钢管这些常规武器四季必备。一旦遇到突发情况，掀起被子褥子，总能找到一两件家把。虽然没几个人会使，拿上壮胆唬人还是可以的。

"在街上转噶（转一圈），带家把干撒？"陈登科不同意。他是全校的扛把子人物之一，也是班上的老大。在街道上消磨中秋节就是他的主意。

我们如同一群街狗，从四中巷嗅到西新桥，从西新桥嗅到广场。街道寂寥冷清，路人行色匆匆，没有任何江湖恩怨。秋风轻过，一片挂在电杆上的灯罩子，有一声没一声地咣——咣——咣——，好像《平原游击队》里打更人的嘲笑：平安无事喽，平安无事喽。

极度无聊中，我心念一动，怂恿着众人到广场旁的凉城一中溜达一圈。

"我们又不是一中毕业滴，进去哈不是狗看星星，不去。"

为打动他们，我就胡吹："一中乖女子多滴很，有个叫什么什么的，美日塌咧（漂亮极了），说不定能见上呢。"

"看把人日塌咧着，叫花子跳舞胡骚轻（轻浮、做作，巴结、献媚的意思）呢，见上能组撒（干什么）？要去你去。"

"还想套上人家一中滴女子？精沟子（光屁股）撵狼——脸磁胆大不害羞，你以为你还是一中的？"

我软磨硬泡，陈登科和潘虎鸣架不住乖女子的诱惑，半推半就地同意。为安全起见，又拽上了马永恒。

时逢一中停电，校园里黑漆漆的。沿东路往里，依次是教导处、图书馆、实验楼、教室和操场。我向他们指点隐在暗处的两尊石狮子、曾经待过的教室，言语颇为自得：我毕竟在这里上过三年初中。

操场上空无一人，徜徉过无数遐思的城墙边上，看不到远处的北山。写过生的那棵老榆树，随着夜风哗哗作响。哗哗作响的榆树告诉我，你现在不是一中学生了，你来干撒？天上浮了层朦胧的云，哪里还有秋影转金波，飞镜又重磨的怀念？

西路靠近校门的一间教室里，微微摇曳着烛光，间或有歌声传出。趴在窗子上一看，里面在开联欢会。

你看一中，你看人家一中的中秋节，多有情调！

大家顿觉无趣，我也略感羞愧。一中八十年校庆时，我还作为学生代表上台发言。时隔两年半，我却只能趴在窗台上偷看房梁们的开心。

正要离开，一名高高大大、颇为洋气的男生向教室走来。他扫视一眼，用纯正的普通话发问："你们哪个班的？怎么不进去？"

陈登科闷声闷气的说："四中滴，胡乱转噶……不干撒……"

"四中的？四中的……到一中干什么？今晚不上自习，没事你们就回吧。"洋气男生边说边进教室，礼貌的语句里满是不屑。

我们互相看看，悻悻地向校门口走去。

"我说不来不来，你硬要来，挨罄锤子咧（被人用语言、行动批评，使人尴尬）吗?"潘虎鸣埋怨。

"我就知道……我就知道……"马永恒什么也不知道。

"这个娃太倨咧。"我按捺不住胸中的无明业火。

"就是，倨滴连个（像个）痰盂一样。"潘虎鸣跟着愤懑。

"我看他奏是欠捶。"我想找回刚才的面子。

"那就捶木，出去组撒?"陈登科做出决定。

大伙迅速折返，潘虎鸣顺手在路边捡起半截砖头。

"哐"的一下，我推开教室门。

洋气男生回头——他坐在门口。

"你——出来!"我指着洋气男生呵道。男生一愣，不知如何反应。

我上前一步，双手抓住男生肩膀，顺势把他从座位上拖将出来。

"你哈倨滴很……"没容我说完，陈登科抬腿就是一脚，紧接着马永恒飞过一拳，潘虎鸣跟手一砖，男生被打倒在地。

女生的尖叫声破空而来，其他男生随即明白怎么回事，呼啦啦地往外冲。由于桌凳围成一圈，好多人被堵在门口，个别同学打开窗子一跃而出。

"拉住拉住，一个都不要让跑咧。"

"敢到一中弄事，今儿个把你们组死尼。"

……

我们被分割包围，四五个身影在我眼前晃动，无数拳头从不同方向朝我挥来。

降龙十八掌？左右互搏术？这些以一敌百的盖世武功，我会哪个？哪个我会？电光石火间，身上不知挨了几拳几脚。

"跑……"

围攻我的人一愣，我也一愣。有人向校门跑去，我不知道发生了什么。潜意识告诉我，跟上快跑才是最佳选择。

一中的男生紧追不舍，大声吆喝：

"狗×滴站哈（下），站哈……"

"你们给我站哈，你们站哈吗不站哈？"

哪里会站下？哪里又追得上？傻瓜都知道，站下或者被追上是什么后果。

我们被撵出校门，绕着广场跑了多半圈。

"集贤巷，往集贤巷跑。"陈登科指示逃跑方向。

几个人使出吃奶的劲飞奔。那速度，绝对超过奥运冠军刘易斯。

追赶声渐渐稀落。往后一看，五六个男生追了过来，剩下的七八个人在广场上跑跑停停。

站定喘气，我盘算着如何迎战孤军深入之敌。追赶的男生也意识到处境不妙，收脚站立。双方隔着二三十米对望。

潘虎鸣掏出把水果刀，冲远处晃了一下。水果刀太小，无法产生强大的威慑作用。陈登科接过水果刀，高高擎起，夸张地划着圆。

"小伙，有胆子你娃就过来。"

"有本事你们就站哈。"

他们追，我们就跑。他们停下，我们继续挑衅。

如此三番，一中的同学折返学校。有几个人走上几步还回过身来，点着指头叫骂。

有人认出了我们中的一个或者几个，有意无意间暴露了大家的姓名。一中第二天旋即通报四中，两名校长对昨晚放假之事非常后悔。经会议研究，在全校师生大会上，宣读了处分决定：停课反省一周。

为逃避父母的责罚，我们三个人每天按时出门，在约定的地点和陈登科汇合，然后骑着自行车漫无目的地乱逛。放学时间一到，准时回家吃饭。我们告诉家长，晚自习教室太吵，最近几天在家复习。这瞒天过海的手法居然奏效，父母们毫无觉察。天见可怜，那一周竟秋高气爽了七天。大家充分利用这段时间，全面考察凉城周边的山川地貌、风土人情。最远一次竟跑到陈登科的老家——花所乡陈苏村。他母亲一看来了儿子的同学，美美炒了一盘鸡蛋，做了一案板新麦子饸饹面。我吃了三大碗，潘虎鸣和马永恒分别吃了五大碗。

我暗暗打探情况。谁曾料到，短短三五天，已有若干版本在一中同学中间流传：四中的学生为女生把文科班的联欢会搅和咧；祁泾平当着五十多人的面，把田包子的耳朵打烂咧；几个班的男生被人家一把刀子吓滴站在广场上，不敢动弹……

田包子？洋气男生叫田包子？为女生打架？哪来的女生？这可是桃色绯闻，是大事件，好说不好听。扛把子人物相互商量：和一中约架，给他们说清楚，打田包子就是因为他太倨，和女生没有任何干系。如果他们胡然（胡说），就把田包子再捶一顿。打架可以，桃色事件就不行。四中学生撒时候（什么时候）为女生打过架？

再后来，一中和四中高三的同学都在传言，打田包子是因为他在追方媛，而我们中的一个也在追方媛。

三个同案犯一致认为只有我在一中上过学，肯定是我惹的麻哒。那晚吆喝着去一中，是有计划有预谋的，我把弟兄们出卖了。田包子的事爱咋地咋地，他们不管了。

我百般解释，极力说明这次遭遇战纯属意外，与女生毫无瓜葛。他们哪里肯信？潘虎鸣嘟嘟囔囔，什么飞机上扔照片——丢人不知深浅，精沟子（光屁股）推磨——转着圈圈丢人，什么没喝上羊汤惹咧一身膻。陈登科让我把方媛叫出来，他要认识一下，看看这个女子到底有多乖。我倒想把她叫出来，问题是我连人家见都没见过，怎么叫？

"哼哼，我就知道，我就知道……"马永恒嘿嘿嘿地笑着。

我大呼冤枉，他们非逼着我买一盒金丝猴才肯罢休。

直到高中毕业，我没见过方媛。

叁

两年后，我被陇东师范专科学校录取。

九月十五号，我前往学校所在地——一百七十公里之外的峰城。由于走得晚，到学校已是下午三点。接送新生的校车刚刚在操场边上停稳，十几个男生急匆匆地围过来。待我们下车，他们便张罗着拿行李、扛铺盖。不时有人问：

"同学，请问你是哪个系的？"

"皂（语气词，无实在意义）有没有水洛老乡？"

"这位同学，你在这休息，我去给你办手续。"

突如其来的热情让我心潮澎湃：大学，到底是大学啊，接待新生都安排得这么周到。我拎着网兜，等待友谊之手的到来。友谊之手都向女生伸去，我连个小拇尕尕（小拇指）都没摸上。

"你妹啊……"当年人们生气了还不问候你妹，我默默问候了这位妹妹的母亲，然后打问报到的地方和流程。

餐厅前是一排课桌，上面放着各系的牌子。一位男生接过我的录取通知书，抬头，挤起一双小眼睛。

"哎幺歪，祁泾平，中文系的凉城小伙奏是你啊。四中学生哈是（就是）倨。最后一天咧你才来，太品麻（慢）咧……再等一个小时，学校就撤摊子加（了）……我也是凉城滴……"

录取通知书上只有姓名，没有毕业学校和籍贯，他咋知道我是四中毕业的？

"你也急忙找不着地方，把迁移证给我，我到后勤上办手续去，你看着不要让人把行李拉乱咧。"他拿起我的粮户证明向北边走去。

这人是谁？叫撒（啥）名字？除了他的小眼睛，我好像还没记下他的长相，他要是把手续弄丢了怎么办？满口地道的凉城腔，朴实黝黑的长相，应该没什么问题。算了，就算去找，我也未必找得到他，等会再看。

十几分钟后，他拿着几张表格走过来。

"走，手续办好了。"他扛起行李，把我领到二号宿舍楼。

509宿舍住进五名同学，人都不在。小眼睛帮我收拾完铺盖，掏出一沓二寸见方、红红绿绿的塑料卡片。

"学校每月发三十五块钱菜票，二十七斤饭票。你数一哈，看够着吗。菜票奏是钱，一个馒头二分，素菜四毛，肉菜六毛，哈（还）能在商店买东西。一个馒头二两饭票。你节约着花，要不一月下来不够用。"

"不够咋办？"

"不够咧就让家里寄，差不多每个月得寄十斤粮票。钱你自己看，有咧多花，没有咧少花。我们农村人跟你们城里人不一样，家里么有滴（没有钱）。"

对菜票和饭票的使用程序，我听的糊里颠顿（糊里糊涂）。对它们能当钱使用，我很惊讶。万万没想到，什么都没干，国家竟然发钱！学徒工上一月班，不就是三十多吗？离家时父母给了三百，一再叮嘱要省着用。既然每月都发钱，三百块得多久才能花完？

我问他叫什么，他报上名字和宿舍号。同时又安顿我一些注意事项，有撒事（有什么事）就去找他。

"女生饭量小，饭票吃不完。要是哪个女子（女生）看上你咧，就把剩下饭票送你咧。"

"真滴？那女子不是瓜着尼吗？"

"这奏要看你小伙滴本事咧，"他又挤挤小眼睛，"你们城里人在师专倨滴像撒一样，说不定三天不到黑，就有女子找你来咧。"

他走之后，我躺在床上感受了一会儿住校的惬意，又出去走了一圈。校园里熙熙攘攘，到处是背着铺盖卷卷、提着脸盆的学生。我的心头一阵悲凉：这么说，我真的要在这里上学吗？

宿舍同学回来了，他们已经考察完校园环境和几个要紧去处。对床告诉我：这学校不行。

学校肯定不行，要不我能等到这会才来报到？为表达对师专的轻蔑，我大放厥词：这破学校还没凉城四中大，四中学生把这里叫"陇东吃饭专科学校"，我报志愿时被班主任哄了……其实彼此都清楚，自己那点高考成绩，仅仅过了大专线，个别人还是线下录取。

我准备请小眼睛一起坐坐，以示谢意。走出宿舍，他的名字和宿舍号却怎么也想不起来了。临时接待处的桌凳已经撤走，只有几片纸屑在地上随风翻动。高考结束后，为了不显得像个学生，我就没戴过眼镜。校园里到处是阳光朝气的脸，哪个是他？我努力思索思索再思索，除了一双小眼睛，什么也想不起来。他不会真的认为四中学生都很倨吧？

上课第一周，我倨咧两次。

头一次是第一天。由于忘拿钢笔，我半路折返。等再次下楼，已不见舍友人影，我匆忙跑进阶梯教室。

前几排坐满了人，没一个认识。走到最后，才看着个空位。坐定后我四处寻找，周围全是模模糊糊的面孔，宿舍同学呢？

老师进来就讲怎么组织教学、怎么把握课堂节奏。云里雾里听了半天，我才明白，这是二年级的《教育学概论》。第一天上课，记错节次、走错教室……这、这、这也太烂面了。当着老师的面，众目睽睽之下，从最后一排走到门口，我没有这样的胆气。

过了多半节课，老师让同学们自主发言。有人鼓掌起哄，老师说行行行。同学们又鼓掌，前排一个女生站了起来。

我眯起双眼，看见一个不清晰的背影，好像很漂亮的样子。我陡然想起小眼睛的话，随即又颓然：这可是二年级学长。

女生说什么我听不清。一两分钟后，女生停止发言。我以为她说完了，便热情鼓掌，没想到整个教室只有我一个人在拍手。好多同学回过头来，有人大声问：这是个谁吗？

女生又说了多半分钟，同学们这才鼓掌。又有人回过头来盯着我看，那表情分明在问：看你丢人来吗？

终于熬到课间休息。往出走时，好多学长飘过一眼蔑视："这个走错教室的瓜娃娃，一年级的。"我身单力薄不敢与他们的目光对接，可凉城小伙的倨咱不能丢。快要出去时，我故意高唱："我是一匹来自凉城的狼，走在空旷无人的教室……"后面传来一连串的哄笑。

第二次是周六晚上。我和上铺看完连场电影，返回学校已快十一点半。校门锁得严严实实，却不足为虑。它高不过一米八，框边用钢管焊接，中间是钢筋相绞而成的菱形网子，里外可以清楚地互看，很容易翻越。

好几个同学轻轻松松翻过大门，说说笑笑地沿北路走去。我观察了一下动静，跟着攀上翻下。走出二十来米，埋伏在树丛阴影里的保卫科人员闪身而出。

"过来，站到队子里去。"声音不大，却很严厉。

花园旁分几行站了四五十人。几个二年级的男生交头接耳、议论纷纷：保卫科今晚的行动，肯定和昨晚某人翻门摔伤有关。

保卫科有四个人。一个拿着文件夹在逐一登记，一个提着手电筒守株待兔，另外两个在队列中间游走。

同学们窃窃私语：跑，咱们都跑，看他们抓谁。

又进来好多同学，均被一一擒获。

身后两个女生小声嘀咕："这下怕可是个通报批评……"

"咱们跑撒，这几十人一搭（起）跑，他们追谁呢？"

"我不敢，万一被抓住，怕就成处分了。"

"这点事给撒处分……你说这么多男生咋也不见个带头滴……"

"不要吵！登记完回宿舍。"文件夹大声吼道，他刚刚写了我的名字和学号。

"跑呀——"我发一声喊，回身夺过文件夹，没命地向校园深处狂奔。这六十多人登时大乱，鸟兽状逃窜。保卫科的人猝不及防，反被吓了一跳。他们冲着四散而去的学生喊叫几声，收兵回营。

俋了两次，我还是不开心。每天多处于失落状态，我真的不想在这里上学。

国庆节刚过，星期六，中文系办了一次舞会。

学校的舞会很简单。组织者用彩色皱纹纸将日光灯一蒙，把桌凳搬出来堆在楼道，从学生会那里借上台双卡录音机，在通知栏扭扭歪歪写一行字："某某系周末联谊舞会，某某教室，今晚7:30"，舞会就可进行。

301教室灯光朦胧，歌声悠扬。不一会，永远站在路灯下的小女孩，又被张蔷自由奔放的嗓音关切起来：

> 亲爱的小妹妹
> 请你不要不要哭泣
> 你的家在哪里
> 我会带你带你回去

歌声诱惑青春的躁动，我装腔作势地看了半页书，向对门走去。

教室里挤满了人。大二的学长们相互搀扶着在走圈子，男生脸上洋溢着春天的灿烂。周边观看的同学，有的左右逡巡、抓耳挠腮，目露艳羡之光；有的人抬脚又止步，宛如对面有块大磁铁，正负两极瞬间反转。

旁边站着几名女生，有几个还很漂亮。

问题是，我不会跳。

上高三时，晚自习后，经常有同学召唤："走，某某单位有舞会呢，谁看去呢？"

有两三次，我也去凑热闹。舞会多是单位举办，不收任何费用。场地就在会议室，布置和学校一样，只是有长条椅可供暂坐。皱纹纸的灯光里，很多人婆娑他们的身影；悠扬的舞曲中，我想象跳舞者的浪漫。

或许是身份的尴尬，或许是参与不上的嫉妒。不到十分钟，便有同学催促回家，大伙一步三回头的离开。进入师专前，我没有跳过舞。

我白痴的站在那里，脸上装出满不在乎的表情。我要让他们知道，我是个批判现实主义者。

"站哈看撒呢？过来跳啊。"一名男生打招呼。

"啊，你是乃个，乃个……"我露出熟悉的笑，那个名字却始终叫不出口。

"把我忘咧？……我是凉城的……"

"对对对，你是乃个……"我堆上羞愧的表情，"你叫撒来着？"

"梁红刚，"他挤挤小眼睛，略带挖苦地说，"唉，连我名字都么（没）记哈，你们城里人就是倨。早知道这么个，那天不管你才对着呢，让你背上铺盖卷卷满校园碰去。"

我连忙解释，并再次询问他的宿舍号。

"你不会跳？来，我教你。"梁红刚牵着我挤进人群。

一曲《外面的世界》刚刚放完，我俩满头大汗。

"么是么是（不行不行），这男滴给男的教不成。我刚学了几次，别说踏脚了，看把旁人怼（撞）翻过咧。"

"算咧，不学咧，我回宿舍。"

"你等一哈（下），我给你找个人。"

不一会，一个桃腮杏脸、明目皓齿、着一袭米色短风衣的女生，婷婷在我的面前。

肆

"这是咱凉城老乡，你给教一哈，我热滴背不住咧。"梁红刚转身离开。

我被女孩拉到教室中间，拘谨地走圈。

"你是哪个系的？"女孩问。

"中文。"

"去年么（不）够线，上咧个高四？"

"……你咋知道？"

"这么说你就是祁泾平……你哈么（还没）报到呢，我们就在录取花名册上见到你名字了：祁泾平，男，四中的。今年中文系在凉城只招了一个人，就是你……么看中文系连凉城迎新会都么开吗？"

"为啥么开？"女生马尾及肩，一块淡蓝色的手绢扎着头发，像一只翩翩的蝴蝶。

"一个男生有撒欢迎的？要是有女生，看他们不开死，保证周周都有老乡会。"

女孩左右看了一眼，仿佛大二的凉城老乡全在周围。

难怪宿舍的其他人隔三差五的接到邀请，不是中文系迎新会，就是数学系、英语系、物理系老乡迎新会。好几个晚上，都是我一人独守空房，原来如此！对床的朝那（地名）同学，数他参加的迎新会最多。每次回来都卖派（卖弄）他又认识了一个女生，女生和他相谈甚欢……这个土锤，凑份子给学长们做螳螂去了，还以为他是英俊的黄雀。

"上了半个月课，感觉咱师专怎么样？"女孩随意又狡黠地微笑。

"这个……咋说呢……么感觉……唉……"

"都一样。刚来的时候，对师专百般挑剔、一万个不顺眼。好像都是北大清华的料，到师专全是充军发配……"

这问题怎么像个陷阱？我的牢骚还没出口呢，她便出口成章，排忧解难，做起心理疏导。难道就为听我的一声叹息？

我有无数个梦想，没有一个能和教师扯在一起。接到录取通知书，父母都很高兴，我却垂头丧气好几天。报到时间总共三天，最后一天上午，我才磨叽着动身。

进校后，我颇有点怀才不遇、明珠暗投。一直觉得师专偷偷提取了我的高考档案；或者被有办法的人黑狗顶了熊；或者省招办弄错了，过段时间会重新发一份录取通知书……开学两周多，再复读一年的想法时常涌现，哪里有专心听课？

"要是没有师专，你说还有哪个大专收四百多分的？咱们这些人是不是等于么考上？"

我嗯嗯点头，什么也没说。不是不想说，是不会说了。平生第一次距离女孩子这么近，而且是很漂亮的女孩。除了刚才那个照面，我还没敢正面看她第二眼。哪里还敢显摆自己的口若悬河，妙语连珠？

劲爆的迪斯科音乐"来死狗（Let's go）"替代齐秦的抒情，同学们触电般地抽起筋来。

女孩微微一笑："吵死咧，我回宿舍了……我的脚都快让你踏肿咧。"

"这是个……"一向伶牙俐齿的我变得笨嘴拙舌。

"这又不能当饭吃，会不会能干撒？我也是凑巧过来……都是凉城人，有撒事你就言传（陕西方言，说）……"

我想挽留，又怕再踩她的脚，只能看着她消失在人群之中。

这十几分钟的交流让我兴奋了半夜，我不断复习同女孩说话的每一个细节。《雁儿在林梢》《我是一片云》《庭院深深》中的唯美画面不断闪现，闪现的男女主人公一会儿就变成我和蝴蝶女生……对床这个土锤，天天给我卖派，他认识的女生有这么漂亮吗？

忘了一件大事，她叫什么？在哪栋楼？几号宿舍？没关系，学校就这么大，两个教室门对门。或许在餐厅，或许在楼道，或许在某个不经意处，我会遇见她，打招呼，认识……

一两周内，我连她的影子都没看到。怎么就遇不上呢？周末，我看了几遍通知栏，没有中文系举办舞会的消息。

请梁红刚吃饭，他一再强调有不知道的事就说。我尝试几次，还是把想要知道的事咽了回去。见一面就打问女生姓名，实在不符合四中小伙的倔。

邂逅的场景在脑子里预演了多次，最初的喜悦变成苦闷。除了马尾、婷婷、米色风衣和翩翩的蝴蝶外，女孩的模样竟然模糊起来。我怀疑数次与她擦肩而过，只是没有及时认出。眼镜，眼镜，我急需一副眼镜！

另一个苦闷是吃饭。中午下课，老师刚出教室，男生就急不可待地向宿舍跑去。上楼、拿饭盒、下楼、餐厅，全是百米冲刺。

饭菜油水少，男生活动量大。馒头早晨三个、中午五个、下午四个，远远不能满足所需能量。每到开饭前半小时，肚子就叽里咕噜地乱叫。不是吃不饱，关键是饿得快。那饥饿，咽一两口唾沫、喝几杯开水纯粹不起作用。

对于饭前半小时，我的记忆只有一个字：饿！两个字：很饿！三个字：特别饿!

除了"饿"以外，还有一个字：挤。

师专有四个餐厅。两个汉族餐厅分别有三间教室大，每个餐厅的窗口有十几米长。开饭时间，一溜儿摆放着十来个铝制洗衣盆。洗衣盆里盛满了清水烩萝卜、清水烩白菜、清水烩豆腐，或者清水炒洋芋、清水炒蒜苔、清水炒西红柿。体育灶和回族灶各一个，虽然小一点，四五个脸盆里盛满着肉烩萝卜、肉烩白菜、肉烩豆腐，或者醋溜洋芋、蒜台炒肉、西红柿炒鸡蛋……这样的规模完全能保障几千学生同时用餐。但大家都很饿，也很急。中午、下午稍微去迟点，窗口前就挤满了人。

同学们也排队，队列一点都不长，就是很粗。

有时眼看快要挤到窗口，白花花的馒头、热气腾腾的洋芋煮粉条勾搭着你的口水，你也做好了递饭票伸饭盒的准备。但要是前面买上饭的人屁股两扛，肩膀两扛，你又会被带出来。胜利在望却功亏一篑，谁心里都会蹿起一股怒火。在吃饭和怒火之间，很多同学选择前者。饥饿让人有气无力，饭菜却在眼前。个别男生会因碰撞对骂几句，怒火搅着饭菜的酸辣苦咸甜，糅合成五线谱上的音符，在餐厅飘荡。

十月下旬的某天，我被怒火烧昏。一个大块头转身时，胳膊肘往两边一撑，胯子一摆，将我带出人群。看着他摇头晃脑地和两个同伴走过，我怒从心头起，火自胆边生。起跑，抬腿，朝着他的脊背就是一个飞脚。大块头猝不及防，往前两三个趔趄，几近扑倒。饭盒划过半空，当啷一声掉在地上。

大块头稳步转身，吃惊而愤怒地张望。

"你窝二（儿）把我挤出来干撒?"我厉声叱呵。

确定我是偷袭者，大块头提起沙包大的拳头疾步走来。

完咧，完咧，刚才咋没注意，大块头怎么穿着体育系的训练服?

眼见大块头老拳挥来，我向右躲闪，反手将饭盒向他砸去。大块头左臂遮挡，饭盒弧线飞出。他的两个同伴手端馒头，两脚左右夹击。大块头又是一拳，闷闷地击中我的左肩。我后跳几步，抽出裤带，空中两甩，将三人逼退。大块头左闪右进，侧身冲来。我胳膊回撤，抡出裤带……

一条殷红流下大块头的发际，他抬手擦一把前额，低头察看。

"啊……"大块头张嘴长吼，面颊变形，不顾裤带的轮番狂抽，三两步冲上前来，呼的一下，将我拦腰抱起。

周边同学迅速扩散成十米见方的场子，各种方言跟着呐喊：

"打——打——打——"

"扢——扢——扢——"

"捶——捶——捶——"

……

伍

悬空的两三秒，很多兴奋的眼睛和夸张的表情以毕加索的方式呈现……

"放哈（下）！把人放哈!"一声大呵，平地惊雷。有人冲上来抱住大块头，我平稳落地。

是梁红刚！阿弥陀佛，救兵到了。

"敢动我们凉城小伙，你娃不想混咧!"一个黑脸平头，身材魁梧的同学气冲斗牛地站在我和大块头之间。

大块头不依不饶，怒不可遏。他的两个同伴跃跃欲试，虎视眈眈。

黑脸平头瞠目怒视："你再动一指头试货一哈!"

"红刚，咋回事?"人群里钻出个浓眉大眼的小伙。

"有撒事好好说，打人组撒？……这是咱们凉城滴。"梁红刚一边劝解一边介绍。

"指甲上长毛尼你们还成咧精咧。走，往操场走。"浓眉大眼拉扯大块头的肩膀。

一位白瘦自来卷男生凑近黑脸平头，急促地说："快走快走，看保卫科来咧着。"

我们鱼贯而出，大块头不知所踪。

"你吃亏来吗?"

"乃三个娃好像是一年级的。"

"谁先动手滴?"

我简单陈述事情经过。黑脸平头说："华光，你去宿舍找一哈乃个娃。给他说，要是保卫科来问，就说争吵了几句，么（没）动手。他要是想公了，就招呼着。顺便打问一哈他是哪达滴（哪里人）。咱们出去吃饭，桐树街老地方……"

黑脸平头叫张远黎，物理系的；白瘦自来卷是数学系的杨执戈；浓眉大眼叫李华光，和梁红刚一个班。四个人都是凉城一中的房梁，同属八八届。

梁红刚和张远黎刚到餐厅，就见我裤带虎虎生风，与三人对阵。他的一句"吆外，凉城这个小伙哈劲大（厉害）……"没说完，我已被拦腰抱起，他俩便赶忙上前假以援手。李华光、杨执戈随后进来，纷纷登场以壮声势。

晚秋的天气明显凉了，满桌子的凉城话，却让我很温暖。我抓起一瓶啤酒，和大家挨个碰一下，然后仰头就喝。咕咚半天，下去不到五分之一。

他们笑我到底是个新生，连啤酒都不会喝。我以前没喝过酒，父亲一再叮嘱到师专不要抽烟喝酒。关键是现在不喝酒，怎对得起四中小伙的名头?

梁红刚说："别看小伙喝酒不会，人猛着呢。第一天上课就给二年级的倨咧一哈。"

那天是中文系的课? 我问他怎么不叫住我。他说听到二不拉叽的吆喝，才看见我的背影。

为表达感谢，我要求打通关。

"能行，刚好让哥几个给你教一哈咋喝酒呢，看你小伙喝酒有多倨。"杨执戈咬掉啤酒瓶盖子。

"今天就这一扎，一会肯定有事。改天再好好把岁（陕西方言，通称比自己年龄小的人）小伙灌一顿。"梁红刚拦截杨执戈的企图。

我只会老虎打杠子。一圈下来，输多赢少。尽管每次一小杯，我开始头重脚轻、晕晕乎乎。

"各位老哥，今儿个要是没有你们，我就扯咧……"

我摇晃着去结账。

梁红刚按住我，"你不要管这事，没开迎新会，都对不住滴很，这顿饭算给你迎新咧。"

"哈，凉城迎新会不开就不开，一开就是金鼓齐鸣，差点又把学生处惊动咧。"李华光添酒。

"乃个小伙的头烂咧，他们找你麻哒（麻烦），你就让找我来。把这些镇县日弄三（出馊主意的人），早想教训他们呢。"张远黎很像江湖中人。

镇县人？哈哈，我也是镇县的。不过除了寒暑假回去，我接触到的镇县人没几个，今天倒要见识见识。

"就是，不收拾一顿，他们还能滴么是（显摆的不行）。你们系那个王锁子，不就写了几句狗屁不通的诗吗？把我们班上的凉城女子哈（还）领跑咧。"看来杨执戈的作文水平和我一样差。

"这次要把事组美（干好），咱们让这些窝儿（儿）也欺负够咧。"梁红刚愤愤不平。

"就是，让他们听见'凉城人'三个字都要底筋子颤（腿抽筋、害怕）。"杨执戈唯恐天下不乱。

"死娃娃伸腿尼，我看他们是活过来咧（平凉歇后语，死了的娃娃伸腿，意思是又活了）。祁泾平，下午要是他们找你，你直接约到麦子地。我们都在张远黎宿舍……他们敢来……"李华光甩甩厚密的黑发。

……

果然有人找我，我依计而行。

午后四点，师专西南麦子地。

大块头约了九个人，凉城小伙就我们五个。大家分站田埂两侧。

认识了凉城老乡，喝了两瓶啤酒，我极度兴奋。力拔山兮气盖世算什么？这会站在崆峒山上，把地球举起来都是个岁岁滴（小小的）事。

我逐个打量镇县老乡。大块头头上缠着纱布，目露凶光；两个同伴紧握拳头，一脸愤怒；其余一看都是土包子，戴眼镜的就要四五个。除了大块头，其他人应该不在话下。

张远黎和镇县领头大哥都是物理系的，两人在那里谈判。

镇县同学要求赔偿医药费。

"头烂咧合适着尼，谁先动地手？还是三个打一个。乃练哈杠铃的手，把人举那么高。这会他腔子疼滴，谁知道肋骨好着么。你们领上先做个B超，再说你的药费。"

镇县同学不同意。焦点是大块头见血咧，我完好无损。张远黎坚持先做B超，再说药费。

我窃喜。挨了打，将对方再打一顿便是。药费？这哪里是咬狼的狗？

我暗示梁红刚：单挑，谁先倒地谁就算输。

张远黎皱皱眉头，看一眼大块头，又瞅瞅我……

我从怀里掏出把菜刀，走到麦子地的一块墓碑前，作势在上面磨了两下，又用左手大拇指试试锋刃——这是吃罢饭我偷偷在桐树街买的。

张远黎丢给我一个心知肚明的笑，带着商量的口气对镇县领头大哥说："都动手咧，我说就算咧起。让学校知道，不是撒好事，说不定一人一个处分。"

大块头坚持要我赔钱。

"乃就（那就）单挑，谁把谁片倒（砍倒）算谁赢!"杨执戈玩弄树上开花之计。

大块头有点犹豫，嘴里喃喃着。

我一哈来了劲，围着镇县同学走了一圈，嚣张地撂出一句："要不你们都上，我一个，谁先来呢？"

镇县同学哪见过这阵势？有几个用中指把眼镜往上推了推，彼此对望；一位同学后撤一步，摘下眼镜，往镜片上哈一口气，撩起衣襟低头擦镜片；大块头的两个同伴盯着老大，不知如何应答。

我更加狂妄，扬起菜刀，指着大块头："来来来，过来，今天非片（砍）你一件子……"

大块头双目圆睁，抬脚向前，被领头大哥一把拽住。其他同伴过去忙忙把他抱住，你一言我一语地劝阻。

张远黎朗声而言："我看这么个，也别说钱不钱了。咱们一达（一起）喝个酒，这事就算过咧。都是同学，谁把谁片倒都不好。"

梁红刚、杨执戈和李华光也跟着和稀泥墁光墙。

"就是木，几块钱滴事，有撒争劲滴呢？说出去丢人滴。"

"为这么个事，让他把你们再砍上几刀，哪达划来？都是新生……"

"再说了，上学期那个请愿书的事，我们不是也没说撒吗？"

镇县大哥脸色微微一红，和大块头小声嘀咕一阵，笑着对张远黎说："算咧算咧，都怪这个赞怂（喜欢表现的人）。买个馍馍胡扛撒尼（乱挤什么呢）？咱镇县人也不是啬皮（吝啬的人），我们请……远黎，让你老乡先把刀收咧，拿个菜刀要组撒尼？看滴人心慌滴。"

和高中时约群架一样。召集人马时，个个都是燕人张翼德，要在百万军中取上将首级。双方对垒，又是苏秦再世，纵横捭阖，欲挂六国相印。那些调和矛盾的话句，全是让世界充满爱。

六点半，桐树街学子餐厅，里面聚集了九个人。

一扎啤酒没完，我彻底喝高。看着大块头魁梧的身体，为了让他知道我并非虚张声势，我绘声绘色的讲述"凉城八大平"的英雄事迹。

　　70年代末期，凉城有八大猛人，据说名字后面都有个"平"字，故称"凉城八大平"。虽是道听途说，在那个年代，他们就是凉城的传奇：斩马刀大战西门口、十亩地百人群架、新民路征服菜刀帮……我吹嘘也曾参与这些战斗，手砍某某、某某某。吹到最后，连我都相信了自己的胡编乱造。

　　镇县老乡个个听得目瞪口呆……为加强效果，我大着舌头说，其实我也是镇县人，要不然……

　　他们全都看着我："看失笑（可笑）来吗？槽（我们）镇县人差点把捶打哈咧（差点打架了）。"

　　"好着呢，不是这个二杆子（莽撞的人），槽（我们）咋认识呢？"

　　"唉，槽打货声（趁热闹）滴多，出力滴少啊。"吃饭时镇县同学只来了四个，其他人无疾而终。

　　两扎啤酒喝完，大家勾肩搭背，倾心诉衷情。

　　我出去吐了一次。在以后的人生旅程中，我醉过多次。每个醉酒的早晨，我都发誓要戒酒。那种悔恨、自责和决心，我自己都害怕。不过回想起前一天拼酒时的情形，我的狂妄、自信、不可一世和征服世界的气概，我觉得那就不是我。

　　我舌根发硬，兴奋异常。见谁都要碰上一杯，搂抱着说几句，满嘴的豪言壮语、粪土万户侯。啤酒没醉过，感情度数高。在朦胧的醉眼里，我有过一丝不安。镇县文化底蕴深厚，崇文轻武，以耕读传家，鄙蔑动粗。大思想家王符，就是镇县人。何况镇县是陇东地区最大的一个农业县，学生多数是农家子弟。他们平时或曾打架，可这样二的哪里得见？自这次冲突后，镇县同学暗地里给我下了个结论：乃是个二球（凡事不动脑子，易冲动，做事不计较后果）。

　　月明星疏，羌管生寒。晚秋的风冷冷地翻飞着迟落的梧桐树叶，一两只麻雀扑楞楞地从头顶掠过。回学校的路上，大块头背着我，跟着大伙一起鬼哭狼嚎般地狂吼崔健：

我曾经问个不休，

你何时跟我走，

可你却总是笑我，

一无所有……

走到宿舍楼前，大块头把我放下。梁红刚和张远黎架着我的胳膊，和镇县老乡握手、拥抱，说着不打不相识的江湖侠义。杨执戈点着一根烟，塞进我的嘴里。我耷拉着脑袋，摇头不抽。

等镇县同学上楼，他们笑我牛皮吹破了天。敢和"八大平"称兄道弟，也不算算年龄和时间？人家行走江湖的时候，我们才几岁？

对我手提菜刀，满麦子地要砍人的情形，他们更是笑个不停。如果当时大块头同意单挑，看我怎么办？

"小伙不喝酒还是凉城的，一喝酒凉城是他的了。"梁红刚的小眼睛笑成了一条缝。

杨执戈又往我的嘴里塞了根烟："要是大姐大看见你小伙撒风的样子，估计就笑扯咧。"

李华光说："你早弄撒着来？打架那会，她也在餐厅呢，让她认识一哈四中的猛人。"

"杨执戈快去汇报一哈，看咱这个事办滴嘹不嘹（好不好）。"张远黎也处于醉酒状态。

"快叫人缓哈（休息下），都几点了？让她再掺合这些事，你们良心叫狗吃咧？"梁红刚算是最清醒的。

"就是就是，凉城女生就人家把咱们当回事。再拖累人家……"

女生？凉城的？我一个激灵，抬起耷拉的脑袋，劈头就问梁红刚："那个，那个跳舞的女生……"

"哪个跳舞滴？"

酒壮怂人胆，管他什么学长不学长，今天非要打听清楚。"就是在你们班教室，给我教跳舞的，头发上扎咧个手绢，叫个撒？"

梁红刚挠挠头皮，思索半天。

"她——？我们说的就是她啊，她是方媛啊。"

方媛？她就是方媛？高中时如雷贯耳的方媛？她在师专？打架时她也在场？这,这不是糗大了吗？

酒醒。

陆

11月7日，立冬。走出宿舍，校园里朦朦胧胧，如梦似幻。教学楼边的核桃树，路两旁的旱柳，枝条上全结了层似冰非冰似雪非雪的雾凇。每株树晶莹剔透，羞涩妩媚，像穿了婚纱的新娘。空气在干冷中有些潮湿，深吸几口，还有一丝甜味……

没想到，多风少雨的董志塬，落点雪，竟有缥缈峰的仙气。

不一会，片片雪花如同因风而起的柳絮，在校园里弥漫。

弥漫的飞雪引得我柔肠百转。下午没课，我在教室写信。

写信大概是新生最爱干的事情之一。上课写，下课也写；熄灯前写，熄灯后点上蜡烛还写；有时一天能写好几封。很多同学在邮局买一打信封，整版邮票，回来就把邮票贴在信封上。等信写好，把地址一填，粘住封口，接着再写下一封。常常有人拿着厚厚一叠信封，一个一个地投进邮筒，然后满心期盼回信的到来。

在给陈登科的信里，我吹嘘如何三拳两脚放翻一个体育系男生，第一次喝酒便灌醉两位老乡，在麦子地里一声呵退十二三个镇县人。本来想着只写一封信。结果越写越兴奋，越写越激昂。我接二连三给好几个同学描述了辉煌战绩。在马永恒和潘虎鸣的信里，我放翻三个体育生，灌醉六个老乡，对垒的镇县人也上升到二十多个。我毫无惧色，要和他们单挑。

隔着一百多公里吹牛，大大满足了我仗剑天涯的梦想。洋洋洒洒写完六封信，教室空无一人，天已昏黄，我浑然忘了时间和饥饿。

厨师们正在收拾餐盆。

"哈（还）有吗？"

"直达（这里）只剩些米饭咧，保证有六两。给你都舀上，收四两饭票。"一位厨师用勺子敲着洗衣盆。

"能装哈吗？"新买的饭盒有点小。

"看装不哈（下）二斤咧。"厨师毫不忌讳地卖弄，他才是度量衡。

餐厅是福利性质的，无所谓盈利。据洞若观火的同学说，凡漂亮女生打饭，年轻点的厨师在接饭票的瞬间，总要若有若无地摸一下女同学的手。作为回报，他们会从盆底舀上满满的两勺菜。如果是男生，特别是爱抱怨的男生，厨师们不但从上面舀，还会把手腕抖两下。怎么才能打到满满的两勺盆底菜呢？得和他们混个脸熟。

我想趁此机会混个脸熟。见厨师拿铲子刮着洗衣盆，我用不成熟的谄媚问："前几周那个洋芋烩牛肉，咋不太组（做）咧？"

厨师皮笑肉不笑地扔出一句："那个菜……学生不肯吃。"

"肯吃"好像是哪里方言，专指畜牲胃口好。

"那就组（做）上些你们也肯吃的。"我收起短精神（自卑）的笑。

"你咋这多废话？要呀吗不要？"厨师听出反击之音。

"不要咧。"我一时赌气，不就是比外面的饭便宜三毛钱吗？出去吃好滴去！

桐树街上有家"飞天牛肉面馆"。开张时我去过，味道不错，碗里还有七个肉丁。今天得来个大碗，还要加一个鸡蛋。立冬也是大节气呢。

回宿舍，放饭盒。还没出门，我已闻见七个肉丁的香味。

"你组撒起来？找你半天。" 楼道里迎面碰上李华光。

"你日急慌忙滴（慌里慌张的）咋们咧？谁可有事咧？"

"谁都像你们四中的？吃饺子呢，肉饺子!"

"饺子？在哪达呢？我刚好么吃呢。"

"外面的饺子有撒吃的（有什么味道)？巴掌大的面片夹点萝卜白菜也是饺子？"

"学校？体育灶上卖饺子了？还有吗？"

"灶上卖饺子？你的脑子得是（是不是）让电打（击）了？想把灶师累死呢吗？咱们自己包的，在方媛那。你快去，三号楼521，我们……"

方媛？我满腹疑惑又心花怒放地向三号楼跑去。

现在的大学，男生见了喜欢的女生，会主动过去要电话、QQ，然后开聊，聊上不到一周，表白。你是我生命中的唯一，遇到你是上天安排的缘分，没有你，我的人生将一片灰暗。对方若不反感，选个特别的时间，在宿舍楼前点上一圈心形蜡烛，中间写上：莎莎，我爱你。要是能请来管乐演奏，场面就更浪漫。一群没有女朋友的男生和没有男朋友的女生，以及男主人公的狐朋狗友，高呼"在一起，在一起"。女生一感动，本来犹豫的心在温馨的氛围中融化。一个拥抱，观众鼓掌，嗷嗷乱叫。吱哇乱叫中，两人离开，话剧落幕。如果女生很淡定，飘过一句对不起；或者不去现场,很简单，表白结束。过段时间，另一个女生将是他生命中的唯一，遇见她是上天安排的缘分；没有她，他的人生将灰暗一片……

我上学时，男生要是死皮赖脸、死缠烂打地追女生，不要说别人看不起他，连他都看不起自己。从来没有男生会在公共场合向女生表白，更别说赖在女生宿舍迟迟不走。晚上九点半，不管你们探讨人生的话题有多么惊世骇俗，必须立马走人。谁对女生纠缠不清，有人会出面干涉：这不是在丢男生的脸吗？不是在欺负女生吗？所以，女生宿舍楼既没有门卡，也没有监控，更没有宿管大妈的严防死守，她的首要工作是给学生贩卖麻花、瓜子、油炸大豆，给自己创收。附带工作是按时开锁楼门、给宿舍供电、打扫楼道卫生。

回想着方媛模糊的笑容，我一口气上到五楼。到了楼梯口，我又脚步放缓，慢慢向最里边走去。敲响521房门的同时，我听到鼓槌敲在了心上……

"门开着呢。"

我蹩进半个身子，探头问道："请问……请问方媛在这吗？"

一丝独特的淡雅隐隐而来，沙滩椰子树窗帘，整洁划一的桌面……蚊帐！她们居然还用蚊帐！

"祁泾平？快来快来，你咋才来？饺子可得再热一遍咧。"

白色高领毛衣，黑色西裤，半高跟皮鞋，马尾上淡蓝色手绢……这应该就是方媛了。

她拉过一把凳子，把我让到桌旁。

一个短发女生坐在床沿，从头到脚打量我。"这就是你们那个小老乡？一脸稚气啊，把体育系的打了？"

"没有没有，是人家把我打咧。"

"人家头上怎么缠的纱布？在麦子地你还提的菜刀？"

"凉城这可来咧个法码（厉害）小伙木。"另外一个女生从上铺探出头来。

我支支吾吾，不知怎么应对。

"看你劲大来吗？连二年级的都知道了。"这是表扬还是日塌（讽刺）？

"那是个意外……"

"稍微等噶（一会），饺子马上就好。"

不一会，电热杯里的饺子热了。饥肠辘辘和久违的麦香不容我客气。稍稍寒暄后，我拿起筷子。

几个饺子下肚，冒着热气的电热杯引起我的兴趣："你们宿舍墙上咋有插座呢?"

"灶上的伙食不好，学校让我们改善生活呢。"

"有你们凉城女子呢，有人拉了专线。"

她们的解释我没有相信。

方媛起身冲麦乳精，神秘地说："关于这个电，有一个哥伦布的神奇，且听我慢慢道来……"

柒

上学期的某天，方媛躺在床上看书。看了三四页，她无意识地抬起头盯着墙壁发呆。盯着盯着，墙壁上的某块墙皮被她盯的有点羞涩，显出与整面墙不和谐的局促。

方媛好生奇怪。她跳下床，拿起铅笔朝那块墙皮使劲戳了下。吧嗒，墙皮陷进去，露出个小洞。她用铅笔再戳几下，洞口逐渐扩大到五六厘米见方，里面是一截铜丝。

窃听器？电话线？不，不，不可能。难道是电线？如果是电线……

她去喊张远黎，张远黎用螺丝刀挑出那截铜丝……果然是电线。

物理专业的张远黎，无法判断铜丝到底有没有电。梁红刚和李华光在男生厕所卸了只灯泡，用筷子夹着铜丝往灯泡上一搭，灯亮了。

女生宿舍楼是新建的，墙上预留了电源接口，和照明用电不是同一条线路。楼建成后，为避免学生私用电器，工程队用腻子粉又把那里抹平。没想到学校的良苦用心，被方媛无意中发现。

这是上天的恩赐，必须要有回应。梁红刚和李华光找来钳子和胶布，安了个插座。一再叮咛注意安全用电，不可大肆声张。平时在上面贴一张画，要是宿管大妈和其他同学看到，好日子就到头了。

几个女生不停点头，如小鸡啄食。接下来的一个月，她们节衣缩食，相继添置电热杯、电梳子、砖头录音机……熬稀饭、下挂面、煮鸡蛋，时不时听听音乐，还能自己做头发……二十四小时不间断电源，有比这更奢侈更开心的事吗？

上午的飞雪，让方媛望着窗外痴呆很久。梁红刚问她咋回事。方媛说想家了，想吃饺子。

想家了谁都没办法，想吃饺子倒不难。午觉醒来，四个男生去炮台巷市场秤了些肉，买了一捆菜。然后喊上方媛，跑到一位单身教师的宿舍，借用案板、刀、锅、油盐酱醋面，鼓捣半下午，包了三百多个饺子。李华光没找到我，饺子凉了又不好吃。方媛把我的那份带回宿舍……

听着方媛绘声绘色地讲述偷电过程，品着三扁二圆、大小不一的饺子。进校两个月来最美的一顿晚饭，被我迅速享用。

那天的饺子馅到底是羊肉还是大肉，到底是韭菜还是白菜，我全然忘记。不过那种香味，那种感觉，我至今记得。

"饱了吗？"

"还有吗？"我抹一下嘴，毫不隐晦自己的无餍。

"看看看，杨执戈说五十个不够，你真的不够木。唉，把小伙馋成撒咧，下次给你多包些。"方媛收拾碗筷。

我刚说哈么（还没）吃好呢，一个饱嗝不体面地出卖了我。短发女生不由笑出声来。

"你的二我早都知道,不过你咋敢打人家体育系的来？"方媛放好碗筷，旧话重提。

"早都知道？"我心生疑惑，迅速检查进校后的点点滴滴。应该没有得罪她的地方……现在最关键的，是给她一个合理的解释。

"其实……其实那是个意外。乃（那）一会人饿的像撒一样，他把我往出一挤，你说让人胀气不胀气？"

"你还是厉害，几下把人家头打烂了。"短发女生用夸张的普通话说。

"一看乃个娃是体育系的，我当时就张（惊慌、发呆）咧，站那都不知道咋办呢。"

"你怎么想到用裤带了？换成别人估计早被打倒了。"短发女生又问。

"意外、意外，真的是个意外……"我忙不迭地解释。

"你可真滴二，这两个月除了打架还干撒咧？"方媛更改话题。

"也没干撒。"

"没干撒？……也没看撒书吗？图书馆的书多着呢……你一辈子都看不完。"

"就看咧个《平凡的世界》。"我如实汇报。

女生们都笑起来。我不明就里，茫然地看着方媛。

上铺女生揶揄："一说正题就是路遥，男生能不能有点创意？"

"我们三部都看过，说说你的见解吧。"短发将我一军。

看来很多男生都用《平凡的世界》展现过才华，而且观点雷同。

方媛附和："你就给卖派一哈（炫耀一下），看能说出个子丑寅卯吗。"

哼哼，不拿出看家本事，以后注定被轻视。

"我认为……咳咳……我认为，《平凡的世界》是加长版的《人生》。在路遥的心里，绝对有一个女生让他抱憾终身……"

"是——吗？"短发拉着长腔。

我窃喜，这个观点好像没人兜售过。

"你说为撒？"方媛试试水杯温度，把麦乳精递给我。

麦乳精是高档营养品，我见过没喝过。女生太奢侈了，吃完饭还喝麦乳精！

刚才胡诌几句，没成想引火上身。从哪里说起？算了，管它呢，就把想到的说出来吧。我吹吹杯子，轻吸一口，竭尽所知。

高和孙都是农民出身，两个人的红颜不但漂亮，而且都是高干子弟。最后高加林显出原形，黄亚萍远走南京。田晓霞牺牲，孙少平回煤矿。这个没有结果的结果，正好说明路遥心中的女生遥不可及……

"哎呀，小伙子有点思想啊。"短发拿腔作调。

"继续，继续。"另一个女生催促。

既然不再小瞧我，那我就信马由缰。

《平凡的世界》虽然有一百多个人物，有很多叙述线索，把这些人物去掉，只剩个孙和田，是不是和《人生》有点像？两个女主人公的命运不一样，结局都是伊人在水，道阻且长……

"路遥写的是半自传体小说？"短发正色端详。

"第一部和第二部应该是，第三部不像。"

"小说肯定都有作者的影子。"方嫒同意我的观点。

"对啊，比如《孤星血泪》和《大卫·科波菲尔》，主人公都是岁着（幼年）滴时候受尽磨难，后来贵人相助，功成名就，抱得佳人归……"

"没看出来啊，方嫒。你这个岁老乡有两把刷子呢。"

"就是，小伙看的书还多。外国文学第二学期才开呢，那个狄更斯，我基本没印象。"

"毕业了我就去西安，我要当面问问路遥，看你说得对不对。"短发的态度不像在开玩笑。

"这是一个最好的年代……一千个读者有一千个……"

"他还不是半斤八两……走走走，不听你胡然咧（胡说了），到操场看雪走。"

我掏出钥匙，根据插座对应的位置，在另一面墙上比划几下，使劲一戳。吧嗒，墙上一个窟窿。

三个女生惊奇地啧啧着，短发拿起一双筷子，满墙乱戳。

捌

天地苍茫一片，皑皑若棉。偶有枯枝掉落，似有似无的一声。操场里有三三两两的同学在漫步，呢喃轻语裹着微微的寒风飘过来，细如蚊蝇。角落里不知谁断断续续地哼唱着《橄榄树》：

> 不要问我从哪里来，
> 我的故乡在远方……

20世纪80年代初，话剧方兴未艾。各区县都有自己的文工团，凉城也不例外。《陈毅市长》《于无声处》《假如我是真的》等一一在凉城人民剧院上演，场场爆满。

方媛的父亲在文工团工作，她自小就耳濡目染了话剧的排练，还在《甜蜜的事业》里饰演过梦弟。上了高中，学校的各类文艺演出，几乎都有她的参与。而且必须有她的参与，才能得到文工团的义务指导和免费道具。

演出耽误了很多课程，数学到高三基本听不懂。加上她看见数学也愁，高考刚过大专录取线。

张远黎他们四个高一在一个班，而且前后座。到了高二，梁红刚、李华光报文科，张远黎、杨执戈学理科。他们的教室刚好两隔壁，四个人时常见面。进入师专，和方媛又成了朋友。

后来发生的一件事，让方媛很是唏嘘。

春天，第二学期开学不久，经常有校外人员上灶，学生稍微去迟点就打不到饭。有眼尖的同学觉察到，一两个年轻的厨师，除了摸女生的手外，还能让个别女生用三毛钱买到六毛钱的菜。大伙纷纷向学生会反映情况，然而学生会主要成员都在校外实习，留守的全是大一同学。他们除了每天定时在广播上念几篇汪国真的散文，根本不向学校汇报。每隔一两天，就有仗义执言的同学和年轻的厨师对骂起来。

某天下午，餐厅又起冲突。两个成纪同学说，他们明明看见某个女生递进去的是二毛菜票，找零出来的却是五毛（菜票的最大面额是五毛）。

那个厨师恼羞成怒，一勺菜汤泼了出来："你长哈（的）眼睛是出气的吗？把你个四眼狼。"

成纪同学也不吃亏，抓起馒头就砸向厨师。其他厨师过来劝解，劝解之后故意不接成纪同学的菜票和饭盒。

各系的风云人物聚在餐厅外，商量着把那个厨师教训一顿。有人说千万不能动手，动手就把有理的事情弄得么（没）理了。另又有人说，都怪学生会那些人，毕业的毕业、接班的接班，撒事都不管。

"干脆咱们成立餐厅自管会，各系选个代表，直接到后勤上反映情况。"不知谁开了句玩笑。

这句玩笑让风云人物们精神一振，你言我语地争论后竟一致通过。有了自管会就得有主席，谁当主席又成问题。这是个能和学生会主席平分秋色、并驾齐驱的角色，说不定真的会成为下届学生会主席。谁都想争得这个露脸的机会，谁都不愿毛遂自荐、主动请缨。风云人物们期待地看着别人，希望有人能推荐自己；要不就极力否定他人，挑出对方一大堆毛病。总之，谁都看不上谁，谁当这个子虚乌有的主席都不合适。

正相持不下，张远黎、梁红刚端着饭盒过来凑热闹。由于平时待人热情，为人豪爽，好多同学都认识他俩。一位镇县同学说，"远黎当主席吧，他当主席么麻哒（没问题）。"大伙有的赞成有的沉默，镇县人干脆直呼"张主席、梁主席，表个态，我们绝对马首是瞻。"面对主席称谓，两人笑而不语。众人再次起哄，以类似陈桥兵变的方式，使他俩黄袍加身，成为自管会正副主席。

两个人意外加激动地把这件事告诉方媛，方媛认为此举毫无意义且略显荒唐。学校上学期比往年多收了好几百人，服务肯定有欠缺的地方。要想一下改变，根本不可能。为黎民百姓计的使命感、被众人拥戴的瞩目感，让张远黎和梁红刚像打了鸡血似的兴奋，哪里听得进方媛的劝说？

晚自习刚结束，他俩就在宿舍间串联。凭借平时的人脉，很快督促成立和任命了各系的自管会及主席，李华光、杨执戈毫无悬念地成为所在系的一号人物。

如何引起后勤的重视、表达全体同学的心声呢？第二天下午，各路伪主席齐聚餐厅前的花园旁。大家端着饭盒，一边吃，一边像模像样地召开自管会第一次全体会议。

"赵主席""钱主席""孙主席"被人前呼后拥，谁心里不熨帖？但是以何种方式和后勤对话，又都自说自话、莫衷一是。待散场回宿舍，他们也没商量出个所以然。

"槽（咱）写个请愿书，让全校同学把名字签上。"镇县人出了个点子。

张远黎连夜捉笔成文，一大早就拿给梁红刚、李华光。他俩的批语只有八个字："狗屁不通，不知所云。"

"出师未捷身先死，一篇文章写不成。"张远黎不想当主席了。梁红刚意犹未尽，决定发挥专业特长。没容他动笔，镇县人将两页稿纸悄悄递给张远黎。张远黎让李华光审阅，李华光又把它带到教室，高声宣读。请愿书居然文从字顺、层次清晰。中文系的才子哪肯善罢甘休？他们以请愿书为蓝本，群策群力、遣词造句、推敲增删，最终点石成金，使它成为一篇铿锵有力、气贯长虹的千字骈体文。

杨执戈龙飞凤舞、笔走龙蛇，花了整整一天时间，用规范的行楷把请愿书誊写在大白纸上。张远黎、梁红刚写上大名，然后联系各系伪自管会主席，让他们签字。

请愿书在几个伪主席手里转了一圈，留白处是各种字体的签名。白纸不耐磨，等它回到张远黎手里时，整张纸弄的脏不兮兮、皱皱巴巴，边子像驴啃过的草地，霍霍牙牙。

签了二十多个名字就成这般模样，交给后勤上实在烂面（丢人）。

张远黎、梁红刚拿着请愿书练习裱糊匠手艺，没成想越粘越烂。正在一筹莫展，方媛来宿舍和他们道别：学校组织入党积极分子去南梁革命老区学习，为期一周，她也是其中之一。看见两人焦头烂额的样子，方媛出了个主意……

他们买来一丈长的白的确良（一种布），杨执戈用抹布蘸着墨汁潇洒地写了两行字：

改善我们的饮食，请签下你的名字。

晚饭时张远黎、梁红刚站在餐厅前的花园矮墙上，做了场激情澎拜的演讲。杨执戈紧跟着跳上去，用抑扬顿挫的平普（凉城普通话）朗诵骈体文。之后，张远黎和梁红刚拿了白布，挨宿舍窜动，游说签字。

各系伪主席们感觉一条横幅声势不够。统一标准后，每个系又做一条。

平静如水的校园，出现这么一件有趣的事。同学们群情激奋，眼冒绿光。大家纷纷表示对自管会的理解和支持，对赵、梁更是崇拜有加，尊称他们为领袖。两人一时间觉着能呼风唤雨，撒豆成兵。

条幅在各个宿舍流转，学生的狂放不羁也被点燃。有些同学自费扯上一丈白布，撰写讨灶檄文。用隶书、楷书或者行书工工整整地抄好后，拿到女生宿舍，宣读他的愤慨。骚扰没骚扰不重要，自己的文采和书法岂能埋没？

两三天后，各种小道消息漫天而来。

"自管会说要罢灶呢。"

"自管会说要罢课呢。"

"下午多买上些馍，明天罢灶呢。"

"自管会通知了，今天中午罢灶！"

消息从何而来，不得而知，不过真的罢灶了。打饭时间，餐厅里稀稀拉拉的不到一半人。

张远黎紧急联系各系自管会主席。询问是谁发布的通知，是谁架空了他们；全校有多少横幅，杨执戈写的横幅传到了哪个宿舍；签名进行到什么程度。伪主席们白天散落在学校的各个角落，集中会面很不容易。只有熄灯前，才能在宿舍里一个个堵住。封疆大吏言明他们没有说过罢灶，都以为是张主席的号令，中午也没上灶。

"匪夷所思，太匪夷所思了！"李华光对这次行动大感不解。

学校饭菜比外面便宜，餐厅又恢复正常。好多同学说，下午的洋芋丝比中午的绵。

主席一职形同虚设，空付张远黎一腔热血。方媛去南梁的事，又让他们相形见绌：人家都是预备党员了……刚好镇县同学透露，屯子烈士陵园建成十周年，前段时间有过很大规模的纪念活动。解放战争时期，西府战役中最为激烈的一战就是屯子镇战役。丰功伟绩千古不朽，丹心碧血辉映河山。屯子镇距离峰城六十多公里，不到两小时车程。为了不致太落后于方媛，这几个家伙周六下午去了镇县……

没等他们回来，新的谣言又在传播：

"自管会决定，明天罢课！"

罢课，那是小说电影里才有的事。能够亲历，该是多么激荡人心？管他是伪自管会还是伪伪自管会的通知，只要能罢课就行！还有，谁让那几个年轻的厨师，总色色地盯着我喜欢的女生？

准备罢课的消息迅速扩散。扩散的过程中，方案也被具体，措施更加严密，连不参与者的惩戒办法都有了一二三条。

周日下午，方媛返校。罢课的谣言传得沸沸扬扬，每个同学的眉目间都带着大战前的激动。方媛发觉情况不妙，连忙去找张远黎……

等四人回来，已是晚上八点左右。相互交流后，他们悲催地获知。短短两天时间，以讹传讹的谣言遍地开花，事态的发展全不由他们掌控了。五千学生，谁都可以发布消息，谁都可以是自管会主席。或者为了显示自己是核心人物，或者是想有所作为，或者根本没把自管会当回事。有人上个厕所，回到宿舍大嘴一张，就成了自管会的决定："自管会通知明天罢课呢。"

方媛让张远黎和梁红刚赶快找回横幅，立即向学校解释说明。他俩反唇相讥：既无事实、又没参与组织，向学校汇报，与小人有何区别？杨执戈和李华光还没完全享受万众瞩目的荣光，哪里愿意放弃主席称谓？清者自清，浊者自浊，他们以充分的理由否决了方媛的意见。

周一早晨，一号宿舍楼上高高挂起数条横幅。其中两条是杨执戈的墨宝。

> "改善我们的饮食，请签下你的名字"
> "读书好，好读书，读好书，
> 吃饭好，好吃饭，吃好饭"

花花绿绿的签名点缀其间，经风一抖，恰似一个个缺了伞盖的天桥中幡。

玖

违规的厨师被辞退，校外人员也被拒绝——学生必须佩带校徽才能打饭。整个事件让学校大为吃惊：准备罢课？这是什么性质的问题？学生处略做调查，伪自管会浮出水面。

谁是主谋？

张远黎、梁红刚、杨执戈、李华光，还有几个友情任命或自告奋勇的伪主席，隔三差五地被学生处叫去询问经过，核对笔录。

学校只是想了解事情的来龙去脉，以防止类似事情的再次发生。同学们却把校方的调查渲染得非常神秘，将处理结果夸大得极其严厉和恐怖。好多人私下里疯传，"首犯"会被革职查办、开除学籍。

得到实惠的同学，不再被骚扰的女生，多数保持沉默。很多拥护的面孔，把责任全部推给别人。镇县人矢口否认提议张远黎当主席的事，请愿书并非出自他手："槽是个理科生，槽咋会写那么攒劲（好）的文章？"

梁红刚发展了一学期多的女朋友，如同接到潜伏命令，消失得无影无踪。起哄成立自管会的风云人物，都说那天在看热闹，一句话都没说。杨执戈和李华光虽属"从犯",也是灰头土脸、瘌狼渴疾。

少数风云人物为表态度诚恳,汇报过程中无中生有、添油加醋:方媛也是自管会的,是她掏钱扯的一丈白的确良。

学生处的老师对方媛还算了解,判定这些反映纯属无稽之谈,没有采信。

方媛利用课余时间,和伪主席们反复核对事情经过。从起因、发展、活动等方面写了份材料,直接拿给校长。她坦承做横幅的主意是她出的,因为纸质的请愿书太容易损毁……

经过一段时间,学校彻底洞悉整个事情的前因后果。所谓自管会,不过一出闹剧。

学校没处分任何人。只是提醒所有同学,有意见要通过正常渠道沟通,不可有过激行为。对于学校的调查,张远黎他们完全理解。参与者的逃避,个别人的落井下石,部分凉城老乡的嘲讽,却让他们一下体会到什么叫世情冷暖、墙倒众人推。事情过后,张远黎没课就去操场踢足球,要不就窝在宿舍睡觉。梁红刚天天抱着金庸小说研读,还写了一篇《江湖的无情和英雄的悲歌》,从超能力方面证明弹指神功、打通任督二脉的可能性。李华光则迷上魔术,逢人就拿出扑克牌,让人家抽出一张,鼓捣几下后说出牌的花色。杨执戈很快恢复气宇轩昂,但身边再也没了仰慕的眼神。

几位学长还有这样一段荡气回肠的经历,难怪梁红刚那天说让人欺负够了。

"不听老人言,吃亏在眼前。"方媛轻轻摇头,"做英雄是要付出代价的。"

一声叹息,和着落雪,融化在茫茫天际。

"方媛,你这个小老乡灵光着呢,好好培养哦。"一串嬉笑由远及近,是方媛宿舍的短发女生。

"快鼻擦咧耍起（方言，类似"没事滚一边待着去"），你们是不知道……"方媛蔑（蔑视、轻蔑地看）我，"他高中就不是好东西……"

"高中？高中我可是个乖孩子，最听妈妈的话。从来没有迟到早退旷课打过锤（打过架），就连踩死一只蚂蚁，我都会默默祈祷几个星期。"

"你快死远，还默默祈祷几个星期？你咋不说给蚂蚁挖了个坟，立了块碑子？前年八月十五晚上，你在我们班干撒（什么）着来？"

"前年？八月十五？你们班？"我微微眯眼，回忆思索。

"你以为我不知道？几个班的联欢会让你搅祸（搅乱了）咧，害得班主任做检查。说，那次是不是你？"

"那次，那次是个意外……"风很冷，我的脸阵阵发热。

"你一直就不是个省油的灯。"

"那天你也在教室？"我小心翼翼。

"刚到学校就停电了，我先回了。没回去的凑我们班开联欢会，第二天听说出事了……那是第一次听到你的名字。"

我简单陈述经过，特别强调那真是个意外。

方媛大笑："我就想呢，这个祁泾平是个谁？教室里那么多人，他咋敢从教室往外提人？我又不认识，他凭撒替我打架？都说我是故意先走的，先走的人多着呢，凭撒就怀疑我？把你根了一学期不算，还给田包子解释了半天……他平时也料（爱得瑟）的很，教训一下也好着呢。"

"哈雷彗星都能变成哈雷将军，何况这些事？不过高中生打架有几个不是为女生的？"那晚提议到一中，我心中的闪念就是：会不会遇上方媛？

"还有，在阶梯教室，你是不是胡喊乱叫，说你是凉城的狼？"

"哎呀，这个这个……"

"那天被保卫科挡在校门口，是你喊的跑？"

"这、这、这你咋知道滴？"

"我就在你身后。"

"这个，这个怕太意外了吧？"

"意外、意外，我看都是你二得意外……师专里乖（美）女子多着呢，你怕天天打架呢。"方媛弯腰抓雪。

"我就没认识下女生，跟谁打呢？最近忙的考试……唉，现代汉语挂了。"

"现代汉语都没及格？你这学到底咋考上的？"方媛用力捏着雪团。

脚下咯吱作响，有踏雪寻梅的味道。很多同学来到操场，畅饮雪的妩媚和惆怅。

我走开一米，提防她手里的雪团。

方媛把捏了半天的雪团扔向远处，用嘴里的热气哈着手。"你不去图书馆么？我咋么（没）见过你？"

么见过你!!! 我暗暗叫屈：舞会之后，我像个雷达一样不停搜索，都快把你搜索到模糊……没见过我？天地良心，天地良心啊！

世间总有许多奇妙的事情。我知道方媛时，并不认识她。她的各种奇谈怪论经人转述，接连不断飘进我的耳朵。我闯进她的视线，却是为"情"寻仇的二货形象，还无缘无故的彼此牵连。我们在各自学校读高中，没有任何交集。如果没有高考，如果不是我的数学太差——说差是高抬我，一百二十分的试卷，我得了不到四十分——我们会认识吗？

新生花名册放在系办公室桌子上，同学们纷纷查看有多少老乡被师专录取。结果梁红刚、李华光大失所望：1989年，中文系在凉城录取了一个人，还是个男生！梁红刚、李华光认为我就是闹祸联欢会的祁泾平。方媛不信，四中都是些渣渣，能考上师专？我走错教室那次，就是她在发言。梁红刚指着我的背影说，这就是四中的那个小伙。听着阴阳怪气的"凉城狼"，她对我更不感冒。跳舞时故意发问，基本确认八月十五打架事件。飞脚踹人、裤带乱抢，百分之百坐实我的累累恶行。

唯一能加分的，是子夜逃亡。

"要多看书呢，不敢惹事咧。千万别信混两年都能毕业，么谈过对象就等于么上过大学的鬼话。姐给你说，毕了业，只有看过的书能带走，其他都是回忆。"

姐？我惊异地看着方媛。她微微笑着，大大的眼睛在暗夜里晶莹清澈。高中时传说中的女孩，真真切切地站在了面前，却俨然学姐模样。

离开操场时，她告诉我一个秘密：现代汉语不用管咧，徐老师那人不错，肯定不让我挂科。

"先秦文学和写作要好好学呢。当了教师，搞不懂文言文，写不出像样的作文，你这师专就白上了。张老师和彭老师的课，千万别逃。"

拾

这次，我准确而清晰地记住了方媛的长相。随后的日子，或在楼道，或在餐厅，或在校园的某个不经意处，常常会碰到她。如果顺路，两个人边走边聊。

她很想给我表现学姐风范。一说话，不是于连·索黑尔、马丁·伊登、安娜·卡列尼娜，就是唐吉诃德、少年维特、谢廖沙·邱列宁……这些我略知一二。凭着断章取义、穿凿附会的三脚猫功夫，基本能做到兵来将挡水来土掩。

一旦没把我镇住，她立即乾坤大挪移。浮士德魔鬼之约、但丁跨时代、以色列哭墙……全是些没听过的东西。

任她滔滔不绝地讲下去，我会更加地像新生，她会更加地成为学姐。束手就擒？那就彻底没机会了。不不不，坚决不！当她夸夸其谈、显摆学富五车时，我便后语不搭前言的来几句：

花木兰在军营那么多年，是咋伪装的？她不洗澡吗？

为啥要把外（wèi）孙子叫磨镰水？

峰城人的piǎ气到底有几个含义？

都说凉城人倔滴很，到底是哪个"倔"？

搌鼻涕的搌字咋写？

每每此时，方媛关于外国文学的抒发就抛在前一秒，被迫跟着我东一榔头西一棒槌地探讨先有鸡还是先有蛋。

师专校园不大，三五分钟后就到教室。方媛一句好了好了，不跟你然咧（不和你斗嘴了），就此结束本轮交锋。

看着她走进教室，我有点不美气（不舒服，不能按照自己的意愿）：高中没机会认识，现在认识了，怎么就成学姐了？学姐就学姐撒，老给人上课怎么得了？谁说哈（下）四中小伙倔滴很？我看一中这女子就倔滴不得了。

不久，学生会组织全校排球联赛。排球是师专的传统群众运动，每年冬天都在各系之间进行比赛，由体育系的同学充当教练或裁判。联赛开始我丢了好几分，位置从主攻降为副攻，从副攻降为板凳攻。请来当教练的大块头不停安慰我：人家都训练一年了，明年你肯定斩（zǎn）劲。

决赛那天，猎猎的北风打着旋儿在校园上空肆虐，天冷得能把声音冻住。同学们群情激奋，高呼加油。我正在胡喊乱吆喝，一眼瞥见方媛站在人群里，嘴角露出淡淡的微笑。我好生奇怪，不戴眼镜，隔了那么远，我是怎么看到她的？

绕过球场，我挤到她身边。

"你撒时间来滴？我咋没看见？"

"刚来一会儿，你没上场？"

"明年我绝对是主攻。"

"明年你方姐姐就看不上了。"旁边的短发缩着肩膀说。这么冷的天，她怎么不穿大衣？听说靖远煤矿多，难道靖远人都不怕冻？

"去，少胡然。"

"谁见你进过排球场？刚才非拉我过来……"

"死远，中文系的决赛能不来吗……"

我很傻的冒了句："他们呢？"

"他们……"

"近视眼看不远，你到底能不能把眼镜戴上？"梁红刚、张远黎从旁边钻出来，李华光抱着个毛绒娃娃。

"你这是要组撒？"我接过毛绒娃娃，提前体验做父亲的责任。

"你方姐姐过生日……你不知道？"短发女生看着我。

这么大的事，我咋不知道？我顿生被抛弃感。

"你们宿舍的说你参加决赛呢，我们就出去买上了。"张远黎解释。

"他参加撒决赛呢？当了两周板凳队员。"短发女生很能揭短。

"万一有人受伤，我就能替补。"

"花狗娃站到粪堆上——你强装金钱豹呢，前几场你咋打着来？"李华光知道我丢分的事，"你看这个娃娃乖着吗？"

大学生床上放个毛绒娃娃，总感幼稚，但很多女生就是喜欢。

傻了一句，不能再傻，必须标新立异。

"乖是乖着呢，不过大学生宿舍放这个，有点……有点匪夷所思。要是我，就买个特别的……"

"撒特别的？"

"你早组撒着来？"

"好好好，娃娃没有你的份，你掏钱弄特别的。"

啊呀，犯众怒了，这嘴咋不听使唤了？

短发又在旁边添乱："方媛快说，让你这个岁弟弟送个贵的，让他这一月当叫花子去。"

"贵的？特别的？嗯，让我想想。"

我迅速计算本月生活费结余，同时搜索什么是特别的礼物。

"不要笔记本。"

"不要钢笔。"

"不要水杯。"

"不要影集。"

"不要磁带。"

"不要八音盒。"

"对对对，工艺品都不要。"

这些坏人，我每想到一个，就被他们否定。要不买一本书？

"算了吧，你们都说完了，他哪里还有特别的？"一位穿花格呢子的女生解围。

"你就跟上俗吧，娃娃算你一份。"方媛想不出特别礼物。

短发女生不依不饶："有倒是有呢，就看他能找下吗。比如……"

"你不会是说花吧？"

"啊？花？……对对对，就是花，就是花！方媛你让他送花。"短发女生说的明显不是花。唉，我的头不是让门夹咧，是放在石磨子上让碌碡（石磨）碾了。

花格呢子跟着起哄："花，花，给你方姐姐送花！"

方媛又是随意而狡黠地微笑："怎么样？"

"花、花，有花就过来在方媛宿舍吃饭。"杨执戈故意刁难。

"么有你就别过来。"张远黎。

"不行，么有也得让他过来。"梁红刚小眼睛一挤一挤假装同情，"让他在门口站着。"

帅哥李华光更刁："站着？太不人道了吧？至少给他一个岁凳凳（小板凳），让小伙坐在门口……"

"一只哈巴狗，坐在大门口……"短发跟着唱。

"眼睛黑油油，想吃肉骨头。"李华光和道。

"就是就是，再从门缝里抓一把瓜子递两个糖，谁让咱们是老乡呢？"

"他又不是凉城人。"

……

坏人，全是坏人！北方的十一月，哪里去找什么花？不要说花，20世纪90年代的冬天，在校园里能看到个花盆，怕也得在佛前求上五百年。

我灵光一闪："好，你们等着，我保证把花送来。"

短发女生在寒风中瑟瑟发抖："你完了。"

李华光抱过洋娃娃："你真的完了。"

杨执戈捋一下自来卷："你过来的时候把板凳带上。"

张远黎指指我，摇摇头。

梁红刚挤挤小眼睛，什么都没听见。

赛场里又是一阵疯狂，花格呢子的注意力转向赛场，她是政史系一年级的。

我的脑子里全是花，哪里还管排球的事？听到花格呢子大声高呼，我才知道，中文系输了。

下午六点多，我走到方媛宿舍门口，听见梁红刚在问："小伙怕是不敢来咧？"

"把小伙折腾噶也对着呢。"这是杨执戈。

我暗暗一笑，腾出手敲门。

"谁？"

"组撒滴？"

"送花的！"我朗声答道。宿舍里忽然没了声息，紧接着一连串的发问。

"没有花不准进来！"短发女生隔门拒绝。

"塑料花也不行。"李华光紧随其后。

"华光，你在门缝看一哈，要是么有……"这是张远黎。

"根本不用看……"

"报告各位老哥老姐，绝对有。"我自信而诚恳地回答。

门开了，方媛站在面前。

"真有？"

我踏步进门，将端着的一个大脸盆放在桌上，表情严肃地揭开上面的报纸。"看，花，多的像撒一样的花，各式各样的花。"

桌上，在那个大大的脸盆里，是满满的一盆爆米花。爆米花里面成品字形埋着三根麻花，麻花中间放着片拳头大的仙人掌——那是从隔壁宿舍偷偷掰下的。

我没有讲在哪里买到的玉米，也没有讲跑遍半个峰城才找到一个爆米花的。只是不断强调爆米花、麻花也是花的概念，以此混淆他们对花的奢望。仙人掌本身就是花，毋须讨论。我又诡辩，由于时间紧迫，不易携带，没能买到豆花和火爆腰花，望大家见谅。

他们愕然地听我讲完。杨执戈和梁红刚冲上来把我摁在桌子上，张远黎、李华光抓起一把爆米花，往我的嘴里硬塞。

"我让你胡然，我让你胡然。"

"好好享受你的花。"

方媛端过杯子："快往他嘴里灌水，看他再胡然。"

在那个周末的晚上，在空气结冰的冬天，在方媛的宿舍，每个人都欣赏、品尝了关于花的传说。

拾壹

再遇见方媛，彼此就随意许多。聊天内容由纯文学变得庞杂零乱：某个男生整天只吃馒头不吃菜，省下钱就请女生上街；某个女生床铺脏乱不堪、出门却花枝招展；峰城人土气滴，把酿皮叫玉面呢；为什么小什字不小、大什字不大（小什字、大什字是峰城的两个十字路口）？当年教育厅要把师专设在凉城，凉城果真拒绝了？戈尔巴乔夫访华，是不是中苏又成朋友加兄弟了？推倒柏林墙意味着什么？美国会不会入侵巴拿马？

这样的闲聊，一般是在早晨。因为遇见她的地方基本都在餐厅，两人说着说着就会走到各自的教室门口。如果是下午，我只能在教学区的另一栋楼里寻找邂逅。

教学区有三栋楼，呈匚字形摆布。匚字的中间是花园，由两条路以田字分成四块。匚字缺口的中间是校门，匚字的上下两横是一二号教学楼。对着校门的那一竖，是综合楼，楼上正中有鎏金繁体字"图书馆"。图书馆的二三层是阅览室和电教室，四楼很少有人去，那是行政办公区和会议室。一楼大厅是借书台，后面有一间三百平米的书库。

既然在图书馆没见过我，今后一定要在此地多多逗留。果然，偶遇方媛的概率大大提升。

图书管理员拿到方媛的借书单，往往会狐疑地抬头看一眼，确认没有搞错才走进书库。

我知道管理员为啥是那种眼神，因为方媛借的书不太属于学生：《毛泽东选集》《新旧约全书》《金光大道》……单看她借的书，纯粹搞不清她学什么专业。

方媛究竟有没有看过这些书，我很怀疑地问过。她轻描淡写地解释：随便看一哈（下），了解噶木（一下），我又不当专家。

第二年秋天，我也去借类似书籍，管理员的眼神再次狐疑。从书后的借阅人签字卡上可以看出，有的书根本没人借过，有的书很多年没人借过。偶尔有几本书的借阅卡上，孤零零的写着一个名字：方媛，89年某月某日。

借了书，同学们一般会去二三楼的阅览室。那天，我进去时，方媛不在。我选了张显眼的桌子，朝门坐下。虽然翻着书，眼睛却不时张望门口。今天周六，阅览室只有十几个人，她会来吗？

白色羽绒服一闪，马尾轻扬，蝴蝶翩翩。我赶忙挺直身子，向她示意。她走到对面，将书放在桌上，拉出椅子。

"岁小伙积极得很木。"

没容我搭话，一个留着三七分头的男生，抖着弹簧步走过来，坐在方媛旁边。

"上帝死了，太阳也消失了，璀璨的银河不再闪烁……"三七分头眼睛上翻，带着二战结束时柏林的忧郁，像在给方媛说，又像在给天花板说。

方媛嘴角轻扬，大大的眼睛忽闪出一个问号。

三七分头依旧对着天花板："去过火巷沟火葬场吗？去过凤凰岭公墓吗？那种死对生的震撼，生对死的拷问……在我们最后的栖息地，独坐一夜，会有无数的灵魂与你对话……"

方媛再次忽闪她的大眼睛：你想表达啥？

呓语奏效，三七分头将仰望天花板的目光徐徐收回，眼睛里充溢鉴赏的激情。

"我无意中回眸，你的侧影在这个世界划过一道霹雳，而我的人生却在坍塌。我无法释怀，这唯美的画面，是真的吗？我只想说，你真美啊，请停留一下。我应该把灵魂交给魔鬼，而你，就是魔鬼。"

方媛笑而不语，用明亮的双眸看着我。

三七分头抬抬眼皮，确定我是新生，然后用垂眼皮忽略我的存在。

"《性格组合论》？你的独特昭然若揭，像那些书……"三七分头摆着下巴画了段弧线，弧线带着不屑落在我的《烈火金刚》上，"只有中学生才看。"

"稍等，让我写幅素描……"三七分头掏出钢笔，低头在一叠稿纸上奋笔疾书。两分钟后，他坐起身子，向后一靠，右手托着下巴，左手将稿纸往方媛跟前一推，眼睛又看向天花板。

我侧身过去，想看他画的像不像。"这是文字的素描，需要美的大脑。"三七分头眼睑下垂，右手依旧托着下巴，左手食指和中指轻轻敲着桌面。

方媛把稿纸推给我，上面排着几句话：

> 我濒死在沙漠的师专
>
> 流浪的眼睛早已枯干
>
> 宇宙的尽头，是谁打开了手电
>
> 是你
>
> 对，是你
>
> 灵河岸
>
> 三生石畔

> 腾格里的甘泉
> 如
> 一
> 桶
> 水
> 从
> 坎
> 儿
> 井
> 里
> 吊
> 上
> 来
> 吊
> 上
> 来

　　我读了两遍，不解其意，懵懂又谨慎地请教：灵河岸、三生石是《红楼梦》里的吗？为什么"一桶水从坎儿井里吊上来"要这样排列？新疆的坎儿井能通到腾格里吗？

　　三七分头眯起双眼，透过图书馆的水泥楼板，看到了万里之外的塔里木。"《红楼梦》？呵呵。这是禅语，你……"他似有若无地笑，"估计你无法感悟。"

　　"为撒要这样排列？"方媛对"一桶水"也很感兴趣。

　　他身体前倾，将稿纸拉回到方媛面前。"新月派的要求之一就是建筑美，你看——"

　　他不看我，只是让方媛看，嘴角却分明在问：知道什么是新月派吗？听过建筑美吗？

"你看，这像不像是一桶水正从井里吊上来？这是井绳，这是水桶……"

三七分头捋捋头发，"至于腾格里和坎儿井，诗歌的意境……"他仍不看我，继续启迪方媛的诗歌细胞，"只有你这样静美的女孩才能把握。"

"太浪费纸了吧？"我插话，"前两天刚买了一本稿纸，数了几遍，总共九十八张，要五毛钱呢。"

"人生缺乏了才情和激情，再多的纸张都是浪费。"三七分头厌烦了。

我一时语塞，不知如何回答。

三七分头旗开得胜，直视方媛："你微微地笑着，不同我有任何的交流。而我，为了这一刻，已等待很久。"

"泰戈尔的诗？"我揭穿他的抄袭。

"新月派受泰戈尔的影响较大，中国早期的诗人……"三七分头脸上有点挂不住。

"理性节制情感……超功利……自我表现……贵族化……"，全是些我听不懂的。

趁他无私奉献地给方媛普及文学常识，我写下一行字，以同样的姿势将稿纸推给三七分头。

"这算不算诗？"想忽略我？我就是个二百瓦的电灯泡！

三七分头斜眼稿纸，如视敝屣地发问："这？诗？你秉承的是湖畔派还是象征派？"

我不看他，只是自顾自地胡诌："这就是你说的建筑美呀，我给你讲……"

　　她

　　一

个
字
都
没
有
说
就
哭
着
走
了

背影成了我的地平线，地平线，地平线……

"这一竖行，是她流的眼泪。这一横行，是她的背影。她越走越远，越走越远，最后撒都看不见了，就成一串黑点点咧。"

三七分头微微张嘴，打算捋捋头发，手却停在半空。看到他一时发懵，我决定采用主席最伟大的决策之一：宜将剩勇追穷寇。

"你说上帝死了，说明你信上帝。信上帝，你一定知道他是万能的，咋可能会死？眼睛干枯，肯定是瞎了。要个手电筒有撒用，不是瞎子点灯白费蜡吗？各道四处（到处）流浪，是不是连眼珠子都么有咧？"

方媛轻咬拇指，抿嘴低笑。三七分头的眼睛瞪起老大，好像我是一道霹雳，划过他自信的世界。哼，我这个灯泡不但瓦数大，而且自带电源。

"还有，宇宙那么大，手电筒能照多远？怎么都得弄个探照灯。再一个，和灵魂对话，不是活见鬼吗？何况浮士德还是去了天堂……"

三七分头有点凌乱，夹七夹八地说些形而上学、我思故我在的句子。

不可沽名学霸王，让你知道一下咱凉城小伙有多倔！我在稿纸上又写一行：

　　小巷
　　又弯又长

　　没有门
　　没有窗

　　我拿把旧钥匙
　　敲着厚厚的墙

三七分头足足看了一分钟，默默站起，悲怆地唠叨："怎么会这样？怎么能这样？我可以超越生命，却无法超越这条小巷。"

三七分头刚一离开，方媛笑着摇头。

"你写的？"

"顾城的，我有这本事？前面那个是现编的。"

"就说木……唉，你把人家小伙的梦给扯咧。"

看着三七分头凄惶的背影，我起了怜悯之心，他不会真把《小巷》当成我写的吧？

三七分头是师专众多才子中的一个。才子者，张口"把握"，闭口"超越"之异人也。他们时常独立于校园一隅（多是女生必经之地），左手托右肘，右手托下巴，对着一棵树，一面墙，冥思苦想很久。当然，那棵树、那面墙会以永恒的沉默，告诉他们许多人生真理。和人聊天，才子们常念叨些主谓宾错位的句子，揭示生命、人生和青春的真谛，唬得我们瞠目结舌、羞愧难当。才子们最喜欢带着弗洛伊德、叔本华、康德和尼采，同漂亮女生探讨他们永远搞不懂的问题：为什么他会在师专吃饭，在师专吃饭的为什么会是他？

拾贰

进入十二月，雪花又在董志塬飘飞，飘飞的雪花激发校园的浪漫，浪漫的贺年卡温暖、孤独着离家的学子。

人们的英语水平普遍不高，英语也无法决定一个美术生能不能读研究生。年末岁首，大家还在用汉语表达祝福和问候。贺年卡上很少印Wish you a merry Christmas之类的表音文字，间或一句艺术体的Happy new year，就非常时尚。驯鹿拉着的雪橇、雪橇上的白胡子老头、没有烟囱的宿舍到底能不能放进礼物，都成为个别同学的憧憬。宿舍、餐厅、教室的空气里，孕育着一个叫圣诞的节日。

大多数同学对此不感兴趣。校园里出现"圣诞快乐"字样时，有人就显露出朴素的抵触。一些男生不知从哪找来主席像章，佩戴在胸前，像一面鲜艳的旗帜。他们用这种方式传递一种思想：谁才是我们的救星。

杨执戈的那枚像章有茶杯盖大，还带夜光。我问他哪买的，他嘿嘿一笑："这是珍藏品，你找不下。"

没有主席像章，怎么和喜欢白胡子老头的人叫板？怎么显示凉城小伙的佸?

周日下午，我沿着北大街走到南城壕，没有找到出售像章的店铺。我于心不甘，又走进大什字新华书店。那里摆放着许多共和国领袖的挂像和明星海报，我买了张一尺见方的主席挂像和周润发海报。

回到宿舍，杨执戈来了。

政史系晚上在阶梯教室有个辩论会，杨执戈想去看。我说政史系个个呆板的样子，能开个什么辩论会？还不如去看录像。

"方嫒也去呢。"

方嫒也去？这就需要重新规划了。

我问梁红刚他们去不去，杨执戈说这三个都没在学校。

最近只要短发女生上街，李华光肯定不离前后。张远黎迷恋上了打麻将，一到周日，就带着梁红刚跑到峰城同学家里去，直到宿舍熄灯才回来。

杨执戈让我在楼下等，他去叫方嫒。等他们下来，我看出门道：杨执戈约的是花格呢子，我和方嫒纯属垫背。

我暗打算盘，动员大家去看录像。辩论会又不点名，花格呢子不用担心。

花格呢子是主持人，杨执戈得去给她长个精神。

"走撒走撒，有人打算明天开圣诞晚会，政史系是有的放矢。今晚绝对一场恶战，咱去见识一哈。"方嫒一手哈气，一手拽我。

没走几步，杨执戈记起下午把拳击手套落在体校，他得过去取。

初见杨执戈，他是白瘦自来卷。十月底，他喜欢上拳击。没课就跑到师专后面的体校和人对练。两个月下来，已成黑瘦自来卷。这家伙，乍看上去，高高瘦瘦、文文弱弱。在楼道里硬要我陪他对练，几拳打得我找不见东南西北。

"你们先过，我最多十分钟。"杨执戈说罢向学校后门跑去。

各系学生会经常组织开放式辩论会，我也凑过几次热闹。会场里往往人头攒动、人声鼎沸。主办方的学生干部，不时皱皱眉头，以表达对嘈杂喧嚣的不满；彼此又偷偷交换眼神，分享活动成功举办的喜悦。

今晚的情形有点不同。外系的同学不多，阶梯教室里稀稀拉拉地坐了百十来人，气氛甚是冷清。

花格呢子的普通话很甜美。不过只要她开口，窗子旁就有个操着谷山口音的同学大呼小叫地喝倒彩。

政史系学生会主席说完各抒己见、畅所欲言的客套话。一位同学就慷慨激昂地举手发言：匈牙利修改宪法、波兰团结工会上台、柏林墙拆毁，连齐奥塞斯库都被通缉……这场辩论会没有任何意义，参会人数就是明证，民主才能强大中国……

有同学立即反对，前者不认同。持不同观点的人陆续发言，互不相让。辩论变成争论，争论上升为争吵。

场面一时有点失控。面对此起彼伏的叫喊声，花格呢子拿着话筒大声说："同学们，静一静，请轮流发言。"

有人跟着起哄："你们政史系说滴都不一样，还讨论个撒？干脆开联欢会。"

"对着呢，去操场，开篝火晚会。"

……

"把这些白糖（傻瓜，没脑子的人）。"我愤愤不平地举手，方媛让我不要冲动，可青春的热血怎能忍得住？

"前面这位同学，如果你不知道中国近代史，你就悄哈（闭嘴）。如果不知道共产党的艰苦卓绝，我劝你看一哈《吕梁英雄传》，要不看一哈《西行漫记》——那是你洋大大写的。没有毛主席，没有共产党，我们早被瓜分成非洲了。你哈免费上学尼，你站在西门坡喝西北风都么有。"

"说了半天，还是个人崇拜的陈词滥调……"

"古今中外，谁能和主席比？政治、军事、书法、诗词……你给我说，这样的人不崇拜，我们还要崇拜谁？"我也成争吵了。

"那么崇拜，怎么没见你戴像章呢？"

"像章？你想看像章？"

腾的一步，我跨上椅子，大声说："往这看——"

解开黄大衣，一张十六开的毛主席挂像赫然胸前。那是出门前用别针在毛衣上的。

有人鼓掌有人笑。

"好——"

花格呢子伸出右手，拇指上翘："凉城小伙奏（就）是倨!"她大概忘了，话筒还在手里。

我正要得意，一本书向花格呢子砸过去。

"皂倨你娘娘滴×，把你个草驴。他奏是个裁哈滴（阉割了的）。"是前面喝倒彩的那位同学。

花格呢子"啊"的一声，掉头跑出阶梯教室。

我血脉偾张，跳下椅子，直奔骂人者。

方媛一把扯住我："祁泾平，你组撒（干啥）？"

"你知道他骂哈撒？"

方媛迷惑，双手紧紧拉住我的大衣。她听不懂谷山方言，我能听懂。

"皂你来，皂你来，皂今天谁瓦展喽（逃跑）谁就是个头口（gǒu，牲口）。"谷山小伙叫嚣。

我胳膊向后一翻，身子从大衣里挣出来，向谷山小伙奔去。几个男生向谷山小伙聚拢，其他同学纷纷闪身离席。

我一把抓过他面前的啤酒瓶，反手往窗台上一抡。砰——，瓶子爆裂，露出锋利的玻璃碴。没容谷山小伙反应过来，我用玻璃碴抵住他的喉咙。

"小伙，想打架吗？"

面对距离不到五公分的酒瓶，谷山小伙懵在那里。急促的呼吸中，一股浓烈的酒气散发出来。空气凝滞，所有人都看着我俩。

"你疯咧吗？这是教室！"方媛拖着大衣跑过来。

政史系学生会主席从后面抱住我："有话好好说……方媛，你劝一下你朋友，活动还没完呢，给政史系一个面子，给我一个面子。"

我回头看他，方媛趁机来拽酒瓶。我怕划伤她，便松了手。

谷山小伙看到只有我俩，呆滞的神情略略恢复："皂你戳，皂你戳，皂你今天不戳你就不是你妈养哈滴。"

没等我还口，方媛厉声说道："都往出走，不要在这丢人现眼。"

谷山小伙摇摇晃晃的站起来，四五个人呼呼的向外走去。

"这事可不是我们引起的。"方媛小声对政史系主席说。

"知道，知道，农学系的这几个一直捣乱。"系主席露出了然于心的表情。

我回身抱拳："各位，实在抱歉！大家继续，继续。"

有同学想看结局，谷山小伙几声怒斥，他们进退维谷，钉在原地。

谷山人骁勇剽悍，在师专里也算一方人物。我和方媛走出教室一大截，才有两三个同学跟出来，在楼道里远远观望。

拾叁

雪已停。偶有几片雪花，在半空盘桓，如迟到的学生在教室外面磨缺。三两株冷冷的柳树，昏暗在二号教学楼前。树枝上几只探头探脑的麻雀，清脆校园的空旷。

"冷不冷？冷了把大衣穿上回宿舍。"

"快好好着，看感冒咧。"方媛把大衣披在我身上。

"你看我能穿吗？"教学楼前的花园边，五个黑塔似的谷山小伙半圆形展开，扼腕而立。

"皂小伙子麻达滴很（厉害的很），领滴哈是方媛，女子看着心疼着木。"

"笤帚疙瘩支门——也不看你们是个撒货！要打架就动手，牵扯女生算撒儿子娃（男生）？"我将方媛挡在身后，盘算着如何应对。

手伸腰间，我企图抽出裤带。季节已是隆冬，厚重的毛裤会掉下来。左手提裤子右手抡裤带怎么作战？

"皂你再给腔子（胸膛）上来一哈，我奏神伏（佩服）咧。"

"皂今儿个不弄，你就是个邹邹（蜘蛛）。"

几个人一边撩逗，一边向我包抄。

"皂把这女子娃让给熬（我们）几个，熬就让你囫囵着回起，要不奏卸你一件子。"

"蚂蚱跳舞——你看你们长了个撒腿！（贬义，形象不好）"我回骂。

他们冲了上来。

四面八方都有拳砸，前后左右都有脚踢。方媛在喊，却听不清她在喊什么。不知道谁打了我，也不知道我打了谁。浑身上下都是砰、哐的拳头声。不到十秒钟，我被按翻在地，死死不能动弹。

谷山小伙用膝盖顶住我的脊背，左手抓头发，右手在肩膀上猛砸几拳。

"皂你神伏不神伏（服不服）？"

"五个打一个算球本事，有本事单挑。"我脸贴着雪地，一阵阵冰凉的清爽。

"这龟子（家伙）×哈犨，单挑你娘娘个×。"他又是一拳。

"你们是男人吗？是男人就单挑！"方媛拽动谷山小伙。

"来来来，起来单挑。"我被架起。头上又着一拳，满天星、亮晶晶。

方媛用手擦我的脸——酸咸肿疼，不知哪儿破了。

胸前的画像七扭八歪，主席以他永恒的微笑穿透几个世纪。

我取下画像交给方媛。弯腰捡起大衣，拍拍上面的雪花，仍旧披在身上。环视五人，他们虎视眈眈。

"打够咧吗？打够咧就单挑，敢吗？"

"你娘娘滴×，皂单挑奏单挑，老子哈怕你不得成？"

谷山小伙左肩微前，右拳冲出。我迅疾侧身，上右步置其左腿后，右臂左弧，瞬间发力。谷山小伙飞出三米，仰面摔倒。我没敢用肘，要不他的肋骨就折了。

"谁哈来尼？"我把大衣向上一拉，挑衅四人。四人向后一退，旋即围拢上来。

"单挑，是男人就单挑。"方媛插身站在我的面前。

"好小伙，唉幺……单挑就……唉幺……"谷山小伙呻唤着往起爬。

"单挑能行，和我来。"两个身影一前一后，闻声而至。

杨执戈！

花格呢子跑到学校后门，遇见杨执戈。杨执戈哪能受此侮辱，二话不说，匆匆赶到。

"乃一阵（那会）谁骂人着来？撇书的是谁？"杨执戈豪气冲天，根本没在乎他们五个。

我指指弯腰呻唤的谷山小伙："这小伙挑不成了，你试问他们。"

谷山人确实剽悍，没有一个怯趄（害怕），有人脱大衣迎战。

只能说，拳击非常具有实战性和攻击性。三捶两点，一个小伙捂着鼻子蹲在雪地。其余三人跃跃欲试，醉酒者制止："皂对咧着（算了去），皂对咧着，皂熬几个给哥认个不是你看得成？"

杨执戈手指众人："我给你们说清楚，这是我女朋友，这是我们凉城哥们。你们谁要是再胡说，我让你连牙都找不见。"

本期开学，谷山小伙偶遇花格呢子。他想方设法和花格呢子宿舍的其他女生搭上关系，并让她们为自己牵线。花格呢子从不给他表白的机会，他的礼物全被退还。谷山小伙着实烦闷。最近听闻凉城小伙在追花格呢子，他更是气不打一处来。下午喝罢酒，又来骚轻。眼见我抢了风头，女孩又是叫好，又是凉城小伙奏是倨。这家伙彻底绝望，以为我就是那情敌。故而醋意大发，冲动扔书，脏话骂人。

花格呢子的父亲数年前在凉城工作，和杨执戈的父亲是同事兼朋友。虽说她父亲调往陇东县任职，两家的友谊并没有中断。那枚毛主席像章，正是花格呢子所送。杨执戈这次百米奔袭，更让花格呢子折服，两人又为师专增添一个悲欢离合的故事。

方媛取下手帕替我擦脸："你这二愣脾气撒时候能改一哈？看招祸咧吗？"

　　我有点懊恼，又有点开心，不停地问："你不是说有一场恶战吗？这算恶战吗？快看脸好着吗？这里，就这里，快看好着吗？"

　　"好着呢、好着呢，不影响你找女朋友。"

　　杨执戈安慰花格呢子，问她是不是还没出气，要不要把那几个人再捶一顿。

　　花格呢子一脸仰慕，小鸟依人般地看着杨执戈。

　　"不用，不用，太恐怖了。"那温柔不像是在劝阻，倒像是鼓励他再打一场。

　　方媛让我赶快回宿舍用凉水敷脸，要不明天就肿得不像我咧。同时一再叮咛，有人问起，就说是和杨执戈练拳击打的。

　　"今晚哪里都不许去，要是你们再去惹事，从此割袍断义！"

　　晚上十点多，杨执戈带着张远黎、梁红刚和李华光赶到宿舍。

　　一见我的形象，他们马上要找那几个谷山小伙算账。我说算了算了，那几个二球喝了酒，跟酒疯子计较太掉价，何况他们也没占多少便宜。

　　"没占便宜也不能这么算了……"

　　"敢调戏方媛，他们是想招锛子（锛子，一种工具。招锛子意思是找打）呢。"

　　"对，今天非把他们的楞给平咧不可。"

　　自管会风波中，方媛的提醒和建议、自始至终的友谊，使张远黎他们不仅佩服她的判断力，更感激她的帮助。平时对待方媛，既是大姐般的尊重，又是小妹妹般的呵护。对方媛的不恭，就是对他们的不恭，就是对凉城小伙的不恭！

　　我说牵扯到方媛了，不能太草率。在会场摔酒瓶，有主动惹事的嫌疑。把事闹大，于我也有不利。李华光说先等学校动静，学校没反应，再收拾谷山小伙不迟。

　　安慰我好一会，四个人愤愤离去。

拾肆

次日早晨，我用镜子一照：额头乌青，右眼框一圈黑。这可怎么去上课？我拿凉水又敷了几遍，还是没多大改观。

课间休息，系秘书叫我。

"你到系上来一下，张书记找你。"

张书记就是先秦文学张老师。他的课，我在走上工作岗位后，才理解有多么重要。

书记端坐办公桌后，一圈稀疏的华发努力掩盖头顶的光亮。方媛双手搭膝，浅坐对面。我俩偷瞄一眼，心领神会。

书记严肃地沉吟一声，缓缓开口："我现在代表系党委和你谈话。关于昨天晚上，政史系活动中出现的骚乱，你要真实、客观的向组织汇报，不能有任何隐瞒。小薛（系秘书），你记录。"

我用三百字表达了对共产党的热爱、对伟人的敬仰、听到起哄时的慨然、眼见女生被辱后的义愤，用一百字复述教室内的争论，用零个字省略打架经过。

"你们没打架？"

书记审视我的熊猫眼睛乌青脸，自言自语地说："……要是打架，性质……就变了……"

"没有，没有，我只是气不过他们对历史的无知和放肆……"

"他们个个醉醺醺的，满嘴脏话。"我们把两拨人的表现搅成浑水。

书记抽一口烟，稍稍一顿：

"你们两个说的基本一致……没有打架就好……酗酒，闹事，成何体统？当然你也不对，怎么当着那么多人摔酒瓶子呢？你完全可以采取其他方式……这些不要记录。现在牵扯到三个系的学生，学校责成我们调查。你下去不要有什么负担，系里会将材料移交学生处的。"

秘书让我看了一遍记录，要求在后面签字。我拿笔的手有点犹豫，这咋像在签卖身契？

"我签了。"

书记抬眼看着方媛，什么也没说。

我的字一向难看。如果知道这是大学里第一次能留档的材料，之前我一定会好好练习钢笔字，至少应该把签名练好。

"政史系那个猪……"从办公室出来，方媛忿忿，"屁大个事都给学校说。"

"谷山的会不会交代打架的事？"

"他们敢!!! 说五个打一个？还是说他们告饶了？"

"给他们通个气？"

"算了，估计现在也被问话呢。"

下午，我正在阅览室看《你的误区》。方媛进来，拿着几页稿纸。

"中午我想咧一哈，摔瓶子这个事明显对你不利，得去找校长。"

"找校长？"

"嗯，给校长提前留个正面印象。学生处就是各打五十大板，每人一个处分。校长只看材料，哪里知道事情的原委？字一签就通过了。"

"行，给校长说走。"

"用嘴说能留个撒印象？这是我写的，让杨执戈抄了一遍，你交给校长。"

篇幅两页半，经过、愤慨一目了然。

校长室在图书馆四楼，抬脚就到。我喊了声"报告"，方媛斜我一眼，轻轻敲门。

校长身材高大，面目清秀，精神矍铄。说明来意后，他接过材料。

我对校长还没什么级别概念。除了不带课，他们大概都是思想自由、兼容并包的蔡元培，或者学贯中西、睿智幽默的钱钟书吧？来年秋天，亚运圣火传到峰城，全市在小什字组织集会。他和行署领导、朝那人郭专员同坐主席台，位置居中。我才知道，师专校长和行署专员平级。

和行署专员平级的校长，办公室的布置很简单，或者说很简陋。不大的办公桌与其他教师的一样；用钢管焊接的单人床头和8号钢筋做成的脸盆架子，刷了层绿漆；窗台上的铝制饭盒同我摔坏的一个样子，上面还放着半块馒头。唯一区别身份的，是两套灰布三人沙发和他坐的那把靠背椅。

以后的岁月，我陆陆续续进过很多领导的办公室，级别都没他高。他们的办公桌却越来越大，沙发也越来越豪华。曾经有个村支书，三间房大的办公室里，放着一张能坐十个学生的超级老板桌。

"你脸上是怎么回事？"校长没看材料，直接问我。

"他和同学打拳击……人家都练两个月了……"方媛抢先回答。我暗自思忖，这女子怎会如此厉害？

"你们讲的应该是事实的啦？"校长是上海人，听说大学毕业后不知怎么到了镇县造纸厂，蹉跎岁月中度过了青春年华，改革开放后几经辗转，入主师专。

"绝对事实！"我和方媛异口同声，语气坚决。

"你们先回去，等材料上来，会有答复的。"校长问方媛，"明年侬该毕业了吧？"

"嗯，还有六个月。"

"多看些书，无聊的事情就不要参与的啦。"

方媛，早是见过大世面的人。

谷山小伙没有交代打架，只说和同学争夺一本小说，不小心让书飞了出去，正好砸在花格呢子的头上。他愿意接受学校处罚。

我们谋划着把他们的皮好好熟一顿。短发女拍手叫好，一定要让我把菜刀带上，她还没见过约群架。

方媛厉声呵斥，沉着脸骂我们是群匹夫。

"打架，打架，到底要打到撒时候？你们……你们和那些没上过学的匹夫有撒区别？你们……"方媛浑身颤抖，说不出话来。

我们瞠目结舌，无所适从。梁红刚说，还没见过方媛翻脸，她发怒的样子太吓人。在方媛的怒视下，我们承诺放弃报复行动，永不追究。

方媛脸色回暖，气氛缓和。"这不就对了吗？老像一群匹夫怎么行？匹夫见辱，拔剑而起，挺身而斗……"

梁红刚提醒我和杨执戈注意安全，小心暗算。

"明处他们不敢，就怕在么（没）人时。"张远黎补充。

"他们要是敢，那就太匪夷所思了，咱们几个是好惹滴？"

"来来来，让他们一起来，看我不把这几个家伙扣死咧。"在花格呢子面前，拳王阿里都不是杨执戈的对手，区区谷山小伙，何足道哉？

"你俩千万小心，不管怎么样，先不要让自己吃亏。"看见我们放弃了报复计划，方媛又恢复大姐大的温柔。

我没有练就降龙十八掌，无法笑傲江湖，只好把菜刀别在腰里。每逢走到楼梯拐角、厕所水房，都要多看两眼。既担心他们打黑枪，又在兴奋中期待黑枪早点打响。

菜刀别在腰里，走路时总咯着肚子，让人极不舒服。特别是方便时很不方便：先得掣出它放在隔板上，然后才可宽衣解带。进来的同学斜眼菜刀又侧目我，眼神颇为复杂。有个同学进入方便前奏，无意瞥见菜刀，浑身一抖，嘘嘘声戛然而止，提着裤子，疾步走出厕所。

第三天和方媛打饭，菜刀掉下来差点砸在脚上，引得周边一片惊讶。

方媛捡起菜刀，把它裹进随身带着的一本《读者文摘》。

"你就不怕把毛衣割烂吗？夹到书里面不是撒事么有咧？"

我接过杂志，挠挠腮帮。

"二娃，这奏是为咧吓人，你千万不要真滴把人家砍给一刀。"

肯定是为了吓人，那菜刀连刃子都没开。

四五天后，警惕的心逐渐松懈，我和杨执戈不再带刀出行。两人腰间多系了条军用裤带。很长一段时间，这成为我们行走师专的标准配备。

学校毫无反应，我很奇怪。每次在楼道遇到书记，他除礼貌回应我的问好外，一直没有约见我的迹象。

我们几个得空也聊这事，我做好了背处分的准备。几番猜测，方媛说："杞人忧天，该来的总会来，现在以不变应万变，准备考试。"

第二年春天，我和班主任徐老师成了朋友。他告诉我，学生处的决定就是每人五十大板，校长的一番话却改变形势：

"……这些怀疑、否定的声音，说明目前有些学生的思想还很混乱，还没有认识到中国革命的艰难，这是很危险的。有同学出来维护，我们应该表彰才对……"

我瓜坐半晌，暗自庆幸：由于方媛的材料，致使校长把谷山小伙和极端言论的人混为一谈。不过校长就是校长，他从现象看到本质，站在政治的高度思考问题。这远见，服！

那年，东欧剧变，一些盲目的言论甚嚣尘上。后来，在对前苏联解体的反思中，人们意识到，除了体制上的腐败特权没有得到根除外，最主要的，是青年一代忘却了历史。

摔酒瓶行为太过暴力，学生处既不能表彰我，也不能处分谷山小伙——毕竟只是扔了一本书，又没动手打架。寒假过后，这事不了了之。

拾伍

1989年12月31日，周日。

屋顶、路边的积雪在蓝天下泛着冷冷的白光。风不大，却硬戳戳地割着路人的脸。

为庆祝新年到来，我们在二招（峰城第二招待所）吃了一顿好的。

吃罢饭不到一点。花格呢子要到林校看她弟弟，大伙沿街北去。

走不到三百米，是峰城汽车站。好像是谁在召唤，几个人不约而同地溜达进停车场。果然，一辆班车的红色车牌上有"甘L"字样。君自故乡来，应知故乡事。我一阵亲切，痴痴盯着司机。

司机抽着烟，对助手骂骂咧咧："谝着尼……把人冻日塌咧……人家都过元旦起咧……"

他跳下车，砰的一声关了车门，用脚踢踢轮胎，冷淡走过。我眼里流露出的激动被他忽略。

热脸蹭咧个冷屁股。虽说有些自作多情，我还是绕着班车抒发了一圈乡愁。

梁红刚看见一辆去华池的班车，张口要去南梁老区。短发第一个响应，她早都想去边区政府，一直没机会。李华光瓷诿（推诿、迟疑）着，嘴上却表示他也去。张远黎和同学约好了通宵麻将，方媛去过，两人都不同意。

我和杨执戈劝梁红刚算了。这么冷的天，能有什么风景？梁红刚执意要去，还让张远黎一起走。

"待在宿舍光想打麻将，一打奏（就）是个输，说一千道一万，我这两天不在学校待。"梁红刚说着就去买票。

我们无法理解梁红刚，大骂他的不仗义。方媛居中调停：去者去，留者留。

短发向售票处跑去。李华光避开花格呢子，让我们凑钱。

"这个败家的女人……回来给你们还，或者下学期。"

"华光、华光，不到放假就你怕就花得光光的了。回家没钱买车票，别找我们。"

短发雀跃而归，李华光无奈上车。

汽车驶离，我们五个步出车站。经陇东行署，过电视台，折返东进。

解放路中段，一辆三轮车上堆满了金灿灿的桔子。一位三十多岁的中年男子，穿着脏兮兮的烂棉袄，沿街叫卖。

"买点桔子吧。"花格呢子打破沉默。

"一斤多少钱？"

"六毛。"

"太贵了，两毛。"

"要开咧五毛。"

"两毛一。"

"五毛，再少不卖。"

"两毛二。"

"五毛。"

"两毛三。"

"五毛……"

"走走走走，人家又不卖。"方媛说着，拉我们扭头离开。

"当当是的（刚刚就是这样），我奏不卖。"烂棉袄宽厚地笑笑。

方媛假装要买，我们假装劝阻。"算咧，算咧。桔子都冻咧，一点不好吃，哈贵滴很。"

桔子不贵，关键是没钱了。AA吃饭时，每个人都预支了近十天的伙食。那会在车站，我们身上的钱全被李华光搜刮一光，他只给方媛留了十块。方媛也是为圆场，哪里会买？

没走十几米，路左首闪出一座大门。大门本无特色，门口的哨兵让大门庄严许多。

"这是军分区。"花格呢子介绍。

我们窥视逡巡，希望看见荷枪实弹的中国人民解放军在操练。里面除了一座礼堂，空空荡荡，什么也没有。哨兵警惕审视，大伙噤声离去。

"趔开（让开），趔开……"一串惊慌失措的叫声由远及近。

峰城地势平旷，西微高，东略低。偶有浅沟断崖，也隐藏于专署巷和寨子巷内，不进到巷子里很难找到。城不大，骑自行车一小时就能转完。若是步行，三四个小时即可走完主要街道。步行累了，路边一站，喊声"三轮……"一辆三轮车就会滑到跟前。一块钱，人力三轮车可达全城。价格亲民，公道合理。政府曾开通公交车以方便出行，却被三轮淘汰。三轮车除了载人，还可载物。许多商贩把瓜果蔬菜烤红薯往车上一堆，就成一个流动摊位。

听到喊声，我们赶忙回头，一辆三轮由西向东沿人行道冲下来。大家向两边一闪，让过车头，伸手拉住车身。车身左右摇晃，缓缓停住，桔子滚落一地。

"刹把（三轮车的手刹把）断咧，刹把断咧。"是刚才那位中年男子，他把三轮靠在树上。

"让你便宜嘎尼，你奏是不便宜，这一哈换个刹把可得几块钱。"我们一边日塌（挖苦），一边帮他从地上捡起四散乱滚的桔子。

"四毛钱，四毛不挣钱，你们要哩吗？"待桔子全部被捡到三轮车上，中年人有点感动，真诚地开了底价。

"看失笑来么，我们搭帮又不是为占便宜来。"张远黎义正言辞地拒绝。

"年你看组哈（做下）这事pia气（洋气，不好说）来么，绛才（刚才）外个（那个）事，年你几个不要上心，照（这）拿一个吃起。"中年男子送上三个桔子。

我们笑笑，速速离开。

走过解放路，左转北大街。

"谁吃桔子呢？"杨执戈伸长脖子回头远眺，从黄大衣口袋里摸出个桔子，递给花格呢子，又摸出一个递给方媛……

花格呢子张嘴望着杨执戈："你、你、你、你偷——！？"

"嘘——，怎么说是偷呢？"杨执戈再看来路。"他不是让拿一个吗？我就拿唰。"

说话间方媛剥开桔子，一瓣一瓣分给我们，好甜！

"你这丑恶的灵魂。泾平干这个事，我哈能想来，没想到书香世家的你竟也如此卑劣。"方媛嘴含桔子，面带鄙视。

"这些丑陋的师范生，面对不劳而获咋能咽哈起（下去）来？"我的手伸进口袋。

"你不会也偷了吧？"花格呢子有点呆傻。

"意外、这是个意外。"我贡献出两个。

"和你们做朋友真是瞎了我这双慧眼，你们怎么会有如此肮脏的内心世界？"方媛骂，"而且，咋就是两个？"

语未罢，方媛的纯白羽绒服里冒出一个桔子。

花格呢子接过，迅速放进口袋。我们三个小心翼翼地扯着桔丝。

真的好甜!

"让他便宜他不便宜，这一哈亏大咧。"

"就是，哈看不起学生。"

"冥冥之中上天自有安排，偏偏刹把断咧。"

"那会他二毛钱卖咧，说不定刹把就不断。"

"那人也挺可怜的。"花格呢子剥着桔子，"这么冷的天，穿那么烂。"

"这个没吃呢，"张远黎顺出一个，"你快还回去吧，要不太罪恶。"

彼此瞪眼，摇头，叹息。

"你们? 你们! 人家不会把咱们抓起来吧?"花格呢子担心。

"你去称上十斤，把钱一放，桔子不要拿，权当给人家赔钱咧。"张远黎一本正经地规劝。

"就是就是，你快回去，我们等你。"

哪里回得去? 走过邮电局，快到城北了。

"唉，你们……算了，咱们去林校吧。"花格呢子放弃她的内疚。

"还有多远?"张远黎问。

"快到了，就在前面。"

拾陆

过了环城北路，街上行人稀少。路西无垠的麦子地里，积雪辽阔白茫茫的董志塬。秃树丛里的土房矮墙，萧瑟冬季的灰黄。

路东有十几间白色瓷砖的门面房，其中三间很突兀：红砖青瓦，只有窗户没有门。

透过窗子，二十来人分几排坐在长木板搭成的条椅上。人手一书，聚精会神地看着前面。前面站着位穿黑色长袍的人，嘴一张一合地说着什么。他身后的墙上，是幅不大的画像。

"教堂!"花格呢子如同葡萄牙人看到了好望角。

教堂的寒酸让我们非常轻视。凉城的老式教堂规模不大，却是哥特式风格。尖塔、拱门、花窗玻璃，里面彩色雕塑，大型油画。哪里像这？三间平房没有任何装饰，墙上的画像还是印刷品。

无聊和好奇心占了上风，看到后面有张空闲的条椅。我们绕过房子，找见大门，进去坐下。

信徒年龄多在四十岁以上。他们的眼光掠过三个男生，在白色羽绒服和花格呢子上稍稍停留，又扭头向前。黑色长袍看大家一眼，继续宣讲。

不到十分钟，张远黎、杨执戈呵欠连连，拔身要走。我和方媛来了兴趣，想听听那人在说什么。约好见面时间和地点，他俩陪花格呢子前往林校。

我只是想了解一下天主教怎么做礼拜，耳朵虽然在听，心里却是排斥和挑剔。渐渐的，神甫竭诚的布道，信徒们虔诚的目光，周边肃穆的气氛，慢慢将我吸引。

神甫说了什么，我全然忘记。只是他的话音越来越轻，越来越远，周边的人也越来越模糊。我好像到了一个上下左右、四面皆白的地方，没有声音，没有人影，只有自己的心跳在扑通。

我想起了父母，他们早出晚归、劳累奔波，我却不曾说过一句谢谢。我想起三年级时，英语考了2分。为避免责骂，我故意没有按时回家，躲藏在附近，远远看着父亲东家出、西家进的焦虑。我又仿佛看到，高二时我和同学模仿小说情节，离家出走两天，回来后父亲仿佛多了十年的苍老。他希望我学有所成，考取医学院，得知我仅仅考取师专时，依旧自豪地向朋友炫耀……

一学期了，打架、旷课、喝酒、聚会，就是不愿意多看书。这是大学吗？就在半小时前，还偷桔子！偷东西！贼！这样可耻的事情居然做得毫无羞耻、洋洋自得。回想商贩脏兮兮的烂棉袄，皱裂的双手，我有点讨厌自己了。

醍醐灌顶的大彻大悟在心中蔓延。对，要做一个积极的人，阳光的人。我也有过理想，也有过抱负，怎能如此浑浑噩噩，虚度青春？

我想哭。

一个激灵，神游的我猛然醒来。十二月的风在窗外呼呼寒冷，午后的阳光透过玻璃窗倾洒在每个人身上。方媛还在，神甫也在，周边的人依旧在。我挺直脊梁，正襟危坐。

方媛双眼微闭，表情沉寂。难道她也在审视自己的灵魂，看见了曾经的罪恶？

布道结束，信徒起身离开。

"我想和他聊聊。"方媛拉着我向神甫房间走去。

神甫得知我俩是师专学生，眼角闪过些许喜悦，瞬间又恢复平静。

他告诉我们，现在很少有青年来教堂了，这里的信众大多是"文革"前入的教；"至高莫若天，至尊莫若主"的翻译；善恶审判、忍耐顺从……

他的渊博和健谈，给人神秘高远的感觉。为了不丢大学生的脸，话题转到理想、信仰、人生方面时，我俩提出几个自以为很有层次的问题：

宗教怎样解释现代科学？

先有玫瑰还是先有玫瑰这个概念？

人为什么活着？

战争能不能避免？

神甫耐心解答。无论怎么阐释，都会绕到一个结论：主创造宇宙万物。

他随手画了张太阳系运行图，用星球的神奇安排讲解主的存在。那张图画的特别精准，和地理书上的几乎没什么差别。

"有人打你的右脸，真的就要把左脸再给他打吗？"方媛力挽狂澜。

"忍耐。"

"他左右开弓扇个不停怎么办？"我想让他陷入二难境地。

神甫微笑，又引用《新旧约全书》里的话，论述慈爱、包容、以善制恶……

包容、原谅，这些我懂，这爱怎么理解？方媛和我一样，听得似懂非懂。为了不使自己太像学生，我们配合着点头。

……

张远黎推门而入，"快快快，那几个谷山娃在外头尼。"

"在哪？"

我和方媛站起，向外跑去。

什么你的仇敌饿了就给他饭吃，渴了就给他水喝；什么宽容、忍耐、爱；什么理想、抱负；什么浑浑噩噩、虚度青春，和我有撒关系？

杨执戈被人围殴、花格呢子梨花带雨的哭泣情景，蒙太奇般地闪现播放。我甚至看到杨执戈被打倒在地，谷山小伙又骑在身上问：

"皂你神伏不神伏？"

我的手摸向腰间，军用裤带还在。

跑出三五步，我才想起给神甫道别。"谢谢你，我们有个急事，改天再来。"

神甫平静地说："你们去吧，信奉主，任何仇怨都能化解。"

跑出房门，我问怎么了。张远黎一字一句地说："也没撒事情，在林校院子看见乃几个谷山娃了。"

"杨执戈呢？"

"大门口。"

"那你慌撒？"

"不慌你们能出来吗？"张远黎嘿嘿憨笑，"快两个小时了，你们信了上帝，以后连打架都么人咧。"

"怎么可能？我是预备党员，相信共产主义，了解一哈不行吗？"

方媛毕业前就能转正，前几天还劝我写过入党申请。申请刚交给薛秘书，我却用熊猫眼睛乌青脸拜见了张书记。

张远黎是无神论者："这有什么了解的？哈不是在那骗人呢。"

"好好着。你可以不信仰宗教，但起码得学会尊重。"

杨执戈正和花格呢子在路边说着什么，没有一丝惊慌。

"我把你个崽怪（调皮的人）。"方媛埋怨张远黎。神甫曾留我们吃饭，要不是他慌里慌张，说不定能混一顿圣餐。

"要不现在进去？"张远黎反问。

即使进去，哪有什么圣餐？充其量在圣像前吃一碗董志塬的手工面。真正的圣餐，必须要有无酵小圆薄饼，红葡萄酒，外加一定仪式才可以。

北大街与南大街以小什字为界，直直下去就是师专。大家东瞅西看，一会儿嫌弃北大街太窄太弯，一会儿又埋怨医院大门太小气，一会又说峰城的巷子七扭八拐，像是蚯蚓爬出来的。总之，除了百货大楼还能看过眼，峰城没有一样能和凉城相提并论。

我心里惦记谷山小伙：要是开打，牵扯上方媛怎么办？警惕一路，走到桐树街，也没看见谷山小伙。

方媛的十块钱足以保证三个男生每人吃两碗面。坐在飞天牛肉面馆，大家学说着从路人甲乙丙丁处听到的峰城方言。

"你砸起呀（去哪里）？"

"这娃看起来亚没洋芋（也没什么本事）。"

"歪娃四改（是个）二球。"

张远黎一直鼓励杨执戈学说峰城话。杨执戈倒是努力，一张口就成四不像，惹得花格呢子总是抿着嘴笑。

"你捣拳击厉害，学峰城话不行。弄不好成了邯郸学步，回去凉城人叫你陇东鸭子咋办？我学得快，要不给我发展个峰城女子？"总算找到日踏杨执戈的机会。

方媛作势要吐："杨执戈是聂赫留朵夫，看你长滴那个样子，就是……"

我暗暗忖量，她找到了哪个文学形象。方媛指着屋顶的一串蜘蛛网说："你就是墙角角（juē juē）的那个吊吊灰，敢和人家比？"

这是世界文学之林中没有的形象，老板也跟着笑起来。

张远黎劝谕："你最好把那个吊吊灰拿下来，回去做个纪念。"

"你问老板多少钱一串？"

"你上去把吊吊灰搭衣服上，这样能保持原状……"杨执戈推我。

"欸……"花格呢子夸张的呲了一下嘴。

……

宿舍楼下，我们相互道别：明年见！

1989年就要过去了。

是的，1989年就要过去。这一年太不寻常。7月9日以前，我是高四学生，还在为去哪里上学惴惴不安。9月15日，我离开凉城，进入陇东师专，成为一名大专生。

把古今中外所有浪漫主义作家集中在一起，他们也不会想到这样一个结局：方媛在陇东师专！十几分钟前，我们还在一起吃饭！

在零点钟声敲响之际，我得写篇日记。我需要好好抒发一下缘分的奇妙，感谢上天的冥冥之手。

为示郑重，我下楼买了盒翻盖山丹花，然后和衣躺在床上，静等新年到来。

十二点如期而至。我插上蜡烛，就着烛火点燃一根山丹花，用自认为深沉的目光看着窗外无边的暗夜。

点燃的山丹花很有意境，缭绕指间的烟雾，衬托出我对人生和未来的思考。摊开日记本，我荡气回肠地缅怀1989年，信心百倍地展望1990年。我定了N个计划：早晨跑步半小时、晚上写一篇楷书、参加吉他培训班、读若干本书、把久违的英语拾起来……最关键的，让方媛不再以学姐自居。

从明天起，我要作一个大写的人，一个崭新的人，面朝大海，春暖花开……思想的野马撒欢跑个不停。待迷迷糊糊睡去，已是凌晨两点。

早晨醒来，将近十点。起床的一瞬间，另一个我又在安慰：元旦放假，图书馆连门都没开。明天吧，明天一定按计划行事。现在？现在继续和床板平行，养精蓄锐。

十一点多，我无法假寐——肚子已经很饿。

饿，不是主要原因，主要是尿憋得难受。憋了又憋，实在憋不住时，我起床穿衣，迅疾出门，直奔卫生间。

从学校后门走到前门，从前门走到后门。我尝试呼吸新年的空气，让自己有焕然一新的感觉。校园的阳光一如昨天，到处是熟悉的寒风。我没有因为过了个元旦，改头换面，重新做人。昨天我是个什么死样子，今天还是个什么死样子。

唉，怎么能抽烟呢？还是一块二毛钱的山丹花！我打算把它送给杨执戈，出门时又有点犹豫。坐回床上，点燃一根……不行，这东西迟早会被我抽完，还是送给杨执戈。走到楼梯口，我又犹豫起来……唉，算了，先放宿舍吧。我把它压在了枕头下。

拾柒

2日早晨，方媛在宿舍楼下等我，她问我上午考试不。

"不考，我们下周考。"

"到我们班考试来。"

在他们班考试？

系上决定将二年级补考科目提前，今早是逻辑。李华光还没有回来，恰恰他和短发女生的逻辑都补考。听同学们说，这次不参加，就要等到来年，挂科可能会延发毕业证。

"逻辑我还没学呢，咋考？……要不让张远黎考，他的逻辑好像很倔。"

"倔？你知道物理系上学期有个作业是撒吗？"

"撒？"

"学校发材料，每人拼装一台收音机。全系只有两台不响。"

"一个是他的？"

"你聪明死了。"

"另外一台是谁的？我认识吗？"

"他们老师的!"

"他们老师的?"

"人家老师的不响是么（没）安电池……他的不响是他不知道为撒不响!"

"最后呢?"

"最后花二十块钱买咧个新滴,当作业交咧。"

张远黎,张大哥……

走进考场,学长们心照不宣地瞅我一下。老师轮换监考,不认识学生。座位空缺,不发试卷。我的任务是领到试卷,至于如何做题,不用我操心。

开考半小时,答案以学生共知的方式传递过来,后面还有备注:"大题等一会"。那些专业术语我完全不懂,用心程度却不亚于在场任何一位。

正在奋笔疾书,张书记推门而入。

书记从第一排某个学生的卷子下抽出片巴掌大的小抄,将它放在讲桌上,用余光给监考教师一个批评,监考教师以讪讪的笑作为盾牌。

书记踱着方步,慢悠悠地向这边走来。

我低下头,尽量把脸缩进大衣领子里,拿眼角瞄着书记。

一步、两步、三步……书记站住:"这个……"

"张书记,这几句话看不清楚。"

左前两排的方媛站起,焦虑地看着书记。书记回过头,拿起试卷。

油印的试卷被方媛用手指擦模糊了,当然看不清。

"换一张。"书记没再看我,径直走出教室。他绝对想不到,方媛的那份卷子,名字是短发的。

监考教师拿起讲桌上的夹带,"太小咧。试卷都是八开的,把这放桌子上,咋能不被抓住?"说罢,他埋头翻看一本杂志。

我惊异大学老师和高中老师的不同,对他这种不负责任的态度既开心又愤慨。

三四天后，成绩出来，李华光和短发顺利通过。他请我们在炮台巷吃炒面。

对于书记到底有没有认出我，众说纷纭。

方媛和我一致认为书记觉察了黑狗顶熊，梁红刚判断书记一时老眼昏花："书记那个老原则，要是看见，早把你提出去了。"

"太匪夷所思了。要是提出去，我就得明年和泾平一搭领毕业证了。"李华光劫后余生地庆幸。

方媛："对啊，书记再原则，在这事上应该不会做那么绝吧？"

书记到底有没有察觉浑水摸鱼之计，谁都不敢去问，这桩悬案最终没有结论。

当教师后，看着很多学生三年高中结束，拿的却是结业证，我有了答案。

"我们后天考试呢，你们呢？"梁红刚问。

杨执戈温情脉脉地看看花格呢子，花格呢子回以无限温柔，他俩的考试也在后天。

"物理系明天开始。"张远黎不紧不慢。

"我的资料准备好了，再借些书拿回去。"方媛看我，"你不借书吗？"

我一愣，立冬那夜方媛的话又在耳畔回响。

"借呢借呢，明天也借些书，放假回去看。"

"噢——"众人异口同声、意味深长作了然状。

张远黎端起面汤："为方媛关心岁兄弟，喝一个。"

"你们将就着喝，李华光……"短发女生跑前跑后给我和方媛添面汤，"早让你把他好好培养呢，你再装，你再装。"

大家以面汤代酒。"来来来，为方媛的关心，我们每人和你喝一个。"大伙端起碗，相互碰了一下。学生的大方总是谨小慎微。李华光平时花钱就谨慎，一趟南梁又让他处于花光状态。"不要欺负泾平，娃哈岁着尼。"方媛解围。

……

从炮台巷出来，我们又向小什字走去。没走几步，看见剧院录像厅的牌子上写着：《江湖情》《英雄好汉》，两场连放。这是最新电影，岂能错过？

散场时接近十一点。冬日的峰城街道，行人寥寥。走过桐树街，一阵阵的寒风在枝头呜呜。

"还有四天就回家啦。"方媛真的想家了。

"师专凉城一水间，明月何时照我还？"张远黎冒出一句王安石。

"哎呀，太匪夷了，没想到你兰博般的冷酷里，竟跳动着一颗缠绵的心。"对张远黎能背古诗，李华光很不理解。

方媛："远黎是心有千千结，不与外人言。"

"投笔将军因笑我，迂儒! 帕首腰刀是丈夫。"我也想家，却酸了句苏轼。

"当务之急是跟紧方媛，再作大丈夫。"杨执戈点化。

"认识总共才五十多天，谁都像你。"方媛回击。

一到广场路，张远黎和梁红刚就歇斯底里费翔的雄浑，头却一律45度仰望左侧天空。那不是天空，那是临街的女生宿舍楼。

> 我曾经豪情万丈，
> 归来却是空空的行囊。
> 那故乡的风和故乡的云，
> 为我抚平创伤……

"看你们那点出息!"方媛揶揄，花格呢子抿嘴偷笑，短发楚楚发抖。

校门紧锁，一盏灯泡，亮着窥视般的昏黄。

拾捌

敲打半天大门，没人回应。刚过十一点，门房的人睡这么早？

"那边墙低，我进去叫人。"李华光说。

"快点啊，要冻死了。"从来不穿大衣的短发女孩，在羽绒服、大衣包裹着的女生堆里，修长的身材始终没有被埋没。

李华光顺着围墙往南走了几米，选好位置，退后十来步，甩一甩他那头浓密的黑发。助跑，跃起、两手往墙上一搭，双臂用力，右腿上跨……三下五除二，翻过两米四的院墙。

张远黎和梁红刚紧随其后，眨眼间上了墙头。

哐噹——嘭——，门房传来几声玻璃破碎的声音。原来李华光见拍门无人答应，又去拍窗子。没成想玻璃早就松动，几拍之下从窗框脱落，落地时又砸中暖水壶……

我爬上墙头。

明月在天，北风刺骨，干枯的柳枝冰冷我的面颊。学校里万籁俱寂，三合土的操场在月光下皎洁成一片美丽。

"门房么人。"李华光冲我喊道。

"那她们……"话音未落，杨执戈爬上来了。

"怎么回事啊，这样下去会感冒的。"花格呢子受不了了。

杨执戈掏出火柴，尝试着点燃面前绕来绕去的柳枝。好不容易点燃一根，又点燃另外一根，又一根……

"现在热火咧吧?"杨执戈俯身对着三个女生笑。

我也跟着点，不一会十几根柳枝跳动起妖娆的火苗，煞是好看。"火树银花不夜天，若个书生万户侯……" 一阵滋滋声打断我的抒情。细看，张远黎、梁红刚、李华光一溜排站在月影里撒尿。

"谁把树点着了? 你们站墙上是组撒滴?"一道强光从操场东边照过来。

晚上关门后，保卫科的人会在四处巡视，刚才应该是到前院去了。

他们三个提着裤子，撒腿就向宿舍楼方向逃窜。张远黎边跑边尿，灰白的操场留下一行歪歪斜斜的褐色印迹。

"不敢往下跳" "站着不要动"，保卫科的人快步跑来，手电光不停晃着。

柳枝烧了一会就自动熄灭，但在它们最亮的时候，恰巧被保卫科看到。唉，人倒霉鬼吹灯，放屁也砸脚后跟啊。

墙外，方媛、短发和花格呢子仰脸瞅着。

写材料、背处分? 不不不，坚决不行! 手电光更加接近时，我和杨执戈故作惊慌，左右摇摆，站立不稳，"啊……"的一声，向墙外跌下。

未及站稳，我拉起方媛和短发，杨执戈抓起花格呢子，一个锛子向北狂跑。虽说不清楚发生了什么事，三个女生如同回土谷祠的阿Q遇到小D，没命地跟着跑。

出广场路，右折桐树街，一口气跑出二百来米，我们才放缓脚步。

花格呢子惶恐："怎么办? 他们会不会查宿舍?"

"这是多大的事，要不是上次那个女生跌下来把腿摔断，保卫科哪里会查这么严?"方媛说。

我提醒："李华光把门房的玻璃和暖壶打碎了……"

"他们这可是纵火，纵火犯抓住要判刑呢。"短发夸大我们的恐惧。

"从前门进——前门低。"杨执戈宽慰花格呢子。

"就是，赶快往前门走。"短发回答。

师专的后门很简单。两扇门用铁皮焊就，被水泥墩子撑着，浑身灰不拉几。怯生生地开在操场边上，好像富人家的二房。因为靠近宿舍楼，学生们都喜欢从这里出入。这正如小妾，地位一般，却是常亲近的。铁皮门足足有三米高，四面光滑，没有任何搭手的地方，要想翻越，根本不可能。

前门开在南大街上。沿桐树街下去往南拐，走二三百米就到。由于是正妻，形象非常排场。四根六米高的立柱上是复式平顶，两边的护墙八字形展开，和斜对面的陇东地委遥相呼应。门前有三百多平米的开阔地，呈坡度高出马路。

我先翻进去，东倒西歪地靠近花园，在老榆树下撒了脬尿，顺便观察四周动静。明亮的校长室，孤独在图书馆四楼；门卫室的窗子静默冬夜的寒冷，里面没人。

"同志们，安全。"

"我想着你们就到前门了——不要急，等我一下。"李华光绕过操场和教学楼跑过来。

短发双手抓住门框上沿，借着杨执戈的轻轻一推，上抬右腿，俯身下探，噌的一下跨过门来，李华光跟手接住。俩人配合默契、动作娴熟，想必已演练多次。

令我们没想到的情形出现了。杨执戈一扶花格呢子的腰，她就咯咯咯笑个不停。笑个不停不要紧，她蹲在地上还笑。任杨执戈再有霸王神力，也不可能把花格呢子抱过近一米八的校门。

换方媛试，花格呢子再笑。几次三番后，我们没了脾气，这怎么办？她太敏感了吧？

门内三人干着急，门外佳人笑弯腰。

"笑都能成，关键不敢再耽搁了……"方媛指指对面的地委大门，"我二舅上个月刚调过来，就在单位上住着呢，要是让他撞见，我就完了。"

杨执戈再次尝试，刚一伸手，花格呢子又咯咯。

"嘘，有情况！"梁红刚小声预警。

几束手电光从北边的路上晃过来。

"保卫科！"短发急促喊道。花格呢子像断了电的玩具娃娃，瞬间定格。

"李华光，她穿得少，你俩先回，我们再想办法。"

"你们先躲一下，不要让人家抓住。"

李华光拉着短发向南边跑去，我双手一搭，翻出校门。

校门外的树影里，我们商量对策。

方媛说过去喊门，大不了给个全校通报。

"通报批评怕也是处分，我就背两个处分了。"有男生纠缠凉城女生，被杨执戈教训一顿。因为他先动的手，学校给予警告处分。此时他如惊弓之鸟，哪里还敢冒险？

我束手无策。

"要不去二招吧，我快冻死了……"花格呢子一语未了，石破天惊。

"二招？"

二招是峰城最好的招待所。除了吃过一顿饭，我从没想过能在里面住宿，那得多少钱？

"我爸这几天在里面开会呢，"花格呢子解释，"中午他说要回县上，问我有撒带的没有，他的房子肯定空着。"

北方三九天的子夜，寒风刮在脸上，不是小刀在割，是青龙偃月刀在砍，前赴后继的鼻涕使得我们不停吸溜。稍稍商议后，四个人向二招疾跑而去。

拾玖

服务员睡眼朦胧地从桌上抬起头，面无表情地说："年地委开会尼，么房。"

花格呢子粉唇一嘟："那、那、那让总机转一下陇东罗书记家……我要跟我爸说话。"服务员立即清醒，眼睛里充满尽职尽责。

房门打开，我们不顾一切地扑进去，抱着暖气管子呻唤个不停——冻死了。

"这是开水，再有撒需要咧你们言传（说的意思）。"服务员放下暖水瓶，礼貌离开。

没想到招待所的陈设这么奢华：两组三人沙发、茶几自不必说，十四寸福日彩电、黑色的电话和套间里的双人床让我吃惊半天，单独的洗澡间和马桶我哪里见过？

"这么阔啦，到底是县委书记啊。"

"招待所都这样啊……"花格呢子很惊讶。

"这个电话能打长途吗？"方媛问。

"能，钱记账上。"

打给谁呢？父母的单位倒是有电话，都在门房安着。来回叫一趟至少需要十分钟，现在哪里有人？

"要是每个院子里有部电话就好了。"杨执戈用指头拨拉转盘。电话是待遇，百姓院落怎么可能安装这东西？

"这会打过去还不把人吓死？"深更半夜，院子里铃声大作是个什么情形？

"平时有撒事情，一个电话就能解决……像今天，不是她家里有电话，咱们又得回去……"方媛说。

我提起话筒，凑到耳朵前。除了拨号音，什么也听不到。转盘下面有几个字：外线0，内线1，我随手拨了个0……

"滴"的一声，我连忙放下。

"叮铃铃……"铃声大作，我惊恐的抓起话筒，一个峰城普通话："罗书记，你要哪里？"

"额，额，不要咧。"我假装苍老，心里噗噗乱跳。

"对不起罗书记，您休息。"吧嗒一声，普通话挂断。

敢情值班员就在总机旁守着呢。

"这能洗澡吧？"杨执戈胡拾翻着。

"哗——"水流喷了他一身，自来卷霎时粘在头上，像一个偷鸡的贼。

杨执戈脱下外衣，搭在暖气片上。

他一手拿毛巾擦脸，一手又鼓捣电视机。四个月没看电视了，我们很期待。

梆、梆、梆，他把八个按钮上上下下地按了几遍。屏幕里不是雪花点，就是很多方格子组成的一个大圆圈，下面是白、黄、蓝、绿、红的长条。

"十二点半了，电视台下班了。"杨执戈安慰我们。

办公桌上有卷挂历，打开，埃及风光。

夕阳下的金字塔、壮美的卡纳克神庙、梦幻般的尼罗河、艾德福雕塑……世界上还有这么美的地方？要是能身临其境，该是多么美妙？

"红塔山……茅台……"

杨执戈从床头柜上拿起一盒烟，抽出一根，叼在嘴上，又征询般的看着花格呢子。

"敢抽吗？"

"没事没事，刚才给我爸说了，他绝对相信我。"

"那酒和水果呢？敢吃吗？"杨执戈又拎出个网兜。

"吃吃吃，喝喝喝。"花格呢子许可。

月光如水的峰城二招，我平生第一次喝了茅台、抽了红塔山，第一次在冬天吃到香蕉。

十块钱的红塔山和一块二的山丹花没有什么区别，一百多的茅台，却让我们三个（花格呢子不喝）情绪激昂，豪情万丈。

没有酒杯，酒瓶盖立即转换职能。没喝几盖子，杨执戈对花格呢子大表忠心：那天不要说是五个人，就是五十个人、五百个人，他都会赴汤蹈火，在所不辞。

"要不是他们认栽，看我不把他们打滴全部骨折才怪。以后让他们见了我都要绕着走，我这锤头子上的劲哈么（没）好好用呢。"

"你就吹吧。"斜靠在床上的花格呢子嗔怪地看着杨执戈，无限爱怜。

"这不是吹，他来的时候又不知道几个人。"方媛拿起酒瓶盖子。

我倒了一个酒，"我怕倒是没怕，就是把人压在雪地上，冷滴背不住。"

"哎哎哎，你们两哈喝完我组撒起呢（做什么呢）？"杨执戈抓起酒瓶，脖子一扬。

"多着呢，里面还有一瓶。"花格呢子睡眼朦胧。

杨执戈把玩酒瓶："太腐败了……"

我夺过酒瓶："让我们也沾一哈腐败的光，来，不醉不归……"

"归、归、归，归你个怵喽喽啊，不看几点了。"方媛揶揄。

一点过了，这会出去绝对冻死。茅台的诱惑太大，怎能放弃这个机会？明早没有考试，那张床足够她俩睡，我和杨执戈在沙发上随便都能对付一夜。

学生时代总有许多尝试，抽烟喝酒怕是步入大学的第一堂生活课。记得宿舍第一次聚餐，一瓶西安特曲没喝完，有同学就醉了。他一会要连夜回家找高中女朋友，一会又要去女生宿舍给某某解释。害的我们陪他在校园里走了半夜，唯恐他想不开。工作后，当我提着一瓶泸州老窖，满场挑战时，我默默笑了。

一瓶没喝完，三个人都有些头晕和兴奋。杨执戈拿起瓶盖，冲着花格呢子说："你看这里面是撒？"

我和方媛斜斜蔑他一眼，都不作声。

"这里面就是那几个谷山娃，你们看——"

他把瓶盖往茶几上一扣，"他们现在就被我扣下面了，我让他们撒时候出来，他们撒时候才能出来。"

"你省省吧，老说这个？"花格呢子迷迷糊糊。

"乃你就一直扣着，一直扣到毕业。"方媛喝的不多，还很清醒。

"你把盖盖装上，明早到乃几个谷山娃跟前，给他们说你把他们全扣下面咧。"我激他。

"不要说明天，就是到了谷山，我也敢说。"杨执戈成了单刀赴会的关云长。

"你没事跑谷山组撒起？狡兔三窟，那边还有陈仓？"方媛笑。

"看你胡说来吗，"杨执戈紧张起来，"毕业了我要买一辆车，把她拉上。"

杨执戈向躺在床上的花格呢子努努嘴："什么北京上海，我都要去转一哈。"

"买车？"我把手里的香蕉皮扔过去，"你买个架子车还差不多。"

"就是，打个横幅，你再写一句话——我和媳妇去北京。"方媛趁火打劫。

"那也比当一辈子教师强。"杨执戈不喜欢当教师。

"教师多好,有寒暑假,万水千山走遍。"方媛说。

三毛正在流行。《撒哈拉的故事》让无数青年向往大沙漠的随风飘舞;《雨季不再来》又使青春不羁的学生,多了少年不识愁滋味的感伤。濛濛细雨中,常有同学吟诵着模棱两可的惆怅:如果有来生,要做一只鸟,如果有来生,希望每次相逢,都能化为永恒。

方媛又打开挂历,翻看一会,掷地有声地说出一句:"我要去埃及。"

"埃及?我看你……你……回去……到咱们凉城龙隐寺转噶对咧。"杨执戈接近于醉。

"你去不去?"方媛捣我一拳。

"去啊,去啊,搭帮……去……去看《哭泣的骆驼》。"我卖弄最近所得。

"对对对,到了撒哈拉,说不定还能见到三毛……"方媛伸手摸着我的后脑勺,"咦,娃乖滴很木……这段时间没胡逛啊,很听话尼木。"

"还有加纳利岛、荷西……"我更是得意。

"来、来、来,和姐一言为定!"她用手揪住我的耳朵,要击掌为盟。

唉,都醉咧。

"好、好、好,一言为定。"醉眼迷离中,我无精打采地伸出手,应付方媛的约定。

> 记得当时年纪小,
> 你爱谈天我爱笑。
> 有一回并肩坐在桃树下,
> 风在树梢鸟在叫。
> 不知怎么睡着了,
> 梦里花落知多少?

贰拾

说好的回家过年，偏偏成了回家过夜。每天不是忙着和同学聚会，就是忙着约同学聚会。

高中时，班上的扛把子人物经常出去平定江湖。偶尔人手不够，会叫我助阵。虽是客串，看到单挑或者群殴时的刀光剑影，我便热血上涌，跟踹几脚。结果是被打、处分、停课、反省。

打架结成的友谊，相对持久。一年半不见，我带着小炫耀，一个个拜望他们。

陈登科回陈苏务农，马永恒在文化街经营一家商店，潘虎鸣成为安口保险公司正式职工。

他们脸上都有了些许沧桑，说话做事多了成年人的稳重。只有聚会时，才露出学生时代的率真。

我的称谓里多了个词：

"呦，大学生回来了。"

"大学生，哪天给你接风木。"

"大学生，你一定要来，你不来，我撵（到、追的意思）你们家叫你起。"

"大学生，你不来，就是不给我面子。"

我是侥幸被凉城四中点化的茄莲根，老师和同学们颇感意外。再见面时，大学生三个字必须要重读，里面是酸酸甜甜的无奈和开心。

我们全学会了抽烟喝酒，潘虎鸣还有了女朋友。只要聚会，他的女朋友必定带一两个姐妹同来。有异性在场，喝酒就容易狂躁。说起当年打架旷课，每个人都把自己渲染成纵横驰骋、横刀立马的天地英雄。至于被仇家围追堵截、翻墙逃跑，喝米汤拉一炕，都是别人的落怜（可怜）。在同一事件中，谁先主动出击，谁最后逃跑，各人的说法都不一样。女生追问原委，我们互不服气，争的脸红脖子粗。为确认事实，便用三十六个（杯）酒决胜负。事实无法确认，服气不服气的都扶着院墙呕吐。

潘虎鸣的女朋友很好奇："你是咋考上学的？"

"意外、意外，纯属意外。"

她问我认不认识张远黎他们。她高一时和这几个家伙一个班，高二分科后，张远黎、杨执戈和她都在理科班。几个人关系一直不错。

"认识，太认识了……"

"那你一定知道方媛吧？听说也考到师专了。"

"见过，不是很熟……"

我想把方媛约出来，给他们倮一哈，又怕她不来。她一直以学姐自居，我也没敢有任何暗示。这几个胡吹冒撂的家伙说话不把风，万一弄巧成拙，我就彻底完蛋了。

有人张罗改天到他家一聚。到了他家，又遇到另外两个，新一轮邀请重新开始。

"后天，后天陈苏，谁不来谁就是个喽喽（做事不爽快，不大气）。"

"某某某，你再偷滴跑咧，进门先把你绑到凳子上。"

陈苏太远，我知道一去就得住几天。

"大学生，你不要胡然，你不来，就把三碗饸饹面钱掏咧。"陈登科相邀。

"登科、登科，你连大学门都登不上，你敢唬人家大学生？"潘虎鸣翻着牛铃大眼，两头不做好人。

"咋咧？咋咧？我登不了科，我儿子肯定能……"

大家哄然而笑。结婚都是遥远的事，还儿子？潘虎鸣拉着女朋友的手："你小伙先得有个媳妇……"

今天欢笑复明天，除夕十五等闲度。寒假很长，聚会很忙。没容我想好怎么约方媛，返校时间推门又至。放假前借的书，原封不动带回学校。

方媛他们四月初实习，从早到晚都在忙着写教案、试讲，基本见不到人。

母校对实习前的训练非常严格。全班同学分成若干组，每组由一名老师负责督导。

老师先审教案，不合要求的，必须重写。有同学把课堂上要说的话全部写在教案上，洋洋洒洒十几页。

老师随手翻看，眉头几皱："这样写教案以后还不得累死？再去修改，一定要精练。"

"擦黑板、提问、学生思考三分钟，这也写教案上？再去修改。"

教案都是手写，修改意味着重抄一遍。每年三月，许多二年级的同学趴在图书馆里，不停修改着只有一课时的教案。

教案总算通过验收，允许试讲。你在上面讲，老师和全组成员在下面听。面对提问，有人口齿伶俐，表述清楚。不到十分钟，老师挥手——过。更多的人一上讲台，面红耳赤，张口结舌；或者直愣愣地看着教案一念到底。老师挥手——再练。

有位舍友，午夜卧谈，口若悬河、滔滔不绝，全宿舍数他渊博。试讲时却语无伦次，浑身冒汗。被老师两次"再练"之后，他带了块毛巾上讲台，为的是边讲边擦汗。

我结识了若干新朋友。每天晚饭后，一起步量峰城的大街小巷和西南麦子地。

迎春花悄然绽放，和着高远的蓝天色彩一冬的单调。南来的柔风芬芳春天的浪漫，碧绿的青草在远处招摇。几场乍暖还寒的细雨，将董志塬水墨成一幅淡淡的写意画。从田间地头走过，听得见麦苗聊天。

听累了麦苗聊天，就去剧院看录像。一块一场，三场两块。吴宇森、万梓良、周润发用暴力美学诠释江湖情谊；郭靖、萧峰用绝世武功仗剑天涯。走出录像厅，满脑子的枪炮轰鸣，血战到底。抬手比划两下，大拇指、中指、食指旋即成了那把永远打不完子弹的连发手枪。最为纠结的是，如果得到"葵花宝典"，到底自己习练还是把它送给仇敌？贝尔蒙多、阿兰德龙、赫本、褒曼的经典对白，相继展示硬汉侠骨、百媚柔情。

硬汉的侠骨还没有学会，百媚柔情却让我汗颜。那晚看完《喋血双雄》，从正门进入校园，猛抬头，图书馆一至三楼灯火通明。掐指算算，开学到现在快一个月了，我上完课不是实践峰城地图，就是和狄龙、张国荣描绘《英雄本色》。图书馆，没进去几次。

"你一点也不像个杀手。"

"你也不像个警察。"

"我相信正义，但是没人理解我。"

"好人通常被误解。"

新朋友七嘴八舌地回味周润发、李修贤的精彩对白。

"祁泾平……"图书馆门厅前，有人喊我。一个高挑的身影走过来，——是方媛。

朋友们喋喋不休的舌头打成蝴蝶结，挤眉弄眼一番后迅速撤离。

方媛的试讲基本没有什么悬念。第二周，第一节，五分钟。指导老师笑着说："过、过、过，你就像上咧一学期课了。"

"那这三个多星期你在干啥？咋老不见你？"我先发制人。

"白天在我二舅那呢……先给你不说……"方媛瞪着我，"哼，晚上我就么（没）见过你，你个逛三（不做正事，整天游手好闲）……"她用书拍我的额头，"最近耍美咧？"

"你拿什么书？"

"《七里香》。"

和三毛一样，席慕蓉正以她的淡雅剔透、灵动乡愁浸润大学生的心灵。

接过书，打开。一张书签上是几行很难看的钢笔字：

　　风吹乱了雨的温柔

　　叶落高楼

　　雨随泪流

　　这是秋的季候

　　喧嚣街头

　　看不到你的手

　　我彳亍的奔走

　　和那条潇洒的狗

"这不是上学期我发在校报上的吗？"

"我知道……片不来（不明白）你要说个撒，先抄上咧……不像是你写的。"

"就是我写的啊，你忘了彭金山老师说过——只写敢署名的文章。"

"那你一天还胡逛滴不见人。"

为博方媛开心，我说今晚开始努力学习，先看这本诗集。

"么是（不行），你上学期答应的三毛都没看完。"

"这，这是个意外——"

我拿书欲跑，她没有追，我也没有动。

"我托人买了一套……你看完《飘》和《倾城之恋》再来取。"

"我就想看这本。"

"好了好了，跟你不然咧。唉，越到毕业越觉得撒（什么）都么（没）学哈。"半树桃花随风飘摇，落了一地感伤。

"你们几个，义气、没城府、好打抱不平，在学校看起来倔滴很。出了校门，没两把刷子，谁理你？人家都是看你的本事。像老师那么宽容的人，哪里会有？"

我蓦然惊悚，怎地从没想到过这茬？人是进了大学，可心智还在高中。虽能勉强应付方媛海阔天空，我真的读书了吗？

"动不动就打架，动不动就打架。知道卒然临之而不惊，无故加之而不怒吗？喂，你能片来（理解）吗？"

"这怕不是你说滴吧？"我心服嘴硬。

"快回去好好看书，别忘了埃及。"

"埃及？"

"你是真忘了还是装糊涂？"方媛嗔怒，抬腿踢我。我没有动,她也没有踢。

"我把你个白糖，再这样二下去，你就完了。"

静谧岑寂的校园，清风暗香长笛的婉转，柳树的枝条雾一般柔媚。方媛巧目流盼，马尾轻扬。高中时传说中的女孩，在从冬到春的交往中，我还在心悦君兮君不知。她却把自己塑造成学姐，把我教导成了学弟！

贰壹

实习生去的地方是凉城、峰城的县、乡各中学。每所学校接收能力有限，学生处把各系同学互相搭配，分成十几个小组，每组由两名教师带队。

3月31日下午，校园里氤氲着春游的躁动：明天要去南小河沟，去看桃花。

去南小河沟有二十多里路，必须得骑自行车。外地同学只能向当地同学借。

方媛建议每人借一辆，听说那条路很难走，自行车带人会把屁股撅烂。张远黎能借两辆，短发立即让李华光把她带上。杨执戈的体校朋友答应了两辆，但不能完全保证。

"要是再等一段时间，就不用骑车子……"

"过段时间桃花就没了。"花格呢子说。

"难不成你叫辆汽车吗？"李华光有了张远黎的保证，一点都不担心。

"都少胡然，快借车子去。"

本班一位峰城同学答应帮忙。不过他父亲下班车子才能进门，第二天赶早他把车子骑过来。

桃花芬芳，夕阳无限。好多人骑着车子在校园里溜达，有好几个男生还带着女生一路欢笑，笑声撩拨青春的温情。峰城同学的家就在专属巷桥下，来回只有十几分钟。要是这会把车子骑过来，说不定能带着方媛在城里兜一圈。

好，立即行动。

刚到专属巷桥下，三个社会青年推搡着一个人。

我本着闲事少管、打锤趔远（离远一点）的宗旨准备绕过去。走近时又忍不住看了一眼：被推搡者是谷山小伙。

我有点幸灾乐祸。看起来这家伙碰到白货石（厉害角色）上了，不知惹咧个撒麻哒（惹了个什么事）。

三个青年劈头盖脸朝谷山小伙打去，谷山小伙奋起还击。

我不知怎么了，冲过去抓住一个青年的双肩，用力向外摔去。其他两人一愣，旋即向我扑来。

其中一人被我踢倒。他一骨碌爬起来，右手伸进衣襟，从西服口袋里掏出个东西抢将过来。我抬臂遮挡，左脚猛踹其腹部。他哎呦一声，噔噔噔倒退几步，跌坐在地。另外两个青年向后一闪，谷山小伙拉起我，向东飞奔。

跑了二三十米，右手背上湿漉漉的。低头一看，有血从袖管里流出来。那家伙掏出来的是匕首，我竟挨了一刀。谷山小伙说他看乃窝儿（蔑称，那个家伙）把刀子掏出来了，急忙拉着我跑呢，没想到还是戳上了。

我左手按着胳膊，和谷山小伙跑到峰城医院。打麻药，缝针，买消炎药。

谷山小伙告知原委。他没事闲逛，在专属巷被一个女的喊住。"有女学生呢，进来休息会。"他一时好奇，跟了进去。进去没几步，他又幡然悔悟。人家非要他掏二十块钱，他不掏，刚逃出院门就被堵住。

他恳求我不要将此事告诉任何人。我承诺，如果有人知道此事，绝对是他泄露了秘密。

"皂他娘娘滴，皂兄弟以后有撒事你就说，你滴事就是我滴事。"

第二天早晨，谷山小伙来宿舍看我——他叫赵学兵。得知要去南小河沟，他非要送我。

"皂你不敢多活动，看伤口挣破咧着。"

我拒绝了他的好意，他也不再勉强。当我们在楼下聚齐，准备出发时，谷山小伙送来一包吃的。他们露出怪异的神情，满脸只有四个字：匪夷所思。

我以胳膊肌肉拉伤为由，哀求张远黎和梁红刚轮流带我，他俩骂我一句："你个背鬼。"

"你个背鬼！"短发跟着也骂。

花格呢子、短发分别坐在杨执戈、李华光的后座上，方媛一个人骑着车子走在前面。我真想骂自己一万句：你个背鬼。

土路不是很难走。半小时后，到达目的地。

从沟畔往下，渐渐有了山的感觉。漫山遍野的桃花将几架山染成粉白，斑斓的阳光糅杂了花的清香，和着泥土的芬芳在仲春的空气里流转。溪水尚浅，却潺潺有声；花瓣顺流而下，慢唱低吟。密密的桃花林中，听得见歌声，听得到絮絮叨叨的话语，却看不见人影。

走上一道十多米高的土坝，眼前豁然开朗。土坝三面环山，环住一湖碧绿澄明的春水。湖水面积不大，在多风少雨的董志塬，已比未名湖美丽十倍。

到南小河沟的同学将近二百多人，认识不认识的围成一圈跳锅庄。累了，就横七竖八地躺在草地上乱侃。有人把喝光的啤酒瓶扔到水里，用石头比赛谁的准头好。

"哎呀，你们看那些芦苇。"芦苇上还残留着去年的白花，合着瓣瓣桃红在空中飞舞，飞舞的花瓣轻轻落在湖面，一片斑斓。

"放在床头，就是一幅画。"花格呢子从政史系转入琼瑶专业。

短发抒发中文系的文艺："对对对，蒹葭苍苍，在水一方，比十克拉的钻石都漂亮……"

一经她俩渲染，好多女同学流露出对芦苇的向往，这个向往又成为所有人的话题。芦苇全长在湖水左侧的土崖下，须爬过去才可摘到。土崖很陡，接近七十度。稍有不慎，就会掉进湖里。湖水清澈见底，深不到一米。当着众同学的面掉进去，真是盖娃朵（青蛙）跳门槛——既撅沟子（屁股）又伤脸。

杨执戈手脚并用，攀着树枝小心移动。他成功接近芦苇，花格呢子在大坝上开心挥手。

李华光看清路径，也从土崖上攀过去。好几个男生紧随其后，稍作尝试后放弃冒险。

我的胳膊稍一用力就疼痛难忍，然而此时岂能碌碌无为、袖手旁观？我想起一部俄罗斯电影……

"要吗？"我问方媛。

方媛微微点头。

的确，多美的芦花。洁白如雪，经冬未凋；随风而起，更显脱尘。插在床头，那个毛绒娃娃算个撒？

"把手绢给我。"

接过手绢，我径直向湖边走去。

一步步进到水里，我不停嘀咕：里面有蛇吗？有水怪吗？有淤泥吗？岸上谁会游泳？

身后一阵喧闹，接着悄无声息。我没有回头，只是一味向前。水有点凉，凉到刺骨。我很快走过齐腰深的湖水，细心摘下一束芦花，用手绢扎好，返身折回。

走到方媛跟前，我胳膊前伸，故作潇洒："这是真的花了。"

方媛没有笑，怔怔的看着我……

叫好声起，口哨、掌声，混作一片。

李华光说他准备给方媛捎一束的，没想到我这么二。这次拔份儿事件让我扬了名，也感冒一周。可惜方媛一点都不知道，他们第二天离校实习。

贰贰

校园里空旷许多，阅览室也冷清不少。

我对革命题材的小说感了兴趣。凡是以前看过的连环画，我都找到原著读一遍。《铁道游击队》《苦菜花》《林海雪原》《吕梁英雄传》《新儿女英雄传》……这些新中国成立初期的小说，让我了解到中国军民的不屈和八年抗战的不易。当抗日神剧充斥屏幕时，我只有嗤之一笑。

有时，我忽发奇想，会借一些《精神现象学》《康德文集》《忏悔录》或者《梦的解析》之类的书。抚着精美的封面，我志得意满，仿佛完全拥有了作者的思想。硬着头皮看上一两页，我发觉以自己的层次，根本无法理解作者的思想。这些书的名字很高深，即使一页不看，把它们往阅览室的桌子上一放，左右满是崇拜的眼神。为了让这种眼神时常环绕身边，去阅览室时，我会带一本从来不看或者看不懂的书，如《资本论》。

装模作样了一两周，我意识到崇拜的眼神纯属臆想。同学们至多看一眼对面坐的是男是女，没人注意一个男生拿的是什么书。我悄悄归还这些书籍，《野火春风斗古城》《四世同堂》又继续占据我的阅读世界。

一天下午，图书馆四楼举行学生座谈会。人多座位少，我只好站着。

赵学兵让我坐他的，我推辞不要。有人说隔壁房子有凳子，他又要去借，我说自己来。

隔壁办公室的门开着，一位老师问我干什么。我指指靠背椅，又指指会议室。他点头同意，我扛起椅子走进会议室。这椅子和校长的一样，有靠背带弹簧很沉重很舒适。

同学们都在讨论，我也跟着发言。本以为颇有见解的观点会引起轰动，说完后却没有期待的掌声和交头接耳。主持人按照标准程序说："下一位发言的是……"会议室太大，听不清我在说什么。

座谈会结束，我去还椅子。透过门上的玻璃窗，里面空无一人。左右瞅瞅，四楼的办公室全锁着。我把椅子扛回宿舍。

第二天，下五楼、上四楼。依旧没人。下四楼、上五楼，我只能把它再扛回来。

宿舍配了两张方凳。吃饭时，有四个人总得站着。要是有两人写笔记，其他人只能卧床看书。舍友建议把椅子留下，我有些犹豫，想着还是送回去比较好。

又一天，下五楼、上四楼。一位貌似老师的人拉开门。

"干什么？"

"还椅子……"

没等我说完，他厌烦的来了句："去，跟谁借的跟谁还。"

哐——，门被摔上。透过玻璃，我见他走到桌子前，坐下，头也不抬地写着什么。楼道里回荡着官僚主义的俗气。

傻愣呆站一分钟，俗气化作氧气扑进我的肺里。

"我哈不还咧。"迅速下四楼、上五楼，椅子归属509。

其他同学看到这把阔啦的椅子。过生日或者聚会，借了去放在上席位置。寿星抑或邀请到的主角女孩，稳坐其上，接受众人的祝福和仰慕，端的是霸气十足。在众人眼里，那不是普普通通的椅子，那是把象征身份的太师椅。

太师椅在宿舍里放了三个星期。我不想归还，又有些担心。要是被逮，与盗窃何异？

如果方媛在……一想到方媛，我竟有点失意。长庆油田采二中学到底有多远？这死女子，也没说给我写个信。

晚自习后，我买了瓶啤酒，坐在暮春的操场边，一口一口喝着少年维特的烦恼。自她们实习后，三号楼的四五层一直黑着。我幻想着当我数到一百时，那两层会忽然亮起来。数了几个一百，我喝得晕晕乎乎，那两层还是没有亮。

第一学期，报到不久。或许是胸有郁气需要宣泄，或许是人生地不熟让我无处倾诉。有次刚进宿舍楼，我没来由高呼一句："哦——哦——我——胡汉三——又——回来啦。"顿时神清气爽，精神百倍。

这声高呼渐成习惯，每逢晚自习后走进宿舍楼，我就银瓶乍破水浆迸地喊上一声："哦——哦——我——胡汉三——又——回来啦。"同学们渐渐记住我的声音，听见"哦——哦——"的呼叫，就知是我归来。

楼道里很静。我清清嗓子，依旧用熟悉的腔调高呼："哦——哦——我……"

没等我穿云裂石的"胡汉三"呼出，好几个宿舍传出同样的腔调："我——胡汉三——又——回来啦——"

他们竟抢了我的台词！我更加落寞，低头纳闷着爬向五楼。

贰叁

　　青年节过后第二天，下午我坐在"太师椅"上，两眼微闭，双脚赤裸，右腿搭在桌子上，感受君临天下的威武……

　　咚、咚、咚，有人敲门。

　　我懒洋洋地回应。

　　门开了，蝴蝶翩翩而至。

　　"啊……你回来了？"我连忙穿袜套鞋，把方嫒让到太师椅上。"你咋才回来？他们几个上周就回来了，实习美着吗？"

　　"我没有实习。"

　　"么实习？那你干撒（做什么）去了？"

　　"你猜。"

　　见我床头堆了一摞书，方嫒抽出一本。

　　四月末全省大学生文艺汇演，校领导非常重视。根据平时掌握的信息，组织挑选十名同学，方嫒就是其中之一。时间紧、任务重。学校在师大聘请舞蹈老师，统一集训。她上了两天课，就被通知返校，西去兰州。

　　汇演结束，她向带队老师请了一周假。

"我去敦煌了……"

"你去敦煌了?"

她去了。在春风不度玉门关的五月初,坐了一千二百多公里的火车,她去了。

方媛从包里拿出一本画册。

"看这个,你绝对想不到,在那么荒凉的地方,会有这么神秘的壁画。"

我接过画册,月牙泉、鸣沙山、阳关、飞天乾闼婆……

"不亲眼所见,你就不理解撒(什么)叫个震撼。我想好了,这些地方一定要去,我要比三毛走的还远……"方媛铺开一张地图,拿出铅笔在上面圈圈点点,"先是布达拉宫,再到泰姬陵,然后巴米扬大佛、波斯波利斯、空中花园、雅典、巴塞罗那……哎,到底去不去埃及?"

方媛又说起三九子夜的豪情,我模糊而清晰地想起和她的约定。

"先不要说你的万水千山,先说说这个太师椅咋处理?"

听完我的汇报,方媛莞尔一笑:"现在送回去怕么是(不行)了……少不了挨日角(批评)……放宿舍也不行……迟早抓个现行……"

"难不成从楼上扔下去吗?"

"稍安勿躁,本师姐自有妙计安天下。"方媛坐在太师椅上,头向后仰,眼微眯,冥思苦想状。

片刻,她秀目略睁,皓齿轻露:"你还是自首吧,坦白从宽,抗拒从严。"

"你……你……你这师姐,怎生如此冷漠?"

"哎……,叫师姐就倭也咧(合适了)。一周之内,必有答案。"

"师姐可得明说?"我拱手施礼。

"此计若成,须待东风……"方媛清喉娇哼,故弄玄虚。

"莫非要赤土筑坛,沐浴斋戒?"太师椅已成我心腹一患,早死早投胎,我静等妙计召唤。

"哪里哪里,待得东南风起,我们大餐即可。"方媛右手执书微微摇动，若鹅毛大扇，左手轻抬似安抚蛮夷 。

一周后，东南风起。

师专的操场很大。西面围墙边一行高大挺拔的旱柳，南边几间器材室红砖灰瓦、古朴典雅，六七个排球场在东边，北边是横穿半个校园的马路。

这很大的操场却没有四百米标准跑道。每年春季运动会，只能在对面的体校进行。

四月份大二同学实习，运动会在五月中旬召开。

方媛的东南风，就是一周后的全校运动会。

和很多运动会一样，除了开幕式有观众兴奋外，比赛时就成了运动员的自娱自乐。

十一点多，方媛过来。"东风已起，大餐在哪里？"

我一时糊涂，不知她在说什么。

"吃了吗？"

"没有，还有半个小时才开饭呢。"

"没有就请我。"

在全班同学的注目中，方媛拉着我跨过体校的半拉围墙，跳到马路上。

"把你那个破太师椅赶快扛下来。"

这就是她的妙计？这客请的也太冤了吧？运动会期间，各班各系搬了很多桌椅到体校操场上。她要我把椅子扛到体校，和主席台上的靠背椅混在一起？

方媛和门卫打招呼，门卫熟人般地的向我们微笑。

"向右，往桐树街上走。"刚出校门，方媛侧后五步指挥。

"去桐树街上扔了？"

"你个白糖，你咋不说在桐树街上拿刀劈了？要那样，还不如往学校哪个角角随便一撒，费这么大劲组撒？"

"沿桐树街往西，不要东张西望……你咋像个贼一样。"

我哪里像个贼？分明就是个贼。

转过桐树街，是通往汽车站的长庆路。沿路有许多大小不一的餐馆。我放下椅子，边擦汗边问："师姐妙计安在？"

"走。"

我扛起椅子继续向前。

进了一家餐馆，方媛问老板："你看这椅子能值多钱？"

老板看见椅子上"陇东师专"四个字，摇摇头："我们有椅子尼，不要。"

……

到第三家时，遇上识货的人。

"这后面有字呢，我要哈咧，年外学校来收起咧咋呀（怎么办）？"

"你看你撒，都搬出来咧，你怕撒尼？"方媛敦敦诱导，"这字你拿上砂纸几哈就打滴么有咧，谁说你不能买这么个椅子？外百货大楼里这号椅子多滴像撒一样。"

"二十块钱，二十块钱东西放哈，你们走人。"老板不愿放弃椅子的物美价廉。

"老板，咱也不说二十块钱咧。炒两个菜，一碗米饭，一瓶啤酒，你看能成吗？"

老板稍作计算，同意这笔交易，把椅子搬进里间。

我们捡了张靠窗的桌子坐下。我向外，方媛向里。品酒等菜的间隙，我研究方媛：这师姐我是看不懂了。

"看什么看，准备吃饭。"方媛用筷子作势敲我的额头，"有些事，你就不能太规矩。没人要，就是他们的漏洞，刚好也给咱们改善生活。"

十多年后，途经峰城，车过秦霸岭。远远看见师专大门、看见南大街四十一号、图书馆大楼，我致上深深的歉意：对不起，母校，原谅我们的年少轻狂。

贰肆

菜还没上，三个人鱼贯而入。我抖的一惊，随之又安下心来。是三个谷山小伙，只是不见赵学兵。我下意识的摸摸腰间，行走师专的军用裤带，早被搁置在宿舍。

谷山小伙一看我和方媛，说话声顿时高了八十个分贝，间或几句脏话。其中一人搓着二指宽的纸条，歪头打量方媛。

方媛没有回头，继续品啤酒。我想发作，方媛示意我悄悄坐哈。

"你几个要撒?"老板招呼。

"五碗烩面，三大两小。嗯……再来瓶啤酒……一瓶。"

又进来两名女生。

"吃个烩面木一哈跑这么远，赵学兵给你们咋说着来?"一个蒜苗鼻、三角眼的女生抱怨着，听口音是凉城人。

"指搭（这里）滴烩面好。"谷山小伙陪笑解释，声音柔和许多。两个女生看到方媛，小声议论，无非冷面校花高傲才女之类。三个谷山小伙依旧高喉咙大嗓子喊叫，肆无惮忌地吧嗒嘴上的旱烟。

我们的菜上来了，干煸豆角和苜蓿炒肉。虽是小份，已很奢侈。

谷山小伙顿时低了声音,我能感觉到他们的沮丧。一碗烩面六毛,五个人也不过三块。而我们的一素一荤外带啤酒,怎么也得十块钱。哈,气场可以这样形成。

"来,为师专!"我端起酒杯。

"为埃及和撒哈拉!"方媛决然。

"你真要去?"

"那是。这次去敦煌,我算片来咧(明白了)。这些地方,看多少资料都不顶用。只有身临其境,整个人沉在古迹中……全身都能感受到历史,眼睛纯粹是多余……"

方媛斜倚靠背,端起酒杯,轻呷浅啜。我右手支下巴,左手端酒杯,静静聆听。她的目光越过窗外,驰骋于万里河山。

敦煌,莫高窟,沙漠清冷的月光下,泉流汨汨。头发起风了,壁画里的箜篌、排箫、飞天全部复活,和着汉唐雄风,飘洒在丝路花雨之下……一位女孩凝神伫立……

待我回应,方媛拈花一笑,目不别视。

至始至终,方媛没有看谷山小伙一眼。

"熬的面咋滴哈不好?"谷山小伙实在受不了我们的小资情调,给老板撒气。

"包间里有十来个人,都是烩面,你们的马上就好,马上就好。"

谷山小伙的啤酒没几口就喝完。三个人从塑料袋子里撮些烟丝,用纸条卷成喇叭状,放在嘴边,拼命吸着,只是夸张的吧嗒声小了许多。

方媛去卫生间。三个谷山同学又高声嘀咕,却没了先前的嚣张。

"皂他娘娘滴,这凉城小伙真舍得花钱。"

"皂外女子奏是贪嘴么,谁请吃奏跟着谁去呢。"

三角眼女生神叨叨的说着朝三暮四、朝秦暮楚、水性杨花的词句。声音忽高忽低,好像不让我听见,好像又要让我听见。

我不言语,兀自看着窗外。

方媛进来，他们同时闭嘴。

"老板，再拿盒阿诗玛。"

她递给老板一根，把整盒烟塞到我手里。

"这……你……"

"送你的……走!"

方媛挎住我的臂弯，转身向外走去。余光里，三个谷山小伙鸦鸦无声，两个女生一脸痴呆。炒菜、啤酒倒也罢了。阿诗玛，将近一周的生活费呢。

赵学兵推门进来，那几个谷山小伙噪声又起："皂他娘娘滴，你可算来咧，皂今个这凉城人……"

"皂你都悄悄哈，谁再×干，给泾平胡找麻哒，看我把他娃废咧着。"

赵学兵断呵，继而笑容满面的向我和方媛打招呼。我递给他一根烟，他拿在手里，没有点。

出门十几米，我问方媛："你把烟钱给了?"

"肯定啊，你以为我真去卫生间了?"

"这也太二了，十块钱呢。"

"权当姐送你的毕业礼物。"

我摩挲着阿诗玛精美的包装:白底金边的盒子上，一位彝族少女侧身凝望，头饰上是红金套色花纹，汉字和英文字母凸凹清晰。

"这礼物也太……，一根就是五毛啊。一份菜也不过这个价，这让我咋抽?"

"说实话，我也舍不得，就想气气他们。"方媛接过烟盒，"都是学生，提个塑料袋，装些烟丝，走到哪达就拿个二指宽的纸条卷上，把大学生的脸都丢光咧。"

"今儿个咱配合的也太默契了。"我沾沾自喜。

"跟三七二十八的人有撒计较? ……你和他到底咋回事?"

"这是个秘密。"

"不说算了，我还不问了。再见这种人就离远点，你也是学文的。姐给你留一句话：天下大勇者，卒然临之不惊，无故加之不怒……"

"哼哼，上次就说过咧，欺负我不知道作者吗？……谁写的？"

"书上有，自己找。"方媛又成学姐。

21世纪第十一个春天，网络上流行一篇《远离垃圾人》的文章。其实，早在二十年前，方媛已经定义过垃圾人的概念。

梧桐宽阔的叶子清凉初夏的阳光，一只蝴蝶忽闪着庄周的疑问，翩翩远方。

"梧桐开花时，我们就回家啦。"方媛断断续续哼着一首不完整的歌：

> 睡意朦胧的星辰
> 阻挡不了我行程
> 多年漂泊日夜餐风露宿
> 为了理想我宁愿忍受寂寞
> 饮尽那份孤独

桐树街不长，很快走到学校。为了嘬瑟，我先去四楼找杨执戈。他刚和花格呢子从外面吃饭回来。花格呢子成了淡紫色外套，长长的辫子妩媚成披肩发。每次两人从校园走过，羡慕的眼睛跌落一路。

"找你们呢，你们两个跑哪去了？"

"要请我吃饭吗？"我递给他一根阿诗玛。

"你不过日子咧？我们毕业又不是你毕业，抽这么劲大的烟？"

杨执戈把烟从头到尾看了三遍，用指头捋了几捋，小心点着。

"过几天聚一哈……好好谝噶……"杨执戈眼望花格呢子，骨鲠在喉。

"小什字那里有家餐厅，凉城人开的，到时候去那。"

贰伍

小什字是东西南北大街的交汇点，也是峰城最繁华的地段。

西边路口是电影院，每逢周末热闹非凡。随着录像厅的兴起，电影院成了劳苦功高的黄脸婆，没人理睬。

东边路口是两层转角楼，楼下是峰城最大的国营理发馆。

南口西首，有一栋民国风格的小楼，是峰城被服厂。被服厂搬迁后，它的一楼被隔成好多门面，许多江浙商人在里面卖着谁都不知道的世界名牌。有一家"梦的衣裳"，老板说他们的衣服真的来自香港。

北边的四层百货大楼是栋非常时尚的建筑。主楼米黄色瓷砖贴面，淡蓝色玻璃大窗，楼顶呈波浪形展开；裙楼深蓝色彩条隔断，顶部王冠状设计，五层旋转楼梯。

整个大楼辉煌在董志塬的蔚蓝之下，一度是峰城的地标性建筑。很多同学在师专报到后，上街第一件事，就是以百货大楼为背景拍照留念。这栋楼建成三千后，被拆了。

爱默生说，城市是需要记忆的。关于这座城市的记忆，在随后的十多年里，几乎拆光了。

　　百货大楼前是一条宽阔的马路，白天车水马龙，晚上就成夜市。烧肘子、焖猪蹄、麻辣鸡爪……这些解馋大餐，一两个月可以考虑享受一次；烤红薯、炒凉粉、鸡蛋醪糟是开胃小吃，十天半月能够奢侈一回。

　　炒凉粉尤其美味。待炒瓢内清油冒烟，抓一把葱花姜末扔进去，将切成干枣大小的凉粉往里一倒，上下翻飞一两分钟，一碗热气腾腾，香气四溢的美味就呈现在面前。

　　五毛一碗的炒凉粉，是师专学生晚自习后前往小什字的主要动力，也是宴请朋友的主打菜肴。有一次，我凭了岁月的记忆，带着昔日的美好，在那里吃了一碗炒凉粉。还是原来的配方，还是熟悉的味道，再也没有曾经的感觉。

　　今天没有吃炒凉粉。大伙提了两瓶西安特曲，直奔凉城人餐厅。

　　酒杯一举，惆怅四溢。

　　"这地方怕是来不了几回咧。"张远黎难得多愁善感一次。

　　"我还是要常来常往的。"大家都知道杨执戈在给谁说话。

　　"会挽雕弓射天狼，教书匠、孩子王。"梁红刚的伤感总会显出专业素养。

　　　李华光自顾自喝了一口酒，什么也没说——短发实习回来后不理他了。

　　我执酒抒怀："斗酒相逢须醉倒，今天把你们都灌高。"

　　"他们几个喝高可哭呢，你能哄哈吗？那是擦不尽的英雄泪……"方媛的话有点煞风景。去年此时，正是他们几个最风光的时候。

　　"你……"

　　"唉……"

　　"去年那个事我就……"

　　"我就?咧他奶奶滴脚巴骨咧……"

　　"不说这些了，你们中文系的人就是酸。来，来，来，喝酒喝酒。"花格呢子把盏倒酒。

喝不到三五杯，昔日狼狈早忘得一干二净。每个人都大夸海口，叫嚷着要把对方喝出原形。

谁说自古多情伤别离？凉城小伙无所谓。一瓶酒喝完，我们疯了。

曾记师专九月，云淡天高，同乡会上初相识，彼此扮酷互不尿。待得酒桌喝高，捶胸拥抱，肝胆相照。荡平各路英豪，独步宿舍楼道。怎地脑子受潮，却为吃饭胡闹。各种交代写材料，遂把几人磨倒。沉沦一年睡大觉，未曾想，没有几天就离校。

"我们走了，你可再不敢惹事了。"梁红刚看着我。

"我绝对老老实实，撒事都不惹。毕业的时候，把你运动服送给我就可以了。"

"你的呢？"

"丢了。"

"看你囊（笨）吗，运动服咋能丢了？我那个你怕穿不上。"

"不要紧，系上也搞不了几次活动，凑合着能过就行。"

"有撒事就写信，只要接到信，我第一时间过来给你出气。" 张远黎忠肝义胆。

"方媛你过来吗？" 李华光矛头一转。

"对对对，方媛一定要过来给岁兄弟撑腰。"

"来呢呀，我给你们包扎伤口。"方媛应声而答。

"你可不敢把岁小伙撒咧木。"李华光安顿。

"你们两个一天死气话多滴，到底有么有情况？"张远黎张罗着发烟。

我极力解释，可众人哪里肯听？非让我俩击掌为誓，否则罚酒六个。

六个酒倒在一起接近半杯子。我呲牙咧嘴，实在喝不下去。

方媛豪爽的接过杯子，我以为她会喝完，没想到她只眠了一口。

"三七二十八，来，岁小伙!"

我接过杯子，一饮而尽，右手和方媛奋力一击。

"此约非彼约……"我又想解释。

"你们爱约不约，把剩哈的六个喝咧。"这些歹人，先前说好的六杯变成了一人六杯

方媛以慕容手法把这六杯酒转嫁给梁红刚：要不是他，她不会认识我。

我受到启发，又给李华光满了六个：立冬吃饺子，是他叫的我。

最后每人都喝了小半杯。寻根溯源，李华光认为大块头是始作俑者，最需要感谢，该把他叫来。梁红刚说最该感谢的人当属校长，张远黎让杨执戈回学校请校长。

杨执戈斜叼着烟，捋一捋自来卷，拉起花格呢子。

"请就请，我还想让他开证明呢。先说好，校长来咧，你们一人给敬上六个。"

"好好好，只要你能请来，我吹一瓶。"

花格呢子不喝酒，拉着杨执戈的手说："你看天花板上有什么？"

"有撒？"杨执戈抬头。

"一头、两头、三头……呀，满天花板的牛……"花格呢子咯咯咯地笑起来。

她这一笑不打紧，打击对象又成他俩。

"你两个，也经受过血与火的考验，先让六个酒考验一哈。"

"东风吹，战鼓擂，今天我就不怕谁。不要说六个，就是三十六个也就那么大滴事。"杨执戈提起酒瓶给倒了半缸子，拿起酒瓶盖往桌上一扣。

"你们知道这下面是撒吗？就是你们几个，都在下面扣着呢。把我放倒？你们想都不要想。"

没有谁把谁放倒，放倒两瓶西安特曲后，大伙头重脚轻，豪言满屋。

梁红刚说要当一名优秀的乡村教师；张远黎愧疚不响的收音机，他想在毕业前换回买的那台；李华光匪夷所思的说了句顺其自然；杨执戈发誓在十年之内成为凉城教育局局长，对花格呢子含糊其辞的解释崆峒山和南小河沟的区别。

"我先攒上些钱，像三毛那样，浪迹天涯……然后写无数的游记让你们看……"方媛的理想总在琼楼玉宇中飘纱。

"哦……了解了解，你把钱攒哈，等岁小伙毕业咧……"杨执戈又往缸子里倒酒，酒瓶已空。

"快滚远，谁去都可以……你们谁去呢？"

"去呢，去呢，搭帮一起走。"梁红刚的脖子都红了。

"就是，七个一起，让咱们的脚印踏遍全世界。"李华光随声附和。

"不能让咱方媛一个人可怜兮兮的，到哪达哥几个都要陪着……"张远黎拿着酒瓶使劲往下抖。

"来来来，快给大姐大和岁小伙添上……酒呢？酒呢？咋们（怎么）么酒咧。"

"你的滴滴呢？你的滴滴叭叭呜呢？"方媛想起杨执戈吹过的另外一头牛。

"一定，一定，一定弄个比桑塔纳还倔的。"

1990年，一辆桑塔纳要二十多万。教师买车？做二十年的梦都梦不见。

杨执戈一脸醉相，嚷叫着要去买酒。花格呢子过去劝他，两人相依走出餐厅。

两人相依着没走多远便劳燕分飞。毕业后，花格呢子要留峰城上班，杨执戈必须回凉城照顾父母。双方家长极力邀请对方的孩子来自己的城市工作，可谁都说服不了对方。花格呢子无法放弃峰城的大好前程，杨执戈不能做一个不孝之人。为谁去谁的城，两人无语凝噎了好几回。在盛夏的绚丽中，他们泪眼婆娑着埋葬了良辰美景。

2005年深秋，我参加峰城高考研讨会。几经打问，找到花格呢子，她是电视台主要负责人。

二招，如今的陇东宾馆，西楼餐厅。

"你想吃撒就点，别客气。"花格呢子露出熟悉的美丽。

"来碗炒凉粉吧。"话一出口，空气凝结。我默默点燃一根她带来的中华，她则一动不动的看着菜谱。

"那个……谁……还好吧？"

"还好、还好，我们俩在一间办公室，天天面对面瓜（傻）坐着。"

"哦，毕业后，他没来过峰城，我再没见过他。"

"对了，他买了辆帕萨特，没事就南山北塬地乱跑"。

……

结账返校。

杨执戈左三步右五步地摇摆前行，花格呢子左三右五地搀扶。看见我们跟在后面，他忽然发疯，鬼哭狼嚎般地吼着：

> 不要谈什么分离
> 我不会因为这样而哭泣
> 那只是昨夜的一场梦而已
> 不要说愿不愿意
> 我不会因为这样而在意
> ……

方媛走近我，悄声耳语："你真把运动服送给那个女的了？"我一怔，她是怎么知道的？

前两天，我从邮局回学校。看见一位女性，全身赤裸，坐在桐树街上。围观的人说是个神经病人，正在叫家里人往回领。我不知哪来的勇气，脱下运动服披在她的身上……

"短发看见了……"

短发？李华光的短发？好久没见她了。

看到我和方媛落在后面，张远黎、梁红刚和李华光倒走前行，半圆形绕着我俩，跟着杨执戈男声小合吼：

再回首

云遮断归途

……

曾经与你共有的梦

今后要向谁诉说……

抬头看天，星辉斑斓里，每个人的青春在飞扬。

贰陆

　　毕业离校还有二十多天，招兵买马的海报铺天盖地。很多一年级同学按捺不住躁动的心情，积极抢占各个社团的领导职位。实在得不到一官半衔，个别有为青年自立协会，自命主席。

　　以两三个字简称某单位是社会上的习惯，学校里也不例外。可惜汉语同音字实在太多，好端端的名字被简称后往往成为噩梦。"足球协会"简称"足协"，"篮球协会"简称"篮协"，"吉他协会"简称"吉协"，霹雳舞——街舞的前身，"霹雳舞协会"……呵呵，你自己念。

　　每天都有人讨论着要参加哪个"协"，每天也有人动员我参加他们的"协"。本系一位同学成立了"涅诗协"——"涅槃诗歌协会"，许诺只要我加入，即可成副主席。我问主席是谁，协会有多少人。

　　"咱们这个协会刚成立，学生处还没有批准，现在就两个人。主席是我，另外一个是我女朋友，她当秘书长。"

　　"领导谁呢？"

　　"肯定是我们领导你了。"涅主席面色凝重。

　　"哦——，'仰天大笑出门去'的下句是撒来着？"

"我辈岂是蓬蒿人呀……"

"不对，好像不是这句……"

"胡说起。"

"仰天大笑出门去，你的女友是主席。"

各类社团人头攒动，摩肩接踵。图书馆庭院冷落，门可罗雀。权力交接之时，谁还有心思读书？

梁红刚、李华光和张远黎成了这里的常客，几乎天天泡在图书馆。张远黎成天抱着本《电子线路》，边走边听收音机。

"大一的时候人么片来（不懂事），成天耍。人刚片来咧，又要毕业咧。"从图书馆出来，张远黎、梁红刚和李华光忏悔蹉跎岁月。

方媛不知在忙什么，下午基本找不见人。

杨执戈也玩起了失踪。偶尔在校园里遇到，不是在向花格呢子解释，就是在听花格呢子解释。两人表情凝重，全然没了昔日的温情。远远看去，如同在拍电影。

这样的电影在六月的校园里不断上演。下午、黄昏、晚上，或者更晚，操场边、花园旁、核桃树下、宿舍楼前，总有一两对男女同学执手相看泪眼，竟无语凝噎。空气里弥漫着一种相思，两处闲愁的悲戚。

男生泪眼问花花不语，乱红飞过秋千去。女生瘦影自怜秋水照，卿须怜我我怜卿。看似滴不尽相思血泪抛红豆，开不完春柳春花满画楼，最终都在"梧桐树，三更雨，不道离情正苦。一叶叶，一声声，空阶滴到明"中烟消云散。

各县区的大哥大变得谨言慎行，绝少一人单独上街。即或非得外出，总是三五成群，揣了应手的家伙。走不上十来步，便潜意识地去腰里摸摸，东西硬硬的还在，适才放心前行。

学生之间本无杀父之仇，夺妻之恨，完全可以和平共处。然而血气方刚、初生牛犊不怕虎的任性，怎容你在人群里随随便便地多看我一眼？还有，那个心仪了两年的女孩从不正眼瞧我，偏偏和你谈笑风生，出双人对，这让哥情何以堪？更有甚者，是无理由的仇恨：我就是想捶你。

有位老乡召集人马，说他要荡平兰州同学。

我问何故。

他给每人发一根烟，"没有撒，奏（就）是看他们几个倨滴很。往过一走，满嘴兰州话，就像是省城人一样。"

听听，说方言也会成为遭围剿的理由。后来国家大力推广普通话是完全有必要的：普通话、神州音、华夏情。有情有义，怎会起冲突？

平时生活规律，又惮于校纪，若隐若现的怒火被严重压抑。毕业在即，若不做个了断，便纵有万千恩仇，却与何日报？那些没来由的恩恩怨怨，到了一个该了却的时候。

这种了却讲究速战速决。几个人快步包抄，二话不说，一顿拳打脚踢。待对方倒地，朝脊背和屁股上狠狠踹上几脚后，迅速撤离。被打者也是惯看秋月春风之人，绝少呼叫。整个过程三十秒左右，少有对白，个别妄为者会发出警告：

"你娃再倨你就等着。"

"小伙，你把我认哈，我叫王麻子，某某城滴，有本事你就寻（xìn）我来。"

晚自习后的宿舍楼道，常有三五人倚墙而立，手执纸烟，左右窥探，如同抓捕我党地下工作者的军统特务。

把楼道作为伏击地点，是经过精心选择的。校园里人多眼杂，难免会有目击证人；校外属社会范围，一来不易准确定位，二来鱼龙混杂，弄不好会引火烧身。楼道，那是必经之地，三十秒的短促突击，很难被人看到。

上天总难遂人愿。被围剿者要么早早出去游荡，要么迟迟不归甚至通宵在外。伏击者等上一半个小时，只得失望离去。对勉强加入的同学来说，又是一次虚拟表功的绝佳机会。

楼道里步步惊心、危机四伏。像样的战斗没打响几次。

真正的风云人物，不会采取这种下三滥的手法。许多恩怨当时就了断清楚，毋须拖到毕业再旧话重提。组织这种活动的人，都是胆小怕事之徒。他们不敢当面质问对方，去年为什么要瞪他一眼，更不敢约架单挑，只能采取偷袭的方式发泄内心的不满。

张远黎让我提高警惕，切忌和方媛单独外出。我不以为意：谷山小伙已被征服，除了他们，没有被人寻仇的理由。

"你娃成天领着方媛招摇过市，你知道有多少人给你谋（mèi）事着呢？"

梁红刚有个万全之策："要不趁我们在，把那几个人叫上吃个饭……"

"君子好交小人难防……钱不够了我这里有……"李华光说着就掏口袋。

"我们两个就在一起走了噶，又么组撒。"

"你们再不要吓人家岁小伙了。"

他们的警告还是恐慌了我，我又暗暗系上军用裤带。看到楼道有疑似伏击人员，立即卸下自卫标配，高度戒备地走过去。伏击者微笑打招呼，有的甚至发出邀请：泾平，同去、同去。

纳闷很久我才明白。雪地一战，我以一敌五，虽败犹胜。最重要的，我替赵学兵解围后，没向任何人说起，他应该也警告同乡不要和我缠事。虽和方媛常有同行，可方媛是很多人永远的梦，谁愿意和自己的梦过不去？平时我也算活跃分子，和各系的厉害角色都有交往；大量凉城、镇县老乡的存在，让我这个凉城镇县人受到无形保护……

贰柒

方媛记错了时间，梧桐在四月中旬开花。季节不会因为记错而弄乱顺序，我们整天泡在图书馆的时候，六月过去了。

记不清谁起的头，大概是他们实习回来以后吧？开饭时，我们常端着碗在餐厅外的花园旁聚集，边吃边聊。

如果你恰巧从餐厅前走过，一定会看到，不高的花园围墙上，盘腿坐着几个凉城小伙。他们每人脚前放一只大海碗，海碗里是师专四季不倒的炒洋芋丝。吃洋芋丝的人左手拿根筷子，筷子上插着三个馒头，右手也拿着筷子，却是一双。虽说吃着馍，舌头楞（硬）是能蹦出话来相互挤兑，眼睛也不忘移动的风景。

大海碗是李华光的倡议，他说用这碗吃饭很佰。由于碗大，菜会显得少，厨师盛饭时，会自觉不自觉的再加半勺。每到开饭时间，我们每人左手托一口大海碗，右手捉双筷子，器宇轩昂地走进餐厅，气势非凡地走出来。果然能比其他同学多半勺菜汤。

建党节，中午。我们依旧坐在围墙上，吃着馒头，来回张望。

"再过十几天就走了，下午去北石窟寺吧？"梁红刚的小眼睛挤出一个念头。

"北石窟寺有撒转滴?"张远黎不想去。

我忽地站起来大呼:"有人去北石窟寺吗?漫步夏日陇原,感受北魏文化。有谁去的话借我辆车子,我请他……吃……吃馍馍。"

我是盘腿坐在矮墙上的,站起来时就颇为高大。正值打饭高峰,好多同学放缓脚步,望着我左手馒头、右手夹菜、脚下海碗的形象。

看到众多茫然的表情,我张(呆)在那里。咋能没人回应呢?我狠咬一口馒头,自我解嘲地鄙夷:"唉,可在沙漠里叫唤半天,纯粹么人招(理)。"

张远黎夹起一根洋芋丝朝我扔过来:"年你站乃么高得是抽风着尼?"

"年额说哩木(我说呢),年这学校里哪搭有风抽尼?个个都是外桐树街滴玉面(酿皮),pìa气滴很!"

"哎哎哎,你可二撒着呢?"身后,方媛仰脸看着。

"我,我们要去北石窟寺,年你能借哈车子吗?"

"能啊。"

长期被方媛胜过一筹的状态让我脑子有点短路,我要给她倨一哈。

"几辆?俺身体不好,妈妈说俺不能干重活,骑车车带人是不行滴。"

"你能下来吗?花狗娃站在粪堆上,你以为你是金钱豹吗?"

"这叫高屋建瓴,还能多吃些,你上来试试?"

"你快好好着,待会不去你就小心着。"

"要是借哈车子咧,我把你带去带回来。"

方媛向前一步,伸出左手食指:"那就说好了。"

我将最后一口馒头连带筷子咬在嘴里,弯腰伸手。方媛抬了下手指,没有拉钩上吊的打算。

"快点啊,你来迟了我们就走上去咧,不等你。"我对着方媛的背影高呼。

李华光："小伙增咧（厉害了），敢和方媛叫板咧。"

张远黎："你娃撒意思？人家哈么走尼（还没毕业离校），你是不是留后手着呢？"

梁红刚："你得是今天出门么吃药？方媛一会把你往死组开咧，我保证不扇你三巴掌。"

杨执戈和花格呢子去陇东县了，他们没机会嚷治（挖苦）我。

······

宿舍里，李华光在变魔术，我暗暗快意花园旁的胜利：总算出了口恶气。

楼下传来方媛的喊声，我手拿扑克，一跃上了窗台。

一辆绿色北京吉普旁，方媛一手搭车门，一手遮额头，冲着宿舍张望。

"快下楼，来迟的就没位置了。"

阳光透过湛蓝的天空洒在方媛身上，方媛如同蓝天下的白云，清澈透明。

我们撇下手中的扑克，迅速跑下三楼。

"这是我借下的车子，你们谁带我呢？"方媛拍拍车门。

谁能带你？

方媛的二舅主管地委汽车队。在其他同学每天写教案、试讲，写教案、试讲时，她缠着二舅学开车，断断续续三个月了。

打火、起步、熄火，打火、起步、熄火，方媛的鼻尖全是汗，脸颊也憋得通红。我们没敢戏谑，只是看着方媛操作。她竟会开车了！我们连方向盘都没摸过的时候，她竟会开车了！当然，无证驾驶什么的我们还没概念。大凡能打着火，就是司机吧？可惜杨执戈不在，要不就让他坐后备箱里，让他好好享受一下小车的滋味。

车在宿舍楼前挪动着调头。有几个男生趴在窗子上，指指点点地叫嚷，一长两短的口哨声从某个窗口吹出。

绕过宿舍楼，方嫒先在学校里兜了一圈。虽然慢，却比自行车威风多了。我恨不得全校同学站在路边，看到北京吉普，看到北京吉普里的我和我们。正午刚过，好多人都在休息，校园里空空如也。

出后门左拐，沿广场路南行，没十多分钟，车在董志塬上了。

董志塬很大，大到一眼望不到边。天际相交处，是一层似雾若纱的白云。白云清淡，若婉约派的慢词，执红牙板，浅吟低唱。近处的天空明显高，高而蓝的天倾洒夏的热情。

北石窟寺距城五十多里，静默在覆钟山的断崖之下。蒲河绕寺而过，与茹河汇合后蜿蜒向南。周天梁巅峁峰，层林苍叠。拾阶而上，大大小小的窟龛错落有致在三层石崖之中。木质的复道回廊相与连通，一脚踩去，咯吱作响，似千年回声，悄然诉说。

因少有人来，仅有的一名管理员甚是热情。沏茶倒水，嘘寒问暖，主动讲解石窟历史。

最大的一座石窟，开凿于北魏永平二年。内有七尊立佛，佛高八米。浓烈的色彩，柔美的线条，惟妙惟肖的图景，逼到你无话可说。普贤菩萨石雕嫣然含笑，修罗天王喜、愁、怒的表情，形神兼备。

管理员说到萨埵太子时，我们互相争论：怎样才算有爱心？人生的归宿是什么？

再看那舍身饲虎图，虽经千年，清新如昨，兀自诉说生命的真谛：我善人人，滴水入海，而为一味……

看完主要石窟，打道回府。汽车一个劲儿地兹兹，没有任何启动的迹象。方嫒打开引擎盖，我们凑过去左看右看。

"狗看星星。"方嫒有点急。

"你舅咋给你借了辆破车？"

"会不会是没油了？"

"要不推上回吧？"

围着汽车转了十八圈，大家得出结论：车坏了。

管理员说是电瓶的事，得找人帮忙。村上的拖拉机拉粪去了，下午七点多才能返回，他让我们到附近转转。

时值仲夏，蒲河茹水，悄然南流。山上一簇簇绿树，郁郁葱葱，掩映其间的农家院落袅袅几缕轻烟。

在村里买了扎啤酒，我们席地岸边，一人一瓶对碰起来。

不到半小时，啤酒喝光。

张远黎提着酒瓶，在空旷的河滩里胡喊乱叫："苍天啊，我怎么能当教师啊？我最日眼（讨厌）的就是教师。"

梁红刚双膝跪地，用头不停地叩击田埂："千金与我何用？楚国与我何干？"

李华光默然独坐，目视远方，将一根纸烟抽成雕塑。

酒劲直冲我的脑门，我成了大唐的一名赫赫战将。身披铠甲，手执丈八蛇矛，可上九天揽月，可下五洋捉鳖。手里没有蛇矛，有的只是个空酒瓶。我一把将它摔碎，又将旁边的几个扔进河里。

方媛坐在一旁，静看我们表演。

董志塬畔夏意正浓的黄昏，蒲河、茹水岸边，歌声，哭声，长嚎声混在一起，为岁月的流逝，合奏一曲肝肠寸断离人殇。

皎白的上弦月，柔柔地挂在绯红的西天。河水泛着淡淡的波光，如万条梭鱼在游动。远山朦胧，农家院落飘出暖暖的光。一阵风起，北石窟寺千年忧伤浸遍全身……

大家停止喧闹，或坐或立或跪，或拿酒瓶或叼纸烟，一律律的望着远方出神。飞鸟倦归，周遭无声，听得见血液流经心房的波涛。

回看方媛，已是泪流满面……

方媛再次尝试打火时，我用力拍打引擎盖子，汽车"呜呜呜"地抖动。

贰捌

　　七月"飞雪"的季节到了。从宿舍楼下走过，某个窗户里就会伸出一只手来。手慢慢张开，撕成碎片的纸屑迎风飘落。飘落的不是纸屑，是毕业生再也回不去的青春。

　　很多同学嫌飞雪太过缠绵，干脆把回肠百转的信件日记烧成灰，从垃圾道里倾泻而下。灰烬引燃其他被丢弃的记忆，楼道里渐渐烟雾缭绕。我进楼时"哦……哦……"之后便呛得咳嗽连连，直到他们离校，我方能完整地自陈名号——我胡汉三又回来了。

　　董志塬的麦子说熟就熟，滚滚的麦浪把坦荡无垠的高原染成一片金黄，天空也在金黄中辉煌它的炎热。在翻江倒海、惊心动魄的金黄中，毕业的离歌随风而起。

　　7月7日，下午四点。通知栏前围了很多人：凉城学生明天离校。

　　1978年，陇东师专成立，面向全省招生。学生以凉城、峰城地区为主。没有升级为学院前，为凉峰两地区培养了数以万计的教师。今天，走进凉城任何一所学校，都可能遇到陇东师专的校友。

　　每到毕业，凉城地区教育处会包上几辆班车，到峰城接回整个凉城籍的学生，大家在教育处统一报到后再回各县。每一位凉城籍的学生此时都有一种优越，因为只有他们有此待遇。（谁知道，九零届竟是最后享此殊荣的。）

整个校园躁动起来，各个宿舍楼前都有人来回跑动。要账的、还钱的，告别的，展望未来的，手续没有办完的……总之，所有人都感到，很多事情还没有做、很多话还没有说，时间却截止于明天早晨八点。

有时我也会想，如果这是人类消亡的倒计时，或者是生命终结前的十六小时，人们还会冷漠仇恨生闲气吗？还会为浮名功利耿耿难眠吗？

同学们成群结队地出去，又搭帮结伙地拎着几扎啤酒回来。遇上熟识的，就邀请对方到某某宿舍来，一定来。

今晚，注定是师专不眠夜。

之前我们聚过几次。李华光前天随出差的父亲去了延安，我剩十来天放假，他们都回凉城。凉城就是我们的家，聚会的机会多的是，不差这一个晚上。于是大家各忙各的。

我探访了几位朝那、崇信和水洛的朋友。在不同的宿舍里喝了相同的陇东啤酒，重复了很多依依惜别的豪言壮语。大家真诚地邀请对方，一定到自己的城里做客。

"你来了我带你去看我们的方寸山——五龙山——紫荆山。"

"一定来！一定来！"

约定总是简单，再见却是太难。一个再见，往往就是经年或者永远。

学校破天荒在十二点才熄灯，被回家情绪兴奋、惆怅、离愁着的学生哪会早早入睡？熄灯不到一分钟，二年级的宿舍相继被蜡烛点亮。点亮的宿舍里杯盘狼藉、觥筹交错，千种风情，都要今晚说。啤酒喝完了，大家就吼歌。不同的心情不同的歌，每首都吼三句半。相同的是嗓门都很大，隔壁宿舍的人听见听不见无关紧要，紧要的是那栋楼上的那个人要听见。宿舍楼里一阵阵鬼哭狼号，煞是悲壮。

"睡觉、睡觉，年你都疯咧吗?"院子里有人高声制止。

大家涌向窗子。

保卫科的人拿着手电筒在喊。

"赶紧睡觉，哪个宿舍再喊叫明天不让离校。"

强光手电只是个强光手电，保卫科却以为拿的是AK-47。喊话的同时，手电光不停地向窗子上晃荡。

这一晃不要紧，所有的窗户上都趴满了人，所有的人都发出同一个声音："给电，给电，给电。"

"砰!"有人把啤酒瓶扔下去了。

"谁? 哪个宿舍滴?"保卫科震怒，大声叱呵，AK手电光迅速的窗子扫射。

"嗖——哐——砰——bia"，没人说话，说话的只有扔出去的啤酒瓶。有的宿舍没有啤酒瓶，就把暖水瓶扔下去;有的宿舍暖水瓶还要用，就把墨水瓶扔下去;有的宿舍没什么可扔或者东西扔完，就"铛、铛、铛"的敲打脸盆。

暖瓶、啤酒瓶、墨水瓶乘着夜色的掩护，纷纷迫降。保卫科被彻底激怒，两个人在楼下充当诱饵佯攻，三个人进入楼内挨门偷听。哪个宿舍有响动，直接砸门警告。楼内一时鸦雀无声，大家伸长耳朵，判断敌情。

保卫科的人在楼下来回巡视，很有成就的用AK-47手电筒照照这扇窗户，晃晃那块玻璃。

"哐——哐——哐——"哪个宿舍在敲暖气管。

"哐——哐——哐——"另一个宿舍响应。

"哐——哐——哐——"声音越来越大。

第四间、第五间、第六间，所有宿舍的暖气管子都被敲响。

起初，还是漫无章法的乱敲。敲着敲着，某个宿舍竟成了领敲，大家逐渐统一节奏，整栋楼充满元宵节的喜庆:"哐哐哐哐—哐——哐哐喔喔—喔——喔喔喔喔—喔—喔——喔喔喔喔—喔"

保卫科的人羞涩地摁灭AK-47手电筒，点上一根烟，互相解嘲几句，垂头离去。他们再也无法阻挡同学们兴奋的步伐了。

无非是无聊生活中的一种无聊，无非是离别、思乡、悱恻中的发泄。扔几个暖水瓶而已，天又没扔下来，完全不必大惊小怪，惊慌失措。都是观察好了才扔的，没有谁坏到故意砸人。不扔东西，难道要学生把自己扔下去？偶尔的狂欢，或许能获得更长时间的冷静。

一大早，操场边的马路上开进五辆驼铃大客车。宿舍楼地震般的一抖，勺碗筷子铺盖卷，脸盆皮箱暖壶胆，能响的，不能响的，都响起来。楼道里，报纸、鞋盒、纸箱、作业本到处是。稍不留神，踩着个不知名的东西，"咣当、哗塌"，吓得你找半天声源。此情此景，只能想起一个词："兵败如山倒"。如果必须追加一个，那就是"树倒猢狲散"。

张远黎正在往车顶上架铺盖行李。

"快去帮方媛，我们给她把位置占下咧。"梁红刚喊着，我急忙向521跑去。

除短发外，方媛宿舍的其他人前两天已全部离校。

"这几个死人跑哪去了？"方媛抱怨着。

"他们占座位呢。"我背起铺盖。

"哈有撒（还有什么）？"

"再没有咧，就这一箱子书。"方媛指指地上。正说着，张远黎和梁红刚跑了上来。

张远黎搬书下楼，梁红刚再次搜寻可能的遗留物。

正要离开，方媛说："停！让我再看一眼，这间房我回不来了。"

窗左边的上铺，是方媛的铺位。冷冷的床板上七零八散着几张稿纸。床头的墙上，一张明星海报跃入眼帘：周润发歪戴灰色礼帽，身披黑风衣，外搭白围巾。宽容自信的神情里配了那双无奈的、诙谐的眼睛，蒙娜丽莎般地笑着。留白处是八个字：万事随缘，心无增减。

我的床头，贴着一模一样的海报。

她用右手轻轻抚过自己的架子床，抚过大方桌，抚过私接的插线孔……

默站数秒，方媛回身亲吻一下自己的床板……

"走！"她对周润发挤挤眼，挥手离去。

贰玖

　　每辆客车顶上都有几名同学，他们正和司机捆绑着铺盖行李。客车的周围站满了人，有的三五一堆，有的相向而立。

　　男同学半勾肩搭背，忙不迭地彼此发烟。有同学摆手不吸，被人硬塞进嘴里，点燃。那同学吸上两口，一阵咳嗽，发烟的人哈哈大笑。

　　女同学多是相互拉着手，说着说着就笑了，笑着笑着又哭了。个别女生抱着彼此的肩膀，哭得稀里哗啦，任旁边的人怎么劝也劝不住。劝的人也被引发悠悠离情，眼泪哗哗地 流出来，几个人环抱抽泣。

　　有男生过意不去，不知安慰了几句什么。女生们破涕为笑，返身追打男生，男生在人堆里左躲右闪。

　　左躲右闪的男生遇到另外几名男生，立即加入新的圈子。发烟，接烟，点烟，猛吸一口，吹出一声叹息。在长长的叹息里，这承载了青春和梦想的地方，一去不返。

　　也有单独话别的。男女生相距半米左右，你看得清我的挽留，我看得清你的无奈。手里都握着曾经的誓言，再也无法握住彼此的明天。毕业回原籍，工作待分配。多少情感，在汽车发动的瞬间，天各一方。

操场的土地上，有人箕踞而坐，正前端放红色毕业证。点燃一根烟，缓吸快吐，吐完又吸，一吐一吸间，记忆在校园上空消散。

我散出去几十根烟，又接回几十根。凉城的，各县的，大家热烈地握手，使劲地拥抱。听不清对方在说什么，对方也不听我在说什么。保重珍惜鹏程万里，快乐平安天资无比。那个早晨，每个人把最美最真的祝福，送给了这辈子不可能再见的同学、舍友、恋人。

张远黎、梁红刚和镇县的同学天涯若比邻。

"过了潘杨涧，两眼泪不干。槽（我们）镇县和你们凉城连畔子（地界紧挨着）着呢，有时间槽就过来咧，到时候可不要不招（理）槽乡尼人。"

"哪里会？只要你们过来，柳湖春一人一瓶。"

"就是，泾平不是哈么有（还没有）毕业尼吗？你们以后多给联系着。"张远黎持续走后的友谊。

"那肯定咧，他是槽镇县人木。"

那次磨刀霍霍之后，虽说故乡人暗地里一直叫我凉城二球，却接纳了我镇县人的身份。尤其得知我和镇县几位书画大家同根同源后，他们不再把我看做凉城人。

杨执戈把铺盖交给梁红刚，急匆匆陪着花格呢子出了校门。

"他干撒起咧？"我问张远黎。

"他今天不走。"梁红刚递过一根烟。

"为撒？"此问一出，便是多余。

方媛斜我一眼："江山代代有，红颜怎么咧？"

"红颜千古无。"

"对啊，杨执戈为他的千古红颜去了。"

"不会有撒事吧？"

"能有撒事？去陇东了。"

陇东县城，杨执戈带着父亲的书信，向花格呢子的家人表达忠心：

花格呢子明年到了凉城，一定转行；他一定会陪花格呢子定期回陇东把双亲看望，一定会陪花格呢子到地老到天荒。

花格呢子的父母热情邀请杨执戈留峰城工作，并确保杨执戈会有更好的发展机遇。

杨执戈逗留了十天，始终无法让花格呢子的家长接受他许诺的幸福。在一个细雨蒙蒙的早晨，他留下一封信，独自回凉城。

谷山的小伙们也来送行，他们第二天才走。

"皂岁兄弟，皂对不住你唠，那天……"赵学兵拍着我的肩膀，说出发自内心的歉意。

"来来来，抽烟抽烟。"方媛拿过张远黎的红梅，把整盒烟递过去，几个谷山小伙脸上闪过小女孩般的羞赧。

"皂我这烟哈（坏）滴不得成，皂怕你们都不抽。"赵学兵卷好一根旱烟。

"没事没事，都是烟木，有撒不能抽滴。"张远黎接过来，很费力地点着。

"都二都二，都二着呢。"我惭愧当时头脑发热。

"皂岁兄弟，你把哥这个烟抽上，皂我给你说声谢谢哦。"赵学兵又卷了根，递到我嘴边。

我双手扶住他擦着的火柴：这旱烟急忙抽不着啊，不用力吸，它就灭了，难怪他们吧嗒吧嗒地抽。

好多事情，你以为的只是你以为的。它的发生，总有你所不知道的原因。

人群一阵骚动，大家向东望去，校长来了。

校长穿着白色衬衣，依旧板直身子，清瘦着面庞，精神矍铄着他的严肃。待人群稍稍安静后，他清清嗓子，提起手里的电喇叭。

电喇叭声音太小，站在后面什么也听不到。前面的同学鼓掌，我们也跟着鼓掌；前面的同学笑，我们也笑；有些女同学把刚刚止住的眼泪又潸然在脸上。

我们往前凑了凑，隐隐约约听到校长一字一顿的临别赠言：

"……你们是陇东师专的学生……老师……分配在哪里……理想……保持学习……"

"听见了吗？不要忘咧你的理想。"方媛捣我一肘子，我哎呦一下。

"听下了，听下了。"

"记下了吗？多看书，少惹事，锻造你的气质。"她又是一肘。

"记下了，记下了。"我早有防备，方媛闪个趔趄。

如雷的掌声让我震惊：明年，明年的今天，就是我离校的时候，我将以什么样的状态离开？

或许在那一刻，我才真正完成角色转换。对，我要好好学习，不能再有任何反复。当然，没有方媛之前的帮助，没有之前看下的那些书，我或许连这个意识都不会有。

校长在同学的目送中离去，那个身影略显孤单。我毕业后第二年，听说校长调离师专。十多年后，他回来过一次。十多年后的师专，和我们在的时候还一样吗？

同学们一个个上车。

短发想对张远黎和梁红刚说点什么。张远黎举目车外，梁红刚扭头对我说："岁小伙，凉城见。"

"这个给你。"方媛递过一个沉甸甸的烟盒。

"是撒好东西？怎么现在才给？"张远黎、梁红刚一定要让我打开。

一摞菜票和一张叠成四方的稿纸。

"刚毕业你就把钱给攒哈咧？"

"念、念、念，快念。"

"有撒念的？《留侯论》……"

"谢谢师……方……"我有点哽咽。

汽车发动，车上车下人声鼎沸。车窗早已放下，许多同学向外挥手。

透过嘈杂喧嚣的再见声，那只翩翩的蝴蝶向我飘过最后的温柔。

"运动服我放在……"

"撒？你放哪了……"

"《无怨的青春》……"

"撒？你说撒？"

"别忘了……"

叁拾

终于放暑假。我兴冲冲奔回凉城，却找不到方媛的影子。梁红刚说她为分配的事和家里闹了矛盾，人在湖北麻城，估计一时半会儿回不来。

学校组织了为期三十天的暑期军训，各系两个名额，全校二十人。中文系给了我这个机会，我在家只能待一周。

返校前我拜托梁红刚，方媛回来，一定写信告诉我。梁红刚劝我，等他们上班有单位了再写信。邮递员对寄到居民院落的信件，常常往大门口的炭仓仓（小煤炭房）上一丢，让收信人自己捡取。有些调皮的孩子或者不相干的人，常把信拿走私拆。看到我一筹莫展，梁红刚想到一个办法：把信寄到李华光父亲的单位，注明转交方媛即可。

"你俩到底撒情况？"

"追人家的人肯定多，我哪里敢想？"我一直在想，只是没敢说。

"我看你是瓜着呢……上学时你小伙不抓住机会，现在难度增加了，上班介绍对象的人肯定多……"

"张远黎呢？他为撒不行动？"

"你真瓜着呢？乃两个就不是一个类型。"

……

在烈日下暴晒了一个月。无论从精神上还是生活习惯上，我都有了浴火重生的感觉。我了解到什么是军人，什么是奉献。最后一天实弹射击，我颤抖地打出五发子弹。它们都脱靶了，但枪响时的后坐力，至今疼在肩头。在师专校史上，这是唯一一次全封闭式军训。后来学生们说军训特别辛苦，累得半死。那叫什么军训？无非是比体育课稍微严格一点的队列训练罢了。

每天晚上，我把这些感受一一记录下来，叠好装进信封，贴上邮票……这些信最终没有寄出，我不知道方媛回来没有。要是没回来，几经转手再丢了，那真浪费了我趴在凳子上抒发的感情。

开学不久，梁红刚来信说方媛还没回来，李华光也在等待分配；张远黎、杨执戈和他八月底报到上班，全在农村当教师。

熟悉的校园没什么值得炫耀，三点一线的生活他们全部经历过。不痛不痒的回信后，我们断了联系。

9月30日，课桌上放着一封信。看到信封上七扭八歪的字迹，我的心怦然而动，如同第一次敲响521宿舍的门。迫不及待的打开，一张纸上寥寥数语：

> 小伙，别来无恙？
> 待分配中，一切均好。
> 不要胡倡，老实念书。
>
> 　　　　媛

就这几个字？信封上写着内详，内详？内更不详！邮戳是凉城的，地址呢？地址呢？我把信封撑开，向下抖抖，没有任何东西。一张信纸被我翻来覆去看了几遍，的确只有二十三个字。会不会用碘酒写了别的话，洒上米汤才能显现？

咋能就这么几个字呢？我仔细研究每个字的笔迹规律，想从点横竖撇捺中找寻蛛丝马迹的暗示。她的字和我的一样难看，哪有什么特殊含义？

我不死心，拿起信封迎着阳光细看……

我小心翼翼的用刀子把信封挑开、铺展，里面正中央，写着这么几句：

> 崆峒青山芳草远
> 董志虽好须回还
> 明年七月凉城见
> 南门什字饸饹面
> 读书不能破万卷
> 万水千山怎走遍
> 韶华易逝弹指间
> 若再打架必完蛋

哈哈，方媛！

校园的许多风景开始消褪，我的生活逐渐成了固定的回忆：白衣蓝裤，军用挎包，里面塞了各种书；教室、图书馆、宿舍，循环往复。

为深入了解中国革命的艰辛，开国元勋的回忆录成为我在图书馆的必借书籍，《血战河西走廊》《彭德怀自述》《横戈马上》等几乎堆满床头。

不久，波洛的推理没能找到丢失的暖瓶，我却用福尔摩斯的眼光研究某个着装怪异者的举止，总认为有一起陈年命案会被我明察秋毫。

外国文学开课，我又回归专业：《战争与和平》《威尼斯商人》《汤姆叔叔的小屋》《南北乱世情》《嘉莉妹妹》……

有时，为了尽快知道基督山伯爵如何快意恩仇，我买几个馒头，就着白开水，边吃边看。因为买菜不但要排队，还得洗碗。有时，为了躲过雨果的大段议论，我干脆跳过几章，结果许多情节搞不明白，又从前文看起。有时，我看着看着就非常厌烦，这什么名著吗？一点看头都没有，害我期待那么久。

上铺的床板很快被蜡烛熏黑，舍友们说我疯了。

我的确有点疯。不说方媛送我的菜票，也不说手抄的《留侯论》，凭那首打油诗，我也不能不疯。

我孤独地走在校园里，没有一丝的寂寞。一位位的文学大师经临我的窗前，分别用他们深邃的眼神注视着我。我被注视得一丝不挂，无从掩饰。名著里承载的人物和灵魂，有时让我天眼大开，洞穿历史未来宇宙人心；有时又让我感觉一无所知，如同蹲在井里的青蛙。

有些大师打个照面又转身离去，我对很多作品也是盲人摸象，一知半解。

人为什么活着？活着的意义是什么？你从何处来？要到何处去？人，是个什么？这些问题不分析很简单，一分析又很复杂。我绞尽脑汁、苦思冥想，得到答案又懵懂迷茫。在反反复复的追问中，桐树花由紫而白，董志塬麦香再飘。我的大学生活结束了。

每个时代都有它的特点，离开后，当你认为还很熟悉那里时，你早成了局外人。

和一个学生微信聊天，他说："嗨，老班，我们后天要考六级了，我准考证丢了……"

"准考证？要准考证做什么？"

我只知高考有这东西，校内考试，要用准考证？

岂止是要用准考证。听说大学生毕业，要有很多证。英语四六级证、计算机证、普通话证、奖学金证、三好学生证、优秀毕业生证、优秀学生干部证、发表论文证、竞赛获奖证、设计专利证、专业资格证、学位证、第二学位证，甚至驾驶证。有了这些证，才会有单位愿意看你的毕业证。

我们的毕业实在太过简单。回原籍，找到相关部门报到。主管人员拿出一本厚厚的花名册，指着你的名字，签字。

"某某日子来领介绍信。"

"我分配到哪哒咧?"

"不知道，要等上会研究后才清楚，先回去等着。"

等待的日子很漫长。有精通时务的人提醒：某某乡镇不好，某某乡镇好，要赶紧在上会前想想办法。

家长们动用一切能动用的社会关系，想方设法接近上会时有话语权的关键人物。谁谁舅母的兄弟和他姐夫的外甥常在一起喝酒吃肉，这个外甥，恰恰在给关键人物开车。家长拐弯抹角认识了外甥，外甥摊摊双手：他儿子今年也毕业，不能再给关键人物添麻烦。家长不罢休，马不停蹄地展开新一轮连连看。

个别同学的父母本身就是关键人物。他们不急不躁地打一两个电话，或者工作餐时给更关键的人物念叨一下。不要说孩子分配在附近乡镇，就是进城也不是没有可能的。

偏远乡镇的学校也得有人去，可人人都有需要照顾的理由。真真假假的外甥纷纷上门，关键人物不胜其烦。在快要上会前的一段时间，只能选择消失。外甥们听说他在家里，他却在单位；听说他在单位，他又在出差；听说出差回来了，他又在开会。神龙见首不见尾，就是撵不上脚巴骨。总算找到了，关键人物不无遗憾的说："上过会了，现在一点办法都么有了，你咋不早说?"

上会研究过了，去哪里就无法更改。分配在暖泉、古镇的，这是关键人物的次关键关系;分在四里十铺、定国的，这是次关键人物的关键关系;去北大西洋（白庙、大秦、昔阳）的同学，是连连看中什么关系也没找到的。还有些待分配的，那是关键人物的更关键关系，他们多半要留城或者转行。

分配在暖泉乡的同学开心着古镇的，古镇的开心着四里十铺的，四里十铺的开心着定国的，定国的开心着北大西洋各乡的，北大西洋各乡的没有谁可以开心，就开心自己：去哪都是上班，有什么愁的？咱年轻！

教育局人秘科的工作人员既不看身份证，也不要密码。问下姓名，从开好的介绍信里撕下一张。上面有你要去的学校、工资以及报到日期。

报到的日子是一周后。拿到介绍信的当天，很多同学就骑着自行车去找学校。

开会，认识同事，听校长、副校长、主任、副主任讲各种要求。我脸上尽量保持谦恭，极力表现成熟老练。毕竟是新人，要留一个好印象。

会后，几个似曾相识的面孔过来打招呼。"这是化学系的张三，那是物理系的李四，他是数学系的马自达……"早知道有这么多的校友，刚才自我介绍时就不应该装腼腆啊。稍稍熟悉后，有性格直爽的前辈就教导你本校一些规矩，并暗示某某工于心计，需要提防；某某爱占便宜，不要给他借钱……

叁壹

全班四五十人齐刷刷地起立，用清澈如泉水般的眼睛看着我，用略带方言的普通话喊出"老——师——好——"。我怦然而动：我是一名教师了。

每节课都有讲不完的内容，每份作业都能找出得失，甚至还给学生讲英语、做数学。每有空闲，不是交流谈心，就是外出家访。刻苦、拼搏、理想、人生、大学、未来，万般皆下品，惟有读书高，玉不琢不成器，人不学不知义，黑发不知勤学早，白首方悔读书迟……曾经的瓜把梨核茄莲根，学习一般，走上讲台没几天，讲起道理来，口若悬河、滔滔不绝，俨然道德楷模，精神导师。

中期考试，我踌躇满志，胜券在握。凭这半学期的努力，班上的语文成绩应该都在一百分以上吧？会不会有满分的？卷子一份一份的往过翻，心一点一点地往下沉。很少一百以上的，九十几已属罕见，七八十分比比皆是，五六十的不乏其人。更令我火冒三丈的，还有三四十的。语文，作文都要四十分，你却考了三四十？

一顿暴风骤雨般的惩戒后，我向学生悲凉两个月辛勤，绝望自己的伤心透顶。学生们看着我，纷纷表态后半学期要好好学习，期末考试肯定让老师满意。

刚刚工作的我，天真可笑地认为，没有教不好的学生，只有不会教的老师。只要做好思想工作，成绩一定能够提高，一定能实现远大人生理想。成绩不好，就是没有刻苦，没有努力。他们以后的人生必然暗淡，没有前途。

期末考试，成绩依旧。我有点困惑：这样教语文，合适吗？

更困惑的是，钱不够花。月薪一百一十三块五。报到后，乡上发了七月、八月、九月三个月工资。面对巨款，我有点眩晕。当年师专聚会，要么宿舍要么操场。即使AA聚餐，也考虑再三。除了啤酒，连个花生米都舍不得。现在一定要在正规餐厅里点几个菜慢慢坐喝，油炸花生坚决不吃，必须有凉拌牛肉。

没容我挥霍几次，工资所剩无几。师专时的运动服，学生气十足。家访过程中一点威严都没有，还经常被外校教师当成初三的娃娃。立冬过后，很多年轻人，不是黑色烤花呢大衣，就是黑色皮夹克。穿上我的黄大衣和同事站在一起，仍然是学生时代的感觉。双星球鞋也没皮鞋体面，和女性说话总是短精神……

每月很难衔接的工资让人捉襟见肘。我学着节衣缩食、恢复师专水准。到了寒假，只存了一百多块。

潘虎鸣和马永恒来看我。他们告诉我，陈登科去年三月结婚了。当年扛把子人物，成为地地道道的农民。

对比潘虎鸣的收入，我抱怨工资太低。

"暖泉乡好到哪哒去咧，你小伙怕是不知道？有些乡镇，工资一拖就几个月，有的乡镇都拖欠一年多咧。"

"哈有这事？"

"拖欠是个撒？个别地方，乡长书记一调动，再来的乡长书记就不认账咧。"

"啊?"

马永恒递过一根茶花:"乃你们就不行木,你一天滴工资哈不够买一盒茶花木。我一天松松活活挣十来个元么撒问题。"

马永恒又开了家游戏厅。富有挑战性的闯关悬念和不可预知的画面,让人欲罢不能。一块钱五个游戏币,生意异常火爆。

他请我和潘虎鸣去玩。火车上抓强盗,驾驶战斗机纵横天地……不到半小时,我俩就痴迷上了这新鲜玩意。我放寒假,潘虎鸣的女朋友去年参军入伍。两个闲人天天往游戏厅跑。到店后,从马永恒的抽屉里抓过一把游戏币,开上两台机子,昏天黑地地对战。游戏币用完,再抓一把。直到夜里十一二点,方恋恋不舍地离开。

马永恒每次都笑脸相迎,点烟倒茶。某天马永恒不在,他认识不到两周的女朋友微笑着罗列开支。我俩打完最后一个铜板,决绝而去。

"超级玛丽""赤色要塞""坦克大决战"的诱惑力过于强大。尤其"魂斗罗",用一个海豹队员闯过八关,没玩过的人根本不理解那种成就感。凭我们的闯关手艺,在别的游戏厅战斗,实在费钱。春节前几天,潘虎鸣游说我同他合作,在中山商场买了台小霸王游戏机,同时收购一台十四寸彩电。

大多数同学还没有自己的房间,小霸王只能在我那里使用。初中时,父亲在院子里盖了间房子。房子大概有十二平米,一砖到顶。他无力给屋顶加瓦,只好铺上一层油毛毡。尽管简陋,却无异于豪宅。游戏机安好,我俩战斗了个通宵。第二天出门,街上的行人,个个都是移动的坦克。

潘虎鸣一有时间就过来。我不在家,他就无法进门。我把钥匙放在门框上。

于是出现一个问题:从外面回来,里面坐着两个聚精会神的战斗者,那是潘虎鸣和另外一名同学,房间里烟雾缭绕。再从外面回来,里面还坐着两个战斗者,潘虎鸣被人替代,房间里烟雾缭绕。

见我进门，他们嘿嘿一笑："快买几个饼子起，饿死咧。"

老朋友带来新朋友。有时推门进去，里面两个陌生人战斗正酣。

"来咧？等这几关过咧你再打，马上就好，马上就好。"

"不急不急，你们先玩，我去吃饭。"

"捎几个饼子。"我不去捎饼子，站在一旁过眼瘾，顺便嘲笑某某手臭。

春节前后的十几天里，来来去去的有好几个人。认识的，不认识的。大家目标一致，打过招呼后立马探讨过关秘籍。如何左右左右ABAB地从按键上调出三十个海豹队员，如何上上下下BABA地调出不死之身。

偶尔有次回来，房间里很安静。我窃喜，这下能勇闯五十关了。开游戏机，没反应。再开，还是没反应。变压器烧咧。

没过两天，最先抵挡不住诱惑的人，屁颠屁颠地拿来变压器。战斗依旧，讥讽依旧。

梁红刚的出现仍然出乎所料。

正月十五，街道两旁站满了人。人们的头被无形的手牵着，一律律转向东门坡方向。东门方向各色旗帜漫卷春风，喧天的锣鼓伴着春官的祝福，咚锵咚锵咚咚锵地由远至近。

为了能在社火到来后看得更清楚，我爬上市医院大门门墩。看着黑压压的人群，除了一览众山小外，还有站在天安门城楼上的牛气。我本想来句"人民万岁"，不远处的人行道上吵嚷起来。人群中间，两个人扭抱在一起。一人右手伸在怀中，极力挣脱；另一人双臂死死抱住，使对方动弹不得。没待我弄清楚怎么回事，人群里冲出一人，将极力挣脱者扑倒在地。

梁红刚！

我大喊一声，随即跳下门墩。等我挤进人墙，挣脱者已被摁倒。我刚要抬脚猛踹，却见梁红刚从腰后拖出一副明晃晃的手铐，吧嗒一下铐住极力挣脱者。另外一人从挣脱者怀里搜出把匕首和几小包白色塑料袋。

人群中议论声不断：

"王麻子他儿，贩大烟着呢。"

"东大街派出所的。"

……

他当警察了？在东大街派出所？梁红刚看都不看我一眼，和他的同事架着被铐者向同善巷跑去。

很多人在后面追着看，我也追着看。巷子里一辆警车拉着警报，"呜呜呜"地从北后街呼啸而去。人们望着警车驶离的方向，询问、交流刚才看到的一幕。

社火散了后我去找梁红刚。他刚好下班，我俩在新兴食堂吃饭。

他是去年十月转行的。先在定国派出所，年初借调到东大街。从他口中得知，张远黎刚从麻武调进职中，杨执戈还在古镇中学。李华光进了银行，方媛在地区某局。他俩都是延期分配，去年三四月份才上班。

说好的凉城再见，说好的凉城聚会。师专一别，大家竟不曾再见。一年半后，每个人都走在了不同的轨道。

食堂的老板坚决不收钱。梁红刚说那他就再不来咧，老板方才作罢。

我家距离新兴食堂不远，我邀他在家小坐。

看到游戏机，梁红刚起了童心。试着玩了几局，他也被迷住。随后他就经常过来观战。

李华光是自己来的。黑色皮鞋锃明瓦亮，光可鉴人；蓝西服套装，白色衬衣上系着一条据说是武警才用的易拉得红领带；那件灰白色风衣，双排扣扣的整整齐齐。风衣正在凉城流行，凡是行政事业单位的年轻人，多半有一件卡其、灰白、咖啡的风衣。到了初春深秋，有风没风，满城的风衣在兜风。

置办行头得花不少钱，我问他心疼地咋舍得呢。他甩甩浓密的黑发："上学花钱都是家里人给，肯定得节约。现在单位要求穿制服，我也没办法。"

我们都羡慕他的工作。他回了一句：钱不是自己的，比屎都臭。的确，天天看着几千几万的人民币从手里出出进进，没有一张是自己的。那种痛苦和折磨没有几个人能理解。

他对游戏的痴迷比我和梁红刚还劲大，几乎每晚七点多就过来。他说要换脑子，不然他看谁都是十块钱上的陕北小伙。他怕第二天上班出错，十一点准时回家，。

张远黎也联系上了，他对游戏不感兴趣。看上一会，就日塌我们。

"你们咋是些长不大撒？这都是岁娃娃要滴，看把人要紧。"战斗激烈，我们顾不上和他斗嘴。

我们也聊天，回忆师专生活。

关于方媛，他们知道的信息并不比我多。回凉城聚过一次，上班后大家很少碰面。她爷爷去世，他们帮过忙。其他情况，一概不知。

"你没给人家写信？"梁红刚问。

"我不知道往哪里寄。"

"信呢？"

"……"

"她没联系你？"

"写过一封信。"

"这就奇了怪了，方媛对你肯定有意思。"梁红刚说。

"我一直把你们当学长呢，没见她老让我叫姐吗？"这话我都没信。

"听说饭票有四五十，菜票少说六七十。估计是她两年攒下的，你哈片不来？我把你个瓷锤（反应慢，木讷）。"李华光痛心疾首。

"是不是有人给你介绍对象了？"张远黎问。

"介绍过，干撒工作先不说，关键都是些……"

　　"把你个农村教师，还想认识多好的?"张远黎反问，"去年有人给我介绍，没说几句，就问撒时间进城，我一哈就想吐尼……"

　　"只要两个人能说到一起，和这不牵扯。你小伙还是好好追方媛，不要骑着毛驴找毛驴。"梁红刚坚持自己的看法。

　　"你再甫日弄岁小伙咧，人家可是地区单位的……"张远黎顾左右而言他。

　　这样的话题每次都要提起，梁红刚和李华光总是鼓动我去找方媛，我拧瓷（推诿，不好意思）着不去。张远黎说学校和社会上不一样咧，大学生……

叁贰

正月二十三燎疳（一种民俗）后，凉城人才算把年过完。潘虎鸣回安口上班，紧接着我也开学。除了李华光外，其他人各忙前程。房子里再也没了烟雾缭绕，炮火连天。

春分刚过，桃花偷偷张扬在光秃秃的枝头，缠绵春天的期盼。从赵家堡骑车下来，一路芬芳。

房门虚掩，里面却没人。游戏机，电视机静静趴在桌上。

床上谁在睡觉？我悄悄过去，猛的掀开被子，大喊一声。一声更大的喊声吓的我跳起来。床上，方媛正傻傻的看着我。淡蓝色的蝴蝶不见了，是长长的披肩发。

"你，你，你咋在这？"

"变压器坏了，我睡着了。"

"抱歉抱歉，我以为是他们呢。"

"你要再客气我就走了……你咋才回来？"方媛下床穿鞋，我提壶倒水。一年半，我们有一年半没见面了。

没有想到，一台游戏机，使我再次见到方媛。见到她时，她正一脸惺忪的睡眼。

梁红刚值完中午班，在同善巷要了碗郭记酿皮。刚吃几口，看到闲逛的方媛。站在街上说话不方便，梁红刚把她带到我家。没说几句，梁红刚开机打游戏。方媛刚刚掌握手柄的操作，变压器又烧了。梁红刚去买新的，方媛等着等着和衣睡着。

两人一搭腔，又是师专的熟悉和亲切。就像早晨在餐厅闲聊几句，下午又在图书馆遇到。

"听说你分到赵家堡了，有多远？路好走着吗？学生爱听你的课吗？"

我一一做了回答，又问她的情况。

方媛沉默："没意思。"

"没意思？那可是地区单位。哪里像我们，在乡里呢，咱们差着三个台阶呢。"

"你死远，咋们（怎么）都是一个腔调？地区单位怎么了？你知道我有多无聊？"

无聊？地区单位会无聊？

方媛所在的局有六个人：局长、副局长、主任、司机和两名科员——一位三十多岁的大姐，另一位是方媛。

她的主要工作是把省上的来文呈送给主任，局长批阅签字后再下发到各县对应的局；或者把各县的材料汇总，签字后再上传给省里。这是一个新成立的局，很多业务没有展开，几乎无人问津，非常清闲。

"那多好啊，不用抄笔记，不用阅卷，不用写教案。"

"你撒时间来我们单位就知道了。"

局长们外出不会给她打招呼，她也不能问。大姐外出时会打招呼，说她出去一会，这一会基本是一半个小时。方媛逐渐成了单位的留守者，偶有电话进来，她做好记录，等主任回来再做汇报。其实也没什么事，无非通知局长某天某时到某地开会。

　　起初，方媛感觉这样挺好。时间一长，心里就有点烦。上班便看报纸，单位订的三份报纸，看完只需一个上午。再干什么呢？方媛把报纸展开，逐条逐句地研读，看新闻里有没有语法错误，有没有错别字。实在没事干，就在字典里翻生僻字。

　　"这几个字你知道咋念吗？"方媛写出一串字：猋、囵、猍、玨、忎、砼……

　　"我见都没见过咋知道？《康熙字典》要四万多个字呢，我能认全吗？再说这又不是常用字，你把这记哈，和茴香豆有撒区别？"

　　"反正你不认识……早知这样，我还不如当教师，你不知道这一年我有多……"

　　革命先烈吴焕先在泾川牺牲时，方媛的爷爷是红二十五军中的一名连长。抗战胜利后，在凉城做地方工作。由于文化水平的原因，老人只承担了普通职务。当他看到唯一的孙女学成归来时，执意让她进入行政单位。

　　方媛赌气回湖北老家。不久爷爷生病住院，她只好回来。病床上的爷爷一面开导方媛，一面联系自己的老部下，非要给方媛看个合适的单位。面对垂危之中的老人，她的父母没有参与任何意见，她也不再坚持。报到上班不久，她的爷爷去世了。

　　难怪没有她的任何音信。

　　"有段时间我都麻木了。上个月搬单位，大姐的一句话，把我惊了身冷汗。"

　　"撒话？"

　　"她让我挑一张结实的桌子，说不定这桌子要用到退休。"

　　"一学期下来，我好像喜欢当教师了。"

　　"不管当教师还是干别的，关键太稳定了。天天干同样的事情，一眼望到三十年后，太害怕了。"方媛哀怨。

　　如果一辈子天天重复着过，真的很害怕。问题是，不教学，我又会干什么？

"毕业那天，你说《无怨的青春》最后怎么了？"

"《无怨的青春》？我忘了。《飘》你看了吗？"

"我基本天天在图书馆……"

"这还差不多……很乖尼木……"我看到师专的方媛。

"那，敦煌，你去了吗？"

"额，这个，这个没有。"

"你为撒不去……"

"不是我不想去，关键是去了敦煌，又得去……"

"埃及！"

方媛说出久违的约定。

"现在还想去吗？"我问。

"不确定……"方媛秋水般的眼睛里起了一层雾，"你呢？你还想不想去？"

"我天天有课呢，请假没人替。耽误了课程，娃娃考试咋办？"

"考试成绩能决定一个人的前程吗？"

"能啊，考个好学校，将来就能有份好工作。"

"你真的是个教师了。"

叁叁

我接到一个电话。

"祁老师吗?"

"你是——?"

"我是杨冠军啊,你还记得吗?"

"你是我第一届学生,咋不记得。"一个调皮捣蛋、不爱学习、经常受惩戒的男孩形象,浮出记忆,

男孩成了三十岁的老小伙。他说这么多年来一直在外地,最近回凉城有点事,听同学们说我在西郊中学,特意拜访。

我无法拒绝他的盛情,跟他去了凉城最好的清真餐厅。

他非常尊敬地把我介绍给一起来的人,非常尊敬地给我递烟、敬酒。

"你毕业后再念书了吗?"

"念个撒呢,要不是你,我连初三都念不下来。"

"那一年没少惩罚你。"

"哎呀,那还不是怪我吗?板子挨着呢,就是背不哈课文。一看书就头疼,一看书就瞌睡。"

"那时候刚工作,年轻气盛没经验,下手有点重……"

"这都没有撒，关键那一年让我耍美咧。"

"耍美咧？"

"从小学到初二，我学习就一直不好，每次都是最后一名，每次都被老师骂滴连个鬼子怂一样……就这名字，不知道让多少老师日塌（挖苦）呢。"

"我还捶你咧呢，触及灵魂触及皮肉。"

"你从来没有拿成绩日塌过我。"

"有吗？怕把你么打死……"

"不不不，这是两码事。"他着急的说，"你捶我，哈不是怪我旷课、迟到、偷滴抽烟……"

"……"

"运动会人家其他班都是女生、学霸举牌子，你派我上去了，人一哈激动滴。"

"那是你个子高……"

"不是，不是，那是你给面子呢，我能不知道？"

"忘滴光光滴咧。"

"你忘咧，我记着呢。乃一次我又考了个最后一名。你把我叫到办公室，我以为你也日塌我加。说实话，每回考完试，老师一叫我，我就头大。你就不知道那个谁木，能把人日塌死，他让我回去把名字改咧尼，让我改成杨吧拉。现在想起来就想把乃窝踏上一顿……"

"老师也是为你好。"我无力的给那位同行开脱。

"乃窝就是个变态，动不动就让人趴到窗台子上补作业尼。冬天木，能把人冻死。我待个（纯粹）不会，就是把我吊到篮球架子上，我哈是不会木。"

他给我倒了杯酒："我知道我分数低，把你的名次弄成最后一名咧。进门我就说不想念了，你不说成绩，直接和我拉了一下午闲。说哈撒我也忘咧，就是让我把初中念完，考多少不要管。"

"这个真忘咧。"

"忘咧就忘咧，……就是为抽烟把我捶美咧……一顿板子把我沟子（屁股）都打青咧。"

"……"

他端起五粮液："老师，我再敬你一杯……要不是你，我都不知道坏成撒咧……唉……现在我乃个坏窝娃（我的孩子）也抽烟尼，老师最多说两句，哪哒像你那么捶尼……一次奏把病给治咧……要是让你把我们娃捶上一顿就好咧。"

"现在这娃娃一点气都不受，老师也为难……"

"就是，你说不写作业老师到底管吗不管？稍微一问，奏跳楼咧。家长稍微一说，奏跳楼咧。"

从小学到高中，很多老师惩戒过我，至今我对他们尊重有加，毫无怨言。我工作后，对很多调皮学生进行过惩戒，他们毕业后都成了我的朋友。现在听到个别学生动辄威胁父母、动辄走极端，我真想对所有带过的学生说一句：感谢你们当年的不自杀之恩。

"你做撒生意呢？"他开的是的黑色揽胜。

"有个撒生意尼，在西吉开咧个金属回收公司。听起领咧十来个人，一天把人弄的连个土贼一样。"

"你穿滴阔拉滴，哪达像个土贼？这衣服都是雅戈尔……"

"这不是来见老师呢吗，才换了身。唉，胡折腾呢。"

我想起班上的学霸："那个谁谁谁，做什么呢？"

"哦，考了个撒学，后来下岗了。"

"现在呢？"

"要不是前几天出差，我就把他拉上一起来咧。现在给我当财务呢，自己人，能靠住事。"

类似的故事听到太多，我不知道该说什么。我想到多年前和方媛的那场讨论。

叁肆

正说着话，梁红刚回来了。

"人我是给你找见了，也领来了。你娃再瓷眉瞪眼窝，我就么办法了。"他一直牵心我和方媛的事。

"你少胡然。这两天我们单位来了个实习的，我不用坐办公室了。你撒时间休息呢？泾平你能请下假吗？能请下假咱们去看杨执戈，好久没见他了。听说花格呢子的事把小伙打击的够是（厉害），分配也不如意……"

"行，撒时候？"我立即响应。

"我下一周值班，晚上六点到第二天八点。只要么案子，白天随时。"

"你呢？假好请吗？校长不会说你吧？"

"我的课都在上午。我先把车子推到校门外，进去到校长跟前转一哈，再从后墙上翻出来。知道了也不要紧，段校长那人好说话着呢。"

"我问一下张远黎和李华光，给杨潇洒长精神走。"

周五下午两点多，我们到达古镇中学。李华光单位脱不开身，让回城再联系他。张远黎写了二指宽的假条，给主任一塞，骈身上车，绝尘而去。

他的假条只有九个字：因有事，需请假，望批准。

我给他纠正，假条有一定的格式。要写清时间，请假人，对领导要尊称。他撇撇嘴，你比我还教师。

古镇中学不大。迎门一条土路，几排教室分列两边。大门右侧有一排成L型的土木房，那是教工办公室兼宿舍。

问清杨执戈的大致位置，我们高声喊叫："杨执戈——杨执戈——哦——杨执戈——"

"噢——"一声答应，杨执戈蓬头垢面地走出来。

这还是那个玉树临风、风度翩翩的杨执戈吗？这还是那个文质彬彬、优雅淡定的杨执戈吗？自来卷biā在头上，像被牛舔过一样；左边的衬衣领子斜歪歪的匝在毛衣外面，右边的领子倭在里边；一条蓝色的线裤吊在屁股尖上，感觉快要掉下来；光脚靸着脏兮兮的白球鞋，鞋带一长两短的散乱在鞋面上。

杨执戈揉着眼睛，打着呵欠，开心地打招呼："么想到你们会来，快快快，里面坐……你们稍微一等，我把房子收拾一哈"

几个学生躲在墙角好奇地看着我们。

梁红刚橄榄绿的警服很能震慑人；方媛桃红高领薄毛衣，亮灰色毛呢长裙更显身材颀长；张远黎是今年最流行的、被叫做"巴拿马"的褐色西服，白衬衣，红领带。

我的着装没有一点威武：刚工作时置办的黑色夹克，师专时中文系的蓝色黄道运动裤，过年买的全牛皮鞋。

十来分钟后，杨执戈出场。穿的还是运动衣，脸和头发总算收拾整洁，一年前的那个倜傥风发的小伙又出现在面前。

一根烟功夫，我们转完古镇中学；两根烟功夫，我们转完整条古镇街。

我火急燎的要在学校开战，要让杨执戈见识我的拳法，杨执戈坚决不同意。

"不行不行，太寒碜了。到车站走，那个芳草地餐厅是我哥们开的。"

……

正在争议不下，方嫒说要不去崆峒水库看桃花。

崆峒水库距城二十多里，全是坑坑洼洼的石子路。骑车子颠的人屁股疼，平时谁闲情逸致去水库？到寨子街就剩少一半路了，去去何妨？

桃杏花绮丽四周的山林，粼粼的波光在斜阳下倒影崆峒山的苍翠，一只白色的绵羊在坝底的草滩中咩咩着自由。

"咱们那次去南小河沟，好像也是这个时间。"

"对着呢，一路的桃花。"

"张远黎喝高咧木，一顿呼喊乱叫。"

"那是在北石窟寺，你好好想。"

"你去陇东了，你么见方嫒咋开车呢。"

……

面对不算浩瀚的湖水，大家坐定抽烟。烟随风逝，青春的脚步渐行渐远。

方嫒伫立水边，眼望远山，裙角飞扬。

一阵风起，我微微一颤，浑身起了鸡皮疙瘩。虽说是三月底，崆峒水库的风还很硬。

"回回回，本来还想表演一哈姐的风情万种呢，把人冻死了。"方嫒拉起高领毛衣，向坝面走去。

坝面风更急。大伙缩脖耸肩，快步跑下大坝台阶。

"祁泾平，羊、羊。"快到坝底时，杨执戈喊。

"就是，羊、羊。"方嫒应和。

"看见咧，看见咧，来滴时候就看见咧，还么顾上说尼。"

"你们连绵羊都么见过？"梁红刚有点不解。

"到底是地区单位的。"张远黎也很纳闷。

我看杨执戈，杨执戈看方媛，方媛看我，三个人心照不宣。

梁红刚反对："羊可贵着呢,算盗窃呢。万一叫人抓住咧，人家哈说是警察领着尼。"

张远黎也不同意，他说都当教师了，再干这事太丢人。

我们哪里会听？聚在一起悄声商量如何把羊抓住，其实周围并没别人。

他俩见劝说无果，跨上车子，一溜烟的骑出三五十米。

"要是被弄住咧，就把钱交咧。"梁红刚远远喊了一句。

四下观察，确认安全后，我们向那只绵羊包抄过去。

杨执戈脱下运动衣，弯腰前纵，一下就包住了羊头。绵羊莫名其妙，大声呼叫。我抓住羊的前后蹄子，杨执戈抱着绵羊身子。任凭它伸腿抬头的挣扎，几步就架在我的二八大杠上。

"快走快走。"方媛督促。

"稍稍等一哈。"杨执戈用运动衣把羊绑在行李架上，"看跌哈来咧（掉下来）。"

绵羊对突如其来的变故非常不理解，四蹄乱蹬、咩咩自由。

"快撒，看人来咧。"方媛着急，不停地左右张望。

"先走，你先走。"绑好了羊，我赶紧猛蹬车子。

"不行不行，你等一哈。"走不到十米，方媛又让我停下。

她掏出手绢，递给杨执戈："快把羊嘴绑上，这么个叫，路上人都听见了。"

过了聚仙桥，梁红刚和张远黎站在半坡。

"你们三个，真的……唉……"

"快走、快走，哈磨叽撒呢。"

我们谁都不说话，只是拼命蹬车子。

"咩——咩——咩——"，走过韩家沟，羊又呼叫主人。

回头一看，手绢掉了。张远黎骑车去捡，杨执戈停下车子，双手卡住羊嘴。

绵羊追求自由的嘴坚持不懈，走不到两三里路，手绢就被蹭掉。杨执戈卡住羊嘴，张远黎返身捡手绢。

反反复复好几趟，羊对自由的追求有所放弃，声音渐渐低了。

过了蒋家沟，确定无人追来。大家放缓车速，彼此挖苦刚才的窘相。

进入寨子街，绵羊的归宿又成问题。

梁红刚说此事他不知道，不参与。他今天没有见过我们，也没有来过崆峒水库。他要去上班，现在，马上。

我让杨执戈把羊先放在宿舍，等明天再看情况。杨执戈说宿舍出现一只羊，被同事传出去，事主肯定找来。

张远黎沉吟半天："你们刚才咋想起弄来？"

"周围没人，也就是临时起意，谁知道这么复杂……"

"要不现在给送回去，免得……"张远黎又出馊主意。

"看叫人家再抓住，不是扯角子（完蛋）咧？"梁红刚反对。

……

这只烫手的绵羊让我们一筹莫展。

方媛说干脆拉回去在她家连夜做的吃了。大家又置疑：谁敢杀？谁会做？

杨执戈一拍脑门："芳草地的老板能做啊，咱们现在就往下走。这会还不到五点，七点多绝对就好咧。"

梁红刚顾虑重重，问那个朋友可靠不可靠，杨执戈打包票说么麻哒（没问题）。

梁红刚犹豫半分钟，下决心似的让我们先下。他在古镇派出所打电话找人顶一会班，然后回去换衣服，顺便把李华光叫上。

叁伍

芳草地的老板上了五斤手抓，两扎啤酒，配了几个小菜。安排好这些后，他去后厨宰羊。

可怜那只绵羊，一个多小时前，它还享受着无尽的春光，咩咩羊生的自由，这会却膻消皮损。如果它能预料到羊生如此短暂，还会迷恋虚幻的红尘么？

梁红刚和李华光进来时，杨执戈又在用瓶子盖盖扣人。

这次，他的盖子下面扣的是古镇中学校长。

"上咧个初中，哈是'文革'时的，你说他学咧个撒？听上一节几何课，不是嫌你图画的不圆，就说答题步骤不全。"

"你没问他能听懂吗？"李华光提示。

"能听懂个撒？见面就和人探讨平分线有两种做法，我就想吐尼。"杨执戈果真出去吐了。

"那到底有几种？"待他进来，我无知的问。

"我想哪一天上课给他演示一哈，让他把嘴夹紧。"

"这就是你的不对了，"方媛接过话头，"赫鲁晓夫说了，'当我是一个工人时，你可以说我不懂;当我是车间主任时，你也可以说我不懂;但现在，我是苏共中央第一书记，我就懂了!'"

"所以……"大伙望方媛。

"所以，能看原版《呼啸山庄》不重要，重要的是你在撒位置上看呢。"

"他能当个锤子，官不大，僚倒不小。专门让年轻女教师写材料，还说锻炼人家呢，锻炼他妈的×呢。他心里想撒我不知道? 人家好不容易写好了，事情哈多滴不行。这不合适，那不合适。他连个屁都挤不出来，一念都是错别字。毛主席当年那么忙，《论联合政府》都是自己写的……"杨执戈大放厥词。

"还是用毛笔写的。"我插话。

"成天刚（就）知道修花园，刷教室。花园刚修了两年，好好的就推倒重修呢……"

梁红刚夸耀他们所长是真刀实枪干出来的。那个位置，没几把刷子坐不住。大年三十下午，所有人判断王麻子他儿除夕晚上肯定回来，要去蹲守。所长说该值班的值班，该过年的过年。那家伙狡猾着呢，三十晚上绝对不出现。等正月十五街道上人多，他保证回家取钱。结果就把那家伙扣住咧，要是晚上蹲坑，能把人冻死。

"我们校长还好，"我开心地汇报，"人挺实诚，从来不指导咋上课。就是宿舍不美，教室改的。上面没有隔墙，通着呢。隔壁放个屁，我都能听见。"

大家你一言我一语地聊着工作后的境况。杨执戈更是炫耀他去年的辉煌："你们看他难挖不难挖? 我在宿舍练打沙袋呢，把他撒事给xuè（挡）咧? 还弹嫌我不像个教师。我一操，把窝儿堵到房里差点捶咧一顿。"

"快好好着，你哈当你在师专尼?"梁红刚无疑是警察。

"领导也有领导的难处，咱们是做教师的，把课带好就行。"张远黎说。

现实和理想总有差距。或许每个走上工作岗位的人，对单位都有诸多不满。总认为自己当领导，一定会干得更好。其实，不在其位，不解其难。走出象牙塔，看到的、考虑的都是与利害相关的人和事。十几人、几十人、甚至几百人的平衡管理，那是需要能力的。

李华光的工作最简单，用他的话说，不数错钱、不收假钱、把账记对。

最讨厌当教师的张远黎，对教学没有一点抱怨。只是感慨没学下多少东西，总像在误人子弟。

牢骚完单位，我又扯起另外一个话题。

"唉，落怜滴，这一月工资太少咧，还没买个啥呢，就没有咧。"

"就是，我都想抢银行尼，不知道银行有多少钱?"杨执戈问。

"那要问华光呢——怕有几万吧?"我猜测。

"你们说的是储蓄所，要抢就抢金库，怎么也得有十几万吧?"方媛的目标更大。

"看你们那点出息，十几万够组个撒?"李华光轻笑。

"嗯，抢哈钱了先买个夏利开上。"杨执戈没有忘记他的汽车梦。他要拉着去北京上海的女孩，早已失去联系。

"你不是要买桑塔纳呢吗?"方媛还记得他吹过的那头牛。

"夏利也要七八万呢，不吃不喝得干六十年……"张远黎计算。

"要是有钱咧，我先在学校里盖上一间平板房。"我实在受不了隔壁如雷的呼噜。

"你们两个才是个么花子（没追求）。要是我，就把你们学校买下，把房全推倒，在上面盖个公共厕所。教师免费，校长不准上，掏多少钱都不让他进来。"李华光想到一个匪夷所思的主意。

"梁红刚，把你枪借上，我们要抢银行……"

言未罢，方媛起身向梁红刚的腰间摸去，一个震动凉城的大事件眼看要发生。

"快把人缓哈，我哪里有枪？"梁红刚撩起衣襟。"所长和指导员才配枪，平时在所里放着……"

"你们抓人时，遇上带凶器的咋办？"

"能咋办？往上冲木。"梁红刚的回答没有丝毫犹豫。

一阵沉默，有种钦佩在每个人眼里闪现。

"你又没练过，大小得带个家把（自卫武器）。"方媛。

"就是，实在不行，多系条裤带也可以。"我想起师专的标配。

"系屁呢，还裤带。"梁红刚捋起左臂袖子，"年前抓个人贩子，直接给我戳了一刀，差点见不上你们了。"他胳膊上有条两寸多长的刀痕。

"那些偷娃娃的，抓住直接无期。"张远黎给全国人大提了个建议。

"无期？我看千刀万剐都不为过。"方媛咬牙切齿。

"这都把他们便宜了。让他们结婚生子，等娃娃长到六七岁了由国家收养，终生不得相见。再生再收养，循环往复。"李华光的主意总是歹毒。

"这个我同意，让他们也尝尝骨肉分离的痛苦。"

"你们不知道……这些人……"梁红刚欲言又止。

"就是抢银行也不能干这事。"杨执戈把话题又绕回到抢银行上。

"抢银行真的就枪毙了。你们问华光，一万块有多重？将近一公斤呢。几百万至少得几百公斤，看你们三个能搬动吗？还么走出去呢，叫人拿枪就突突咧。"梁红刚制止醉话连篇。

"抢银行"计划就此流产。此后很长一段时间，每当我经过银行门口，就不由自主地谋划起抢银行的整个过程。根据《邦尼和克莱德》中的桥段，首先得有人会开车，这个方媛可以，就是车不好找。其次得有枪，梁红刚肯定不给我们借。我想到公园路上有打气球的气枪摊子，不知能不能改造？出于好奇，我买了把BB弹玩具手枪，拆开研究了几天。手枪的原理我没搞懂，只是玩具的零件摆了一桌子，死活安不回去。第三，电影里东窗事发的关键是分赃不均或者同伙炫富。杨执戈肯定会买辆夏利到处卖弄，难不成把他灭口了？

无论怎么计划，怎么遵循电影里成功的案例和规避失败的教训，最后的结局都是亡命天涯。亡命天涯不要紧，要紧的是今生再也别想睡一个安稳觉。每天转移二十四个地方，才有可能不被抓住，那这钱什么时间享受？还不如在教室改成的宿舍扯起睡到天亮，任他隔壁的连珠臭屁滚滚而来。

梁红刚要值班，不到九点半，饭局结束。

依依的春风和煦了夜的温柔，虽说无灯可挑，无剑可看，方媛还是来了句"了却君王天下事，赢得生前身后名……"

"可怜白发生。"李华光的匪夷所思不见了。

毕业了，我们的理想在哪里？

"我先下去……你们行不行？"得到肯定回答后，梁红刚再三叮嘱不要生事。

"开枪，为你送行！"看着那个略显单薄的身影飞身上车，李华光、杨执戈和我不约而同的吼起一首老歌：

> 金色盾牌热血铸就
> 危难之处显身手显身手
> 为了母亲的微笑
> 为了大地的丰收
> 峥嵘岁月何惧风流

梁红刚没有回头。左手扶着车把，右手在空中挥挥，稍做停顿后迅速离去。

在我们中间，他第一个成了敬业的人。和他见面的日子越来越少，偶尔街头遇到，总行色匆匆。说不了三两句，便握手告别。同学聚会，都以他的休息时间来安排。说好的日子，由于他的一句"有任务"而改了又改。每逢元旦春节，在满街祥和喜庆的气氛里，他和同事用忠诚把黑夜守候成黎明。

"来，看谁先骑到街心花园。"刚走到西新桥，杨执戈提议大家冲击西门坡。

西门坡是凉城最长的一道坡，一头连着西新桥，一头连着原来的来远门。来远门拆了后，人们还是习惯把这里叫西门。这里是老城的最西边、最高处，想喝西北风，西门坡是最佳位置。

"有撒奖励吗？"我问。

"谁先上去我请谁坐夏利。"

"啊——啊——呸——"

方媛一声"预备"，我们疯狗般地向坡顶猛冲。

我狂蹬脚踏，耳畔呼呼生风，他们三个瞬间被丢在身后。到了三角花园，没容我喘口气，杨执戈和李华光随后赶到。张远黎呢？

张远黎推着车子，和方媛慢慢悠悠的走过半坡的八一宾馆。

杨执戈嘲笑他现在太像教师了，连个西门坡都骑不上来。

"都好好着，让学生看见了，说一群酒疯子满街道撒风呢——再不敢二咧。"

我们一时语塞。

"要不咱们做个生意吧？"方媛语出惊人。

"做生意？"

"以后肯定是生意人的天下。上班只能养家糊口……咱们做生意吧。"

"做什么生意？"我问。

"你有多少本钱？"李华光。

"我每天从古镇回来就六点多了，咋做呢？"

"做生意？咱们十三年的学不是白上了吗？当初考学就是为工作，现在做生意？"张黎明比我还教师。

"先考察个项目，既不耽误上班，又能挣钱。"方媛说。

"这才几天啊，你咋变的这么俗气？要那么多钱能干撒？"张远黎第一次反对方媛。

"有钱就不用天天看人脸色，就可以万水千山，就不用……就不用这样吃羊肉了……"

"关于那只羊，那、那是个意外。"我开脱大家的罪责，"你想，不管怎么个状况，那只羊永远摆脱不了被吃的命运，无非是被谁吃的问题……"

"还记得北石窟寺吗？我想《最后的晚餐》一定更震撼……站在尼罗河边……"

"不是给你说了吗？让你到龙隐寺感受博大精深呢……"杨执戈对自己的玩笑记得很清楚。

"大姐，我都习惯了，你咋还在师专呢？"

"快好好把你班上，再不要五花六花糖麻花了。不要忘了，都是上过学的。"作为大哥，张远黎有点不满。

"不要忘了，咱们都是学文的。"方媛狠狠瞪我一眼，"你们就天天守着那张桌子、围在四堵墙里过一辈子……三毛都去世了，埃及和撒哈拉还在地图上……"话未说完，她转身欲去。

我一把拉住方媛："不要急，不要急，这会又做不成生意。"

"毕业的时候咋说着来？约定呢？约定呢？"方媛怒了。

"约定在，约定在。"我拾起模糊的记忆。

"那就一言为定。"

"那就是个玩笑，谁还当真？学校的那些事，早都过去了。好好上班才是王道。"张远黎丢过几个字，骑车离开。我想阻拦，杨执戈轻轻拉我一下。

广场的大槐树底下，不知谁唱着一首久违的歌曲：

　　你是不是像我整天忙着追求

　　追求一种意想不到的温柔

　　你是不是像我曾经茫然失措

　　一次一次徘徊在十字街头

西北望，射天狼的青春回不来了。

张远黎走远，李华光叹息："才一年多，他咋这么像教师？"

在职中教学，有撒倨的？我暗自嘀咕。四中学生是瓜把梨核茄莲根，职中学生不就是鸡肋骨马头吗？屁股大点的学校，能有撒前途？

当我还在嫌弃教师这份职业时，张远黎已明确自己的身份和位置，兢兢业业、潜心工作。不几年，职中成为国家重点职业中专，他也成为学校的领导之一。

叁陆

周日醒来，日上三竿。我躺在床上，回想前晚之事，记得好像答应过方媛什么，但又不很清晰。十四寸电视悄默无声，墙边立着的书柜，吃惊地看着我：你多久没看书了？

多久？好像毕业回来就没动过书柜的门。那种温馨的书墨清香，被我搁置太久。

打扫卫生，清理灰尘。电视机、游戏机打包装箱——下午我就为它们找到新的主人。开书柜，把所有的书重新排列组合一遍。挑出一直在看又没看完的《红楼梦》，摸摸封面。对不起，曹雪芹，这次我努力看到第十六回……

方媛来了。

"看来是要改邪归正啊，不玩游戏了？"

"不玩了，眼睛一闭就是满脑子坦克。"

"然后呢？"

"然后就没有然后了，听张远黎的话，好好上班。"

"埃及呢？说好的撒哈拉呢？他们都认为我没长大，你也这样想？"

"埃及远着呢，少说要几万公里。那不是泾川王母宫，骑上半天车子就到了。"我无奈地说，"咱们那两个钱得攒几个月才够买飞机票?"

"你真的是在赵家堡待瓜咧，你不知道现在全国是撒形式?"

方媛说到《南巡讲话》，还说到大城市的人一下班就在夜市摆摊设点，挣下的钱是工资的几倍;卖瓜子的开的都是上海轿车;温州桥头的纽扣一个才赚不到半厘钱，人家一天就卖十几吨;深圳的大款提一箱子钱从楼顶上往下撒……

《南巡讲话》在《深圳特区报》刚刚发表一个多月，各单位都在组织学习。我按要求抄了四十页笔记，仍旧上课、改作业。

"斯嘉丽说，在社会转型期，总有大把的钱可以赚，不过你首先得转变思想。"

"咱要那么多钱从楼顶上往下撒?"

"看看看，说你在赵家堡待瓜咧，你还不信。"方媛点着我的鼻子，"咱赚钱不是为炫耀，是为了理想。同样是月亮，有钱没文化，能理解飞羽觞而醉月吗?"

"理想?怎么听着怪怪的。"

"你想象一下科罗拉多峡谷的彩虹，玛雅神庙、古格王朝、佩特拉城，还有……"

"还有埃及木。"我瞪她一眼。

"这一辈子总得去一趟希腊、总得看一次奥运会开幕式吧?巴塞罗那咱们赶不上了，万一2000年北京申奥成功了呢?"方媛回瞪。

或许，从小我也有一颗走遍世界的心;或许，中外名著开启的视野，让我对海德堡、布拉格痴迷;或许，一学期的教师工作让我感到枯燥无味;或许，有钱人的卖派，让我对一掷千金也很向往;或许，我也想去现场看奥运会;或许，或许仅仅因为方媛……

我决定和方媛做生意。

痴心妄想的年龄早过了，我们绝不会天真到去海南倒卖汽车，更不会愚蠢到去德宏贩卖毒品，更不会去抢银行——十几年的教育，什么该做什么不该做还是知道的。

做什么生意呢？

刚刚参加工作，工资月月光，手里没积蓄。稍稍有个大型或意外开支：同学聚会，同事结婚之类……那真是十五不见初一。

向父母要？上班的人了，哪里还能开口？做生意家长不但不同意，而且会非常反对。十几年的寒窗苦读，不就是为有个工作吗？不好好上班，胡思乱想什么？向同学借？个个都刚参加工作，或者都在创业，哪里有钱借？

投资少，见效快，空手套白狼的模式绝对是我们梦寐以求的。

方媛设计出最简单、投资最少的第一桶金赚取法。电视里正在播《封神榜》，里面提到广成子。凉城马上要召开崆峒旅游节，如果能搜集一些崆峒山与广成子的故事，印成小册子，沿街叫卖，肯定有人要。

我俩约定下周周六见面。这几天的主要任务是看《封神演义》原著，找到和崆峒山相关的话题，编写广成子在崆峒山的传奇。

我用两天时间看完《封神演义》。广成子倒是法力无边，不过书上没提崆峒山。好不容易等到周六，方媛准时到达。她咧嘴一笑，说她不爱看这类书。既然我看了，她就不用浪费时间了。关于黄帝问道的故事，我俩不甚了了。

"那只好上趟山了。以前上崆峒山都是瓜跑，这次操点心，说不定有意外收获。"方媛的生意要付诸行动。

五一节，早晨七点。火神庙前，方媛骑着自行车在兜圈。

"刚才我还有点怀疑，以为你睡的不知道了。"

"哪有，出门想起要带笔和本子呢，又回去一趟。"

"你想的还周全……走。"

"这个许仲林，写书也不照顾一下凉城人。你看人家施耐庵，就提到过凉城。"方媛抱怨明朝这位作家。

"就是，要不凉城就可以好好对外宣传了，比如说广成子在药王楼里练过金丹。"我们正经过以前的药王楼。

毕竟都是小说，只是借用某个地方作为人物活动的背景。小城市历史上没产生过名人，当代的名人又很难在小城市产生。为提高知名度，小城市想尽一切办法要和名人扯在一起。"西门庆故里""孙悟空拜师学艺地""揭秘高老庄的真实存在"，难怪猪八戒长那么丑，从几万米高空掉下来，十个潘安也会摔成八瓣梅。

凉城是个小城市，也想提高知名度。有人说凉城某某楼就是鲁达、史进曾经吃酒的所在，状元桥下真的有郑屠户卖过肉，西大街小学就是小种经略府衙。这些地方的建筑应该全部按宋代风格重建，并恢复《水浒传》中提到的名字。郑家沟里都是郑屠户的后人，先人被三拳暴毙之后，他们无颜再见街坊邻居，举家迁往城外躲藏，云云。

好在《水浒传》里只提到三次凉城。要是整部小说以渭州为背景，会不会有人建议将凉城推平再建？郑家沟里的人是不是都姓郑不得而知。这条沟后来建成了一个小区，感动着一座城市。

以北京、上海为背景的小说、影视作品不计其数，也没见那里的人指着某座宅子某条路说："看，这是林黛玉的葬花之地，这是许文强和冯程程雪中漫步的街道。"

说话功夫，我们到了西郊大（凉城西郊最大的学校）。

"你要是能调到这也好着呢，离城挺近的。"

"我不来，你看那教室撒，烂滴像旧社会的。"我很乐观，怎么可能到这里当教师？

命运就是喜欢和人开玩笑。此话说过第九年，4月30日，我拿着介绍信来这里报到。十六年后的5月15日，这所学校整体搬迁，成为名副其实的西郊大。

东拉西扯中，又到水库坝底。我和方媛不约而同地向那片草地看去，草地上春风寂寂。那只绵羊早被消化吸收，轮回自然。

"咱们太罪恶了。就像梁红刚说的，那只羊是人家农民半年的柴米油盐钱呢。"

"你在石头下面压上五十块钱，再留个纸条，忏悔一下？这里有纸和笔。"

"你快死远……真想不来咋冒出那么个念头……车子咋上去呢。"

六十多米高的大坝，方媛推不上去。

"扛上去呀，这么简单的事也问？"

"我扛不动，你得扛两趟……"

"谁说的？来——"我把车子放在两侧，双手分别抓住车子大梁，蹲身，回拉，起……

"你行不行？不行绕回去从坡道上走。"

"不要说你，再放个二百斤的大肥猪，我都能扛动。"

"你快滚远……"

"哈，你先上，在坝面上等着。"我担心万一扛不动，被她笑话。

方媛很快到了坝面，挥手吆喝："加——油，祁——泾——平，加——油。"

油没加上，倒是加了几位观众。他们本来坐在水泥沿子上休息，没注意到我。方媛一喊，他们看见有个二货扛着两辆自行车，沿着二百九十六级台阶走上来。不时有人喊一两句："小伙，加油！加油，小伙！"

其实一点都不重，也不累。《少林寺》放映后，我和许多孩子一样，"呼、哈、呼、哈"地练过一招半式。别说平时，就是大年初一，也被父亲早早撵出家门，在柳湖公园跑几个来回。

上到坝面，我徐徐站定。左右手抓着横梁，分两边同时将车子放下……

"小伙，霸王神力木。来，喝个水。"

"你二着要组撒？小伙。"

卖饮料的摊点前，陈登科和马永恒和我打招呼。

他们怎么在这儿?

我急切询问陈登科的情况。他这两年一直在陈苏,前几天进城买东西,被马永恒叫来帮忙看摊子。

"哈哈,没想到你真的当教师了⋯⋯这是⋯⋯?"

"我们师专同学,方媛。"

陈登科的眼睛瞪了老大,从头到脚把方媛打量好几遍,对我说:"你小伙终于暴露了,还说那次⋯⋯"

陈登科塞给方媛两瓶健力宝,说几年前就听过她的名字,果然名不虚传。我怕他说出那次打架的所有细节,忙掏钱付账,被两人一顿臭骂。

马永恒咧嘴一笑:"我就知道,我就知道让你小伙给哄咧。"

我不置可否,此时的误会很有面子。

叁柒

花两毛钱寄存好车子，我俩上山。崆峒山还没纳入国家旅游局的视野，山路只比羊肠小道好一点。谁要穿皮鞋上崆峒山，他的脑子一定进水了。如今不要说穿皮鞋，就是高跟鞋，也能脚不沾地的到达中台，袅袅娜娜成一道风景。

爬到茶庵寺，我俩气喘吁吁。一位五十左右的中年人，坐在一块石头旁。他的面前铺张牛皮纸，上面有个太极图，左右写着两行字：占卜前程，预测未来。附近没有可供休息的地方，我俩就坐在那人旁边。

"看婚姻、算前程，趋利避害。"中年人自言自语。

"你是看相还是算卦？"方媛来了精神。

"看相，一次五块。"这人还真敢要，我一天的工资都不到五块。

"那你看他能发财吗？"方媛故作天真。

中年人注视方媛，又细细看我："这小伙子的五岳还好，就是中岳有点小。从三停上看，中年很操劳……"

"哦……"方媛摸摸自己的脸，"那你看我呢？"

中年人："你掏钱我就给你看，你不掏钱，我给你咋看？"

"你没说，我们咋知道你说的准不准？准了肯定给你掏钱。"

"你们两个都是吃公家饭的，都是念哈书滴。"中年人自信的说道。

"这不用看，坐办公室的和外面跑的人肯定不一样，一看脸色就能看出来。"方媛来了劲。

"你们看不看？"

"你先说看面相分几部分。"

"这个不能给你说，我看你们两个将来很不错……"

"那你说我的十二宫怎么样？"

"这个女娃知道滴还多。"

方媛指指自己的印堂："这是命宫，决定人的基本运势……这是夫妻宫，"她又指指自己的眼角，"主家里谁拿事。"

"面相不是只看脸，还看身材、头发、皮肤、手足。比如命宫有直纹的，个性偏激，疑神疑鬼，易遭失败；命宫低陷，艰苦孤独；命宫狭窄，忙碌操心……"

方媛说的头头是道，中年人用模棱两可的笑揣测她的来路。

这不是砸场子吗？待方媛说的差不多，我拉起她继续爬山。

"你看过《麻衣神相》？"

"前段时间刚好看了一点，给他卖派（夸耀）一哈，让他闲了把业务好好钻研噶。"

"那你说我能不能成个万元户？"

"你在农村待瓜了，现在十万元户才算富。"

"我不吃不喝攒十年才够一万。"

"那还不赶紧？就这水平，一天看上两个人，都比你和我强……咱们上了那么多年学，凭撒么是（不行）？"方媛充满信心，仿佛从山上一下来，钱就挤着跳着往口袋里钻。

山上游人很多。几辆切诺基旁若无人的停在中台，卖酿皮饸饹面的摊贩，散落在周边的树荫下，上面撑着一把自制的白布大伞。

　　我们山上山下的乱转。看到比较久远的石碑，就仔细辨认，希望能找到一些古老的传说；有相对陈旧的庙宇台阁，就房前屋后的打量，期盼能发现一段不为人知的秘密。

　　半天过去，我们把有建筑的地方基本走了一遍。除"黄帝问道处"的五个字外，没找到一丝广成子的踪迹。黄帝问道、黄帝问道，问的是什么道？广成子是怎么解答的？坐在三天门的台阶上，我俩人困马乏，失望至极。

　　"方嫒、祁泾平。"有人打招呼。

　　人生何处不相逢，是谷山小伙赵学兵。

　　我以为他专程来旅游，没想到他在市委上班快半年时间。他怎么分在凉城，而且还成为政府人员？我压住好奇，满不在乎地说些无关痛痒的闲话。

　　"这崆峒山有撒说道吗？我这外地人撒都不知道，皂你老同学给我讲嘎。"

　　需要嘚瑟一下东道主的骄傲。

　　一张嘴，我悲催地发觉，我这个生于斯、长于斯的凉城镇县人，对熟悉的崆峒山非常陌生。

　　赵学兵的问题很简单。天下道教第一山、黄帝问道处的来由为何？凌空塔尖尖上的那棵树靠什么存活？八台九宫十二院在哪？崆峒山海拔多少？369级台阶寓意为何？镇山铁鞭是咋挂上去的？玉皇大帝姓字名谁？……

　　方嫒也说不上个一二三。我俩把路上听到的几个传说热蒸现卖，一股脑儿倒出来。

　　赵学兵佩服地听完，问了我的家庭住址，握手告辞。

　　世界真是奇妙，有人在你的世界里出现，就是为了促成某件事。他第一次出现，让我感受到冰天雪地的清凉。第二次，让我明白闲事少管、打锤趔远的真谛。这次，好像就是为了督促我学习崆峒山知识。

我俩将了解到的内容做了一个梳理。

一,雷声峰九光殿外的墙壁里,镶嵌着好几块石碑。其中一块上面隐约有"陕西布政使司凉城府"等字样,落款是大明国。这证实了我很久以来的一个猜想:凉城和峰城的婚丧嫁娶、风俗习惯、方言等和陕西非常接近,却和六盘山以西没有多大联系。这么说凉城、峰城在历史上真属于陕西。

"为什么要把凉城和峰城划归甘肃?"方媛不解。

"军事需要吧?"我在地上画了个草图,"凉城峰城还有定西白银对宁夏形成半包围态势。宁夏有所异动,陕甘两省得同时出兵。封建社会,互相推诿,相互扯皮在所难免。朝廷又得派人协调两位巡抚,巡抚不买账,必定贻误战机。峰城凉城划归甘肃,清朝皇帝只需着甘肃巡抚是问就行。"(资料显示,康熙八年凉城划归甘肃。)

这个猜测让方媛心悦诚服,她伸手又摸我的脑勺。"小伙脑瓜还是能想事呢。"我往边一靠,她没摸到。

二,"敕赐崆峒"四个字是谁写的?联系到朱元璋在凉城的儿孙和册封的十多位韩王,方媛说"敕赐"是明朝皇帝写的。

"明朝皇帝信道教,要不然隍城咋会建成微缩的紫禁城?"方媛的揣测早有史料佐证,我俩并不知道。

三,以前上崆峒山,我们和很多游客一样。见庙烧香、见佛磕头。刚刚拜完菩萨,又进道观祈福。这次总算分清佛教和道教的各自场所。隍城以下除飞升宫和紫霄宫外,基本是佛教建筑。隍城以上除天台山外多属道教胜地。

四,上隍城只有一条台阶路。游客全部集中在此,必定水泄不通。

"再开一条下山的路,旺季就不堵了。"方媛左顾右盼,寻找可供开凿的线路,最后确定应该从雷神峰架一座天桥直达朝天门。

"最好用钢化玻璃,让人有羽化成仙的感觉。"我胡诌。

"这个好,缓解拥堵,还能增加游客兴趣。"

"走上面吓的都不敢动弹了，那可咋办？"

"这有撒难的？拿牛毛毡一铺，就是普通栈道。"

五，崆峒山太小。外地游客三四个小时就能转完，很少在凉城逗留。最好全程步行，后山上，前山下，一直走到聚仙桥。折腾到下午四五点，个个人困马乏、筋疲力尽。在凉城吃住一晚，餐饮住宿都能赚钱。

六，旅游纪念品没有地方特色，只不过印了崆峒旅游几个字，让人没有购买欲望。（听说全国各地的旅游纪念品都在浙江某地批发）

七，崆峒山的传说故事缺乏实物资料，听上去真地像杜撰的。

"你编上几个故事，说不定凉城人就信了。"

"我哪有这本事？我连诗歌都不会。"

方媛手指远处："你就说这几棵松树是广成子种的，或者是玉皇大帝从泰山运来的。"

"那这松树也长的太慢了吧？几万年过去，才两抱之粗。"

八，……，……

九，……

叁捌

苍茫的崆峒山亘古不变，它曾见证过多少琴瑟调和、劳燕分飞？欢歌和眼泪或许就在同一座山的不同地点倾洒和飞扬。如果努力发掘，应该有许多传说吧？其实，凉城作家已撰写了关于崆峒、泾河、王母宫、龙隐寺的故事，结集出版。只是我们没有看到。

阳光如语，午后的崆峒气激金风，锦绣铺川；俯瞰山下，碧玉湖水，淼淼烟波。

俱怀逸兴壮思飞，欲上青天揽明月。指点完江山，我俩想到一个现实问题：别说我们观点无从证实和实施，连让人知道的机会都没有。

方媛拍拍身上的尘土："先考虑生意吧。"

本来想着对崆峒山很了解，结果什么都不知道；原以为考察一番，就能找到广成子与崆峒山的故事，结果一无所获；原来规划着下山就能做生意，现在看来，我们连生意的毛辫子都摸不着。

"有个导游就好了。"

"我把你个教师，山上有导游吗？能请得起导游，我们会骑车子上山？"

"也是哦，本子上一个字都没写，这就要回吗？"

"你住山上，待个三五年，绝对有收获。"

药王洞附近拥堵不堪。

"看看看，我说会堵吧。"方媛沾沾自喜。

"以后会更堵。"我以田二（《平凡的世界》中的人物）的智慧预测。

2015年春，这里因为太堵上了央视。部分凉城人欣喜若狂、奔走相告。若干小时内，央视新闻截屏刷爆凉城微信圈。"五一期间，游客选出的拥挤指数最高的景区，分别是上海东方明珠电视塔、北京故宫、甘肃崆峒山……"兴奋之情，溢于言表。

小小的凉城这下出了名，还是跟着超级大城市一起出名的，这是多么让人欢欣鼓舞。

不知在哪看到，有位穷困潦倒的人总想和大富翁攀上渊源，大富翁从不正眼看他。

这天他给小伙伴们炫耀："大富翁今天和我说话啦。"

"是吗？他和你说啥了？"小伙伴们肃然。

"今天在路边，他老人家过来，我急忙跑上前去，他老人家对我说话了。"

"说啥？"小伙伴们起敬。

"他老人家说——'滚!'"

这新闻不是褒奖，也不是贬低，但未必是好事。九寨沟由于游客滞留事件，导致同期旅游人数暴跌。那是世界知名景区，崆峒山，敢比么？

随着人群慢慢挪到朝天门，崖边有石碑书诗云：

元鹤高飞唳碧天，一身清澈到人间。

千秋遗有仙禽在，何事而今道不传。

雕工很精细，落款是凉城县尉某某，名字却被凿掉。"这县尉怕什么?"方媛问我。

"对呀，刻在这里不就是为留名百年么？谁把名字凿掉的?"

"名字也会让后人倒霉。"方媛早有答案。

"康熙已己年，对了，若干年后的文字狱……绝对是他的后人怕受牵连偷偷凿了。"我自圆自说，"这县尉估计在官场上扯（完蛋）了，他以前的题字全部要消失。"

是不是这样呢？三百年前的某个深夜，一位曾经备受尊重，如今怯风怕雨的人。他借了月色，带着凿子，摸黑爬上崆峒山。趁着四下无人，颤抖而又决然地凿去了那个名字，凿去了他和某人的联系——那该是怎样的两股战战和魂飞魄散？

出朝天门，抵三皇楼，回看上天梯。"隔断尘寰云似海，划开天路岭为门"，谭嗣同着实了得，两句诗写尽崆峒的奇险灵秀。

再过茶庵寺，算卦男子不见踪迹。估计他抽着旱烟，深衣鹤氅，正闲云漫步山林间。能把别人不可知的未来，预测成幸福，再换成手中能数清的钞票，确实幸福。

坝面饮料摊前只有陈登科，马永恒去城里拉货了。自行车一次带三箱子，今天是第二趟。

"看来把事治咧，一月能弄多少?"

"一月？按天算着呢。昨儿个一般，二三十；今天估计能弄四五十。"

我和方媛没敢流露出半分惊讶。

"花所还有黄埔军校毕业的呢。"得知我们要编故事，陈登科发出邀请。"娃过百天的时候，你们下来，让我媳妇给方媛组（做）饸饹面……不要你钱。"

骑过坝面，我回过劲似的问方媛："咱们还费这劲干撒？不如批发上些饮料也在山上卖，放四天假呢。"

"你是大学生……做生意……也要做儒商……儒雅有风度的商人。

咱们的东西一定要有文化内涵，咋能和他们一样？"

儒雅风度极具诱惑力，我又被她说服。心里暗暗鄙视马永恒，小商小贩，能有多大出息？

没大多出息的马永恒，坚守自己的小商店和游戏厅，生意不温不火。1998年，万安门小区开发首批商品房，他全款购买两套。当他拥有私家车时，鸿鹄之志的我，房贷都没还清……

崆峒山上白跑一趟，这生意从哪里做？

"我有主意了。"

"什么？"

"项目好，投资少，见效快。"

"有这生意？"

"绝对没问题。"

"快说，快说，撒项目？"

"你们学校在哪？几点下班？"

"沿312国道往西，经过八里桥营房，二十分钟后就能看到赵家堡中学的牌子，一般四点半放学。"

"放学后办公室还有人吗？"

"没了。"

"好，稳赚不赔，你等着。"

我搞不清楚她葫芦里要卖什么药，但是她已经说了，应该不会错。管他呢，我本来也不是一定要做生意。

叁玖

五一假期过后，下午四点多。校园里传来一声"祁泾平"，我跳跃出门。赵家堡中学的大柳树下，方媛斜倚自行车，肩背黄军挎，手搭凉棚，四处张望。

"咋这会上来咧？马上放学呢。"

"快快快，有好事。"方媛卸下一沓八开纸。

"小祁，我们先回去了。"刚进办公室，旁边房间的老师隔墙和我告辞。

"房子真通着呢，说话声音这么清楚。"

"我们经常隔着墙拉闲呢。冬天不回家，一拉就是半夜。"

"先别说这个，资料我找下了。"她从黄挎包里掏出几本《麻衣神相》之类的算命看相书。

"广成子是算命的?"

"找不下广成子在崆峒山的资料，不能算了。那个看面相的学了个皮毛，就能摆摊摊骗钱。咱们把书上的翻印一些出去卖……快刻蜡纸。"

教导处和其他办公室唯一的区别，就是有台油印机。那天给方媛说起，她倒上了心。

几本书中间零零散散夹着些纸条，上面写着"第三段五行六行"、"图"、"第二段用"，看来她下功夫研究了。

"这些话很简单，只要识字，就能给自己看面相。你一段一段地刻在蜡纸上。"

刻蜡纸是个技术活。先将蜡纸铺在刻字板上，再用铁笔在蜡纸上刻写准备印的内容。刻字版是一块厚约0.6cm、边长约为25cm×12cm长方形钢板，表面布满左撇右捺垂直交叉的均匀细纹。刻蜡纸的铁笔和普通笔造型一样，笔头是钢针做的。

这项技术活的关键在于手指下按铁笔的力度，着力点要恰到好处。蜡纸是用棉纸涂上蜡做成的，落笔稍重，蜡纸会被划破;落笔略微一轻，蜡纸又难刻透，油墨过不去，无法印出字。

上学时我们都干过此类活，手法还算精到，不至于把蜡纸划破。我的钢笔字一向很烂，刻在蜡纸上更加难看。方媛的字和我一样烂，而且非常小。两个人换来换去的刻了十几行，那些字还是歪歪斜斜，没一点颜值。

扭捏了将近半个钟头，总算刻好半张蜡纸。无非是手指长短、鼻眼大小和未来命运相关;蒲篮、簸箕的指纹预示着多久发财何时升官;掌纹粗细、星岛深浅会告诉你，爱你的人在什么时间什么地点，拿着爱的号码牌……

八开纸还空一半，我不忍獐头鼠脑的字继续前行，把铁笔往桌上一撂。"不刻咧，实在太难看了。"

鸡爪体的钢笔字一个个龟缩在蜡纸上，十分委屈地翻着白眼：怪我们吗?

方媛把书翻来覆去看了一会说："把这两幅图拓上去。"

"拓上去?"

"嗯，画图占地方，还节约时间。"

　　我将蜡纸拓在书上，用铅笔勾出两张人脸的轮廓和大致眉目，再把蜡纸铺在钢板上刻描。参照书中的内容，在那两张古人的脸上戳出很多痣。最后加上一段文字说明：你的痣长在哪里，你未来的命运就在哪里。

　　"这东西有人要吗?"

　　"先试试，我在街道上见过卖属相婚配的。"

　　"那是铅印的，这算撒?"

　　"油印的古朴典雅，说不定卖得更好，快印快印。"

　　印刷也是技术活。揭开油印机盖子，将纱网擦干净，把刻好的蜡纸蒙到纱网下面，四角用卡子固定。这是关键的一步，蜡纸必须铺平整，若有折皱，就无法印刷。固定好蜡纸，在纱网上倒适量油墨，用刷子抹几下，再用辊子来回滚几遍，油墨均匀后就能印。

　　底板上放一叠八开纸，手握辊子适当用力按下，从纱网这头推向那头——一张印好。提辊子，翻纸，再推，第二张印好。辊子不可来回乱滚，否则蜡纸会被弄皱或发生位移，字迹便叠印模糊。印过一百多张，字的颜色逐渐变淡，只需添加油墨即可。技术好的用一张蜡纸能印一千张左右。

　　准备工作就绪，我卷起袖子，边推辊子边说："咱们印多少张，一百张够吗?"

　　方媛念念有词："我拿了两千张白纸，纸不要钱;油墨也没花钱……就是字不大好看。一张卖一毛，肯定有人要。你这里还有几领纸?咱们印一万吧。"

　　"一万? 那就推到明天早上了，蜡纸还得再刻。"

　　"那就五千，五千就是五百块啊，三个月工资呢。"

　　我简单计算，果然。辊子推的更有力了。

　　"九、十……一百零一、一百零二……"我俩同时报数。

　　……

"怎么才四百多啊，我饿得背不住咧。"

"我有方便面，先泡一袋。"

"不早说，我先吃，你继续。"

……

印到六百多张时，蜡纸出现了小窟窿。

窗外天若沉碧，余晖一抹。

"算了算了，六百就六百吧。现在进城，公园路。"

"让我泡袋方便面……"

"捏碎几口一吃，抓紧时间，说不定几哈就卖完咧。"

"那今天的饭钱就有着落啦。"

暮春的风正柔，春天的葱绿扑面而来。方媛的长发迎风飞扬，依旧是师专时的俊美。为曾经的一个梦想，为赚取人生第一桶金，这女孩骑了十八里路。她该有怎样的毅力和决心呢？

"是不是印少了？"我有点后悔。

"就是，要是不够卖咋办？"

"不要紧，我明儿个早早上来，再刻一张，蜡纸多的是。"

"到了公园路，一人一半，估计不到半个小时就能卖光。"

半小时六十块，那可真的发大财了。拐过八里桥，建设中的丰收厂厂房被夕阳镀上一层辉煌，我仿佛看到了金字塔的尖尖。一首《人在旅途》从心而起。

> 从来不怨，命运之错
> 不怕旅途多坎坷
> 向着那梦中的地方去
> 错了我也不悔过
> ……

肆拾

公园路游人如织，叫卖声此起彼伏。路两旁的摊贩密密麻麻，一直延伸到文化街口。在地上铺一张报纸，摆上烟、酒、茶叶、杏脯、牙膏袜子、洗衣粉，就是个摊位；架上案板，摆上两张桌子，支起一口锅，做些麻辣烫、擀面皮、灰豆汤、砂锅，就成特色小吃；有的人把东西拿在手里，向过往行人兜售。文化搭台、经济唱戏，第一届崆峒旅游节开幕几天了。

停好车子，看着熟悉、半熟悉、陌生、半陌生的面孔，我失了勇气。

"你……先卖？我……"我试探方媛。

方媛明显露怯，那会在路上的豪迈荡然无存。"还是你先吧，我……我……我……"她满嘴胡乱乱。

"我……我……"

在公园路口踌躇观望了足足有五分钟，我们连那卷财富都不敢拿出来。

"你快喊叫滴卖撒，赵家堡离城远，学生哪里会知道？"方媛不停揎掇，又给自己找借口，"我们单位就在城里，让领导看见丢人死咧。"

我带着视死如归的气概，抽出散发油墨香味的印刷品。方媛"嗖"地一下窜到十米之外。我向她招手，希望她过来为我打气。她表情漠然，纯粹一副不认识的模样。

我把书包向后一背，把那卷财富往左胳膊下一夹，抽出一张，展开，咳嗽两声："算命奇文，一张一毛……"

话刚出口，吓了我一跳。这声音不但低沉，而且呕哑嘲哳，非常难听，完全不是自己的。满街的人都盯着这边：这是谁？天啊，这不是谁谁谁吗？

我脸上一阵火辣辣的烫，我怎么干起这个了？人民教师，大学生啊！我一下明白找个地缝钻进去是多么贴切的比喻。脚下是坚硬的柏油马路，哪有地缝可钻？我走也不是，站也不是，木鸡般的呆立原地。

几分钟后，我从最初的难为情中清醒。来往穿梭的人流中，我连路人丁都算不上；满街的喜庆，没有人注意我。

十米远的方媛还是不认识我，眼睛却一直往这边斜看。你到底咋办？你咋还不出手？

我清清嗓子，咳嗽两声："算命奇文，一张一毛。""算命奇文，不准不要钱。"

行人至多瞄我一眼，没几个人理我。

没人理不是什么好事，难道我是来练声的？

我大声吆喝。

"算命奇文，一张一毛。"

"算卦不求人，预知祸福，一张一毛。"

"自己学会看面相，肯定找个好对象。"

……

方媛先是往来视之，又近出前后。观察了三分钟光景，陌生人般的走过来。

"这个咋卖?"

"一张一毛。"我陌生人般的介绍。

"准吗不准?"

"准的很,自己看面相,人生有方向。"

"给我取……"

没等方媛表演完,一个十七八的女孩接过算命奇文看了看,准备付钱。

公园路嘈杂的喧闹声在那一刻变成布景,我有种窒息的感觉。我盯着女孩的手,生怕她忽然反悔。还好,她从口袋里抽出一毛钱。接钱的瞬间,我真想一把握住那只手、那只捏着一毛钱的手,对女孩说:"谢谢你,谢谢你!"

开张了,开张了,真的开张了!

作为一个成功的托,方媛应该远离才对。由于兴奋,没走出几步,她毫不避讳地返回。

"我说有人会买的吧,你看……"

我嗯嗯点头,遮掩不住成功的喜悦。是呀,有了一毛,就会有一块,就会有一百,一千……

我的叫卖声更大。不但能来回走动,还敢主动搭讪。有人走近,我就吆喝:"算命奇文,要吗?预测未来,把握幸福,一张一毛。"

方媛起初还隔着一米和我说话,看我渐渐得心应手、不一会卖出七八张,便慢慢靠拢。最后,她再也忍耐不住,干脆从我手里抽出十几张,站在一旁叫卖。

不一会,我总结出几点推销秘籍,赶紧和方媛分享。

中老年人绝对不是兜售对象。他们历经沧桑,漫说对脸上的一个痣不在乎,就是那些痣按北斗七星排列,他们都懒得理会。

在乎手指长短,掌纹粗细的多是三十以下的年轻人,以女学生为最。她们对未来充满各种憧憬,憧憬的未来又很难把握。越是很难把握越想知道谜底，花一毛钱洞悉那个人到底爱她有多深，真是物超所值。

方媛听罢，夸我是经商奇才。同时补充，"那些成双成对的过来，你就喊'自己看面相，认清你对象'，女的绝对买。"

"而且是男的掏钱！他连一毛钱都在乎，就太没面子。"

"对对对，咱们的目标就是这些人……嘘……那边来了一对。"

怕撒来撒，来人是潘虎鸣和他的女朋友。看到我俩在一起，女军人嘴张地像瓦窑门。潘虎鸣更是翻着牛铃大眼："你不好好上班，胡折腾撒呢？"

听完解释，潘虎鸣鼻子两扭："隔行不取利。你要真想赚钱，办个辅导班，凭你的谝手（口才），学生抢着报名。"

女军人告诉我们，她弟弟请了个老家教，一月辅导费三十。"你收上十个娃娃，一月上八节课，都是你三个月工资。"

我可不敢干这事。新闻里报道，有个北大教师在外面带学生，被学校开除了。

"那可是北京大学的教师！北大的教师都被开除了，我算个撒？再说我还在见习期呢，要是被开除了怎么办？"

"这能挣个撒钱？"潘虎鸣扒拉扒拉我手中的算命奇文，"我看你两个是耍着呢，好好耍。"

他的话我和方媛都没在意。那个被北大开除的教师，我也不知道名字。二十一年后，有部以他为原型的电影倒是很火，叫《中国合伙人》。

九点半后，行人渐少，我俩口干舌燥，肚子咕咕起来。

"吃饭吃饭。"方媛把剩下的算命奇文小心翼翼的卷好，装进书包，一再叮嘱我千万小心，不要弄出褶皱。

"你拿回去摊平放下，有chūchu就不好卖了。"

在公园路里面吃了份砂锅，我火急火燎：快找个地方，数数看有多少钱。

我的油毛毡简易房不受外人干扰，是最理想的算账场所。路过广场，花园内清净无人，我俩急不可耐的拐了进去。

方媛从口袋里往出掏，我也从口袋里往出掏。不一会，面前有了一堆毛票。

仔细清点三遍，总计三元八角。

"没想到会有这么多。"

"没想到会有人要这种东西。"

方媛仰天而笑："知道了吧？这个世界上有卖撒滴，就有买撒滴。"

广场西口的酸梅汤五毛一杯。我很大款地对老板喊："来两杯，大的。"为显阔绰，我掏出十元大钞。毛票是不能用的，那太没面子。

"来，先庆贺一下。"

斜跨自行车，我俩非常惬意。没想到赚钱这么潇洒。那一刻，我信心百倍。总有一天，我会像周润发那样，坐在宽大的老板桌后，眼戴墨镜，西装领带，手里一根很粗的雪茄。

酸梅汤很快喝完。

"再来一杯？"方媛试探的语气尽显财大气粗。

"把这是个撒？再来一杯就再来一杯。"我牛气十足。

是啊，咱有钱咧。上一天班也不过四块，现在呢？不到两小时，连玩带要三块八！不要说四杯，再来六杯，咱也不在乎。

"回去记个账，把每天的收入开支记下。"方媛做长远规划。

"一起记，完了签字。好朋友清算账，时间长就忘了。"

"对对对，一起记，到你那里。"

师专时学校奖励过一个精美的笔记本，我一直没舍得用，刚好用来记账。

初战告捷。写下今晚的收入、开支，我俩郑重签名。

"今天再努力一下，就能挣四块……一天四块，十天四十，一月一百二……"方媛梦话连连，"我们局长工作快二十年了，一月才二百多。呀，要是天天挣四块，咱们就是副县级工资啦。"

在方媛眼里，今晚的三块八全然不是三块八，那是三百八、三千八、三万八!

笔记本的扉页上，"奖给优秀学生祁泾平"的字样清晰如昨。我想了想，在学生处火红的印章下，工工整整的写了八个字:

没有失败，只有放弃。

肆壹

第二天下班，我俩顾不上吃饭，直奔公园路。不到两小时，五十多张迅速卖完，进账五块三。

第三天、第四天、第五天，几乎每天都能挣个五六块。

生意顺风顺水时，街上出现了仿冒产品——几个学生模样的小屁孩，也拿着不伦不类的算命奇文在叫卖。

方媛和我调整对策，请高中一位同学帮忙。她是单位尖子打字员，熟练掌握字盘上的3000多个铅模，还能用脚操作改动过的字盘，一分钟打四十多个字。她帮我们打了五份蜡纸。

"双鸽"打字机的字体是一流的。在价格不变的情况下，几个小屁孩很快销声匿迹。

五千张卖完后，我俩赚取人生第一桶金——五百元人民币。方媛在李华光那里办了个活期存折。

我们结识了许多引车贩浆的朋友。一次偶然机会，听说西安有个书市。我俩同下古都，在东六路图书批发市场，图书的价格把我吓了一跳：凉城卖三四块的书，这里的批发价不到一块。

下班后我俩背着大口袋，在广场、南门什字、公园路兜售。由于价格低，书的销量很好。不到一月，我们去了两趟西安。

两个月后，西安老板建议，没必要每次都来。新书上市他打电话发传真，介绍书名和内容;如果看得上，书随客车发过来，只需五块钱运费。完了把钱汇给他就行。

我和方媛学会了在邮局收发传真、打长途。

年底，笔记本上工工整整的写着四个字：利润五千。

我和方媛惊呆了。半年时间，每天两小时，挣下的钱竟比两个人一年工资的总和还高一倍！这是在做梦吗？真真切切的钞票码在面前，不容我产生半点怀疑。

二道贩子的利润还是不丰厚。我们筹集一万元，购置二手印刷机、切割机、装订机……在山庄坑租了间民房，聘请印刷厂的退休工人，建成自己的印刷厂。市面上流行什么书，立即买来，制版、印刷、装订。到了晚上，我用架子车拉上，沿街叫卖。

同样的书，其他商贩卖五块，我就卖四块五；他们买四块五，我就卖四块。很快，其他书贩放弃西安，直接联系我们。

一年后，笔记本换成专业记账本。里面分明写着：利润五万。

大部分时间忙印刷销售，请假迟到在所难免。方媛的局长找她谈话。

"年轻人，要以事业为重，好好干，将来机会还有很多……"

"将来的机会是什么？"

局长："咱们局现在业务转入正规，马上又要机构调整，从局里出去，怎么着都是正科……"

"正科就怎么了？"

"就可以更好的实现个人价值，更好的服务大众。"

"这个将来有多远？"

"这不能保证，得看机会，也和个人努力有关……要和同志们多联系……有人在我跟前反映……我也非常为难……你知道，我父亲和你爷爷……"

"局长，为了不让您为难，这是我的辞职信，以后就没人反映我了。"

……

校长和我几次谈话无果，谨慎地把材料上报乡教育办公室。教育办公室分批次和我约谈，我都没时间。

"爱咋地咋地。"我对方嫒说。就是，爱咋地咋地，哥一月赚的钱比你们一年挣的都多。

又一年，方嫒认为印刷盗版书风险太大，总让人提心吊胆。她注册成立了空洞印务公司，承接各类印刷业务。但是，盗版违法的事情坚决不做——我们是合法企业。

公司购置了最新印刷器材，员工十几人，业务员过百。业务员联系的每单生意，都有百分之五的提成。至于怎么联系业务，和对方如何亲密接触、有哪些郑重承诺，那是他的事，与公司没有任何瓜葛。公司绝对合法经营，不走任何邪门歪道。

公司本着广交朋友的原则，对于私人业务，除了成本、提成，基本不挣钱。

为调动增强员工的积极性和归属感，公司每年拿出利润的百分之十奖励员工。方法大家制定，大家评定先进。每一位职工只要踏进公司都明白，努力同收入密切相关，公司的进步与付出紧密相联，进步了的公司一定让收入不断增加。

公司业务向各个方面扩展：击版印刷、平版印刷、凹版印刷和孔版印刷……从简单的文字材料，到复杂的试卷，从书本，画册挂历，到手提袋，礼品……凡是能抓在手里的，公司都能在上面印刷文字和图案。

我抄袭了一句拉风的广告语：除了钞票，空洞印务承印一切。

方嫒毫不示弱，来了一句更拉风的：除了空气和水，空洞印务能在任何东西上印东西。

又五年，空洞印务成为首屈一指的龙头企业。员工过百，年利润近百万，一栋七层高的大楼矗立在泾河岸边。

我站在空洞大厦印务公司顶楼，端着狗屎咖啡，透过落地玻璃窗，看着美丽凉城的早晨。

"祁总，这是李莎莎上次联系的那批铂金挂历，对方从乌兰巴托打款过来，请您签字。"财务主管笔直的站在三米长的老板桌前。

"老规矩，百分之五提成。至于她和那边是什么情况，那是她的事，我们完全按合法手续办理。"

"李莎莎的提成是两万……报价是对方定的，他们嫌咱们定的太低……"

"只要能联系下业务，谁都可以拿这么多……方总没消息吗？"

"没有。"

"说好的一起去埃及，说好的一起去撒哈拉。这倒好，又说什么一个人去探路，这一探路就是半个月。"我嚷嚷着。

叮铃铃……桌上的电话忽然响起。

我伸手拿电话，咋回事？手里怎么是个闹钟？六点？睁眼抬头，哪有落地玻璃窗？哪有五层空洞印务大厦？我分明还躺在油毛毡简易房中。

要迟到了！如果签不上到，扣钱事小，两节课就白上了。我一骨碌翻身起床，穿衣洗脸，跨上二八大杠，日急慌忙的向十八里外的赵家堡中学奔去。

肆贰

下午放学，我按约定准时到达公园路，方媛随后赶到。街头熙熙攘攘，人流如织。我们驾轻就熟，立即叫卖。然而业绩大不如昨，吆喝到九点，我卖了七张，方媛卖了二十张。

喝酸梅汤时，我俩灰心丧气，每人只要了一小杯。分析原因，得不出任何结论。

"今天咋卖不动了？"

"就是，连问的人都很少。"我感觉酸梅汤没有昨天的好喝。

百思不得其解，两人郁郁而归。

回到家里，独坐书桌。我拿起镜子，对照算命奇文，在脸上寻找有关财富官运的痣和纹路。不看不留意，一看大失意！

"脑从太阳骨起连，为官享受自延年；头上角骨武侯封，脑后连山富贵流……"我的脸上既没有象征财富官运的痣，也找不到能暴富天下的纹路。怎么可能？我这相貌会平淡无奇吗？

我又拿出一本《手相与人生》，比照自己的左手仔细研究。智慧线、感情线、命运线、婚姻线……基本清晰，但预示怎样的未来，我也云里雾里。尤其代表财富的太阳丘，在无名指下根本看不到。

我惶惶然而遽遽然了，这一生真的只能混个温饱而不能大富大贵吗？宋真宗不是说千钟粟、黄金屋、颜如玉什么的都在书里面吗？我读了十三年书，怎么找不到千钟粟？还埃及呢，我看连国境线都到不了……

第三天情况更惨。两个小时卖出去五张，还遭遇一次退货。

有个小伙子走后十来分钟又转回来。他说奇文字迹模糊，而且中间还有几个错别字，要求退钱。我刚要嫌弃他把奇文弄皱了，方媛抽出一毛钱，很痛快的给他。

"这一张送你了。"

"这怎么行，钱都退咧。"小伙面露喜色。

"没事，你拿上慢慢研究吧。"

小伙开心离去，方媛嘴角一撇。

后面几天大致相同，每天也就一二十张，有时候吆喝半天都没人搭理一下。

七八天后，经再三核算，一共挣了十二块六毛钱。

崆峒旅游节结束，公园路的游人少了许多。人们不再关心哪颗痣决定怎样的未来，眼大鼻小与男朋友的好坏似乎也没多少关系，算命奇文渐渐无人问津。有一天卖四五张，有一天卖两三张，有两天一张都没卖出去。每天吃饭的花销，把利润消耗殆尽不算，还让我俩倒贴二三十。

望着厚厚一卷能预测富贵祸福的算命奇文，方媛叹息："这样赚钱，咱们啥时候才能去埃及？"

这样赚钱，怎么可能去撒哈拉？

一旦没钱赚，肚子就饿的快。方媛说先吃饭，吃完再想办法。

公园路往里，人行道上有一排铁皮简易房。每间房子大小六平米左右，都是饮食门面。有卖麻食麻辣烫的，有卖炒面烩面的。看见我和方媛走过，他们高声招呼："老板，吃撒呢？来，进来坐。"全民都在做生意，老板的称谓让人很熨帖。不管生意大小、有没有做生意，大家都喜欢叫对方老板。一路过去，此起彼伏的老板声不绝于耳。

我们两个老板走进最里面的一间铁皮房，要了份砂锅。

砂锅店的老板姓铁，他的门头上写着"铁家砂锅"四个字。数年后，铁老板放弃铁皮房，在广场对面开了家更大的砂锅店。店前的人行道上放了口一米五高的紫铜大砂锅，向来往行人展示铁家餐饮的悠久。再后来，铁老板又回到公园路。他的砂锅店不再是铁皮房，一栋四层高的商业楼里，全是升级版的砂锅。

砂锅的味道不错，这两天我俩一直在这里吃饭。虽然价格贵，但现在是做生意的人，怎能在乎这点小钱？正如很多人，一提作诗成文，就学李白。结果呢？李白斗酒诗百篇，今人拿来当门面。学会喝酒人不少，学会作诗却很难。

铁老板问我们生意怎么样。方媛说白效劳呢，两天没开张。

"我这人么撒文化，不过这个印刷太差，上面写下这东西相信的人怕也不多，买主一看都是弹嫌（挑剔）。"铁老板批判算命奇文。

"那你说印撒呢？"方媛不放过任何机会。

"你们都是念哈书的，肯定比我强。要是写凉城的故事，说不定有人看。"

从铁家砂锅出来，方媛念念叨叨："民族的才是世界的，地方的才是全国的。" 她看着街道两旁的铁房子，"你说人家和咱们年龄差不多，好像也没上过大学，为啥能说出鲁迅的想法，咱们咋么（怎么没）想到？"

"你和我让书念瓜咧木。"

"你和我念了多少书？那也叫念书？——凉城的故事，凉城有撒故事？你给我说，凉城能有个撒故事？"方媛把怨气转向我。

"凉城的故事多着呢，只是你和我不知道。比如，比如那个厕所，我看就有故事。"

我胡乱指了指公园路和文化街交汇处的一座建筑。随手一指的瞬间，商机又出现了。

从我记事起，这座建筑就矗在那里。圆墙拱顶，青砖灰瓦，木制漏窗。从远处看去，确实有些历史的沧桑。

方媛判断这是清朝建筑，我认为是元朝的。至于为什么，说不上原因。让人无法接受的，这座建筑是公共厕所，不可能成为文物。

方媛说管它是不是厕所呢，只要是古建筑，就有保存价值，好歹算凉城历史。

"说不定鲁达还在里面方便过。"方媛戏谑。

"这你也信？那是施耐庵虚构的。"

为表达对这座古建筑的敬意，我进去撒了脬尿。没有想到，这是我最后一次在这座苍远的建筑里撒尿。没几年，它被夷为平地。又过几年，这里起了栋住宅楼，临街的门面全是餐厅和大排档。

这一脬尿激发了我的灵感，出来后我提议转产。"刚才铁老板说写凉城的故事，为撒（什么）不写柳湖呢？"

"柳湖？"

柳湖公园始建于宋神宗时期，距今一千多年。明武宗敕赐过"崇文书院"的名字，左宗棠又在里面开设过"柳湖书院"，环湖有好几棵挺拔的旱柳，名为左公柳……

"这会进，看能找个撒故事吗。"方媛说着就往路北端的柳湖公园走。

九点已过，柳湖关门了。"翻墙进去，你没翻过柳湖的墙吗？"方媛说着手就往墙上试探。

作为凉城小伙，有几个没翻过柳湖的墙？我熟悉好几条逾墙而过的路线。第一条在一中操场北，沿城墙陡崖跳下，即可到达。第二条在柳湖东边，一处围墙内高外低，往下跳时需要胆量。第三条最为精彩。从体育场进去，爬上遗留的明城墙，向东南方向斜插，就会被断崖挡住。

踩着前辈掏出的脚窝，攀爬上近四米高的断崖，再慢慢出溜下去，特别刺激。一毛钱的门票穷学生掏得起，为翻墙而翻墙的成就感，那是多少钱都买不到的。

"再说里面黑灯瞎火的，左公柳也看不清。"我打消方媛进柳湖的念头。

"你说左公柳都是左宗棠栽的吗?"

"肯定不是。从陕西栽到新疆，他一个人几百年都栽不完，哪还有时间打仗?"

"那为什么都叫左公柳? 那些栽树的人呢?"

那些栽树的人呢? 历史只会记得英雄豪杰。无数付出血汗的人，必定湮没在尘埃里。长城成就了孟姜女，多少无定河边骨，犹是深闺梦里人。

肆叁

发掘柳湖故事的行动还没开始，又胎死腹中。方媛认为这地方和崆峒山一样，早被人写过。再编也是东施效颦，难出新意。要想挣钱，必须另辟蹊径。

我俩将目标锁定在凉城的一些地名、街名和老院子上，这些东西或许没有人写过。凭着在凉城生活二十年的经历，我们把零零碎碎的掌故罗列了十几条。

山庄坑明明是个坑，为什么要叫山庄坑？难道里面有过一座很大的山庄？

以郑家沟为起点，经南河道过凉城的那条臭水沟，流经北砂石滩附近时，有叫六盘磨、八盘磨的地方。是不是那里曾经有若干水磨？如果有，这臭水沟以前肯定是条颇具规模的河流。

有北砂石滩，会不会有南砂石滩？

上县巷、下县巷的"县"，是县衙吗？望台巷"望"的是哪个台？仓房巷的仓房里是兵器还是粮食？

市政府是不是明代韩王府的所在地？凉城过店街以东为什么叫紫禁

城？

火神庙、九天庙、鲁班庙的原址在哪？

电影《红河激浪》真的在西门口取过外景？和阳门、万安门、定北门、来远门如果不拆，会不会成为文物？

……

坐在油毛毡简易房里，我俩愚蠢而自以为是地口吐狂言：把这些内容写成书，肯定轰动凉城。到那时，赚钱？小菜一碟！

每天下午放学，我带着方媛，骑着老二八，满城乱转。见到有老式建筑的院落，装腔作势地走进去，拿笔写写画画。遇上住户，就和他们攀谈几句。如果院子里没人，便自说自话，气吞万里如虎、宛如救世主……

中山桥东首，靠南侧的一号院内。有栋房子破败不堪，昔日辉煌依稀可辨。那房子三间大小，斗拱交错，灰瓦盖顶，松木立柱，雀替瓦当垂花门。前墙上半截均用木板做成，配以各种浮雕。山墙全是青砖，旁边开有拱形小门……

结合整个院子布局，可以断定它的主人显赫一时。恰巧有位中年男子担水回来，我向他打听房子的历史。那汉子把扁担换个肩膀，颇为冷淡地说：他们搬来才几年天气，对此一无所知，也毫无兴趣，只求房管所能把屋顶收拾一下。我俩抽空又向房管所了解情况，工作人员说那是公房，解放前到底属于谁，没有任何资料。

沿中山桥向南，走过一条细长的巷子，是上寺台。再往前走，小巷忽然变宽。临街的房子古色古香，大门口有两块雕刻精美的上马石和拴马桩。院子很狭小，但门串门、院通院。去掉那些高矮不一的油毛毡房，应该是三进三出、宽敞豁亮的四合院。这条小巷叫状元巷，是哪个状元？和《水浒传》里的状元桥有没有联系？

没有人告诉我们答案，我们也不知道去哪里寻踪觅迹。最有可能帮忙的梁红刚，一直在案子上，连个人影都看不见。

……

轰轰烈烈地走访十多天，我和方媛颓然：这是一项费时费力的浩大工程，以我们两人的本事，根本无法完成。靠这发财，无异天方夜谭。

可怜我们孤陋寡闻，根本不知道天下有个叫档案馆的地方；更不知道档案馆的县志上，早把这些记载得清清楚楚。

青春的躁动逐渐平息，岁月的不羁逐渐沧桑，我有幸读到一些本土作家的作品。那位其貌不扬的酒瓶底诗人，他的《陇东初录》《陇东人》《崆峒传奇》，记叙了凉城及周边地区的很多风土人情、名人轶闻。他八十八万字长篇小说《广成子》，恰恰就是我和方媛想弄明白、又没恒心没学识弄明白的传奇。据了解，他跋山涉水，和许多当地人沟通，做了大量笔记。从1958年到现在，长年累月，笔耕不辍。

我们？我们早晨栽树下午就想乘凉；今天捉个鸡娃，明天就想下蛋；十几天的时间，就想把一座城的历史编成故事卖钱，太天真了！

当时我可没这样想，只是一门心思赚钱。

怎么办？怎么办？西天绯红，坐在广场花园边，我看着方媛，方媛看着远处的四棵老槐树，秀美的眼睛里又起一层迷雾。

"要不在西安批发些东西回来卖？咱们搞的这个难度太大，折腾两个星期，撒都没挣下，把人跑咧个忙。"

"儒商，要做儒雅有风度的商人……唉……"方媛亮亮嗓子，来了段京剧清唱：

> 忙忙碌碌几十天，
> 心似江水波浪翻。
> 我和你踏破铁鞋没有赚钱，
> 难道说这钞票远在天边？
> 难道它看见你我吓破了胆，吓破了胆？
> 想当初意气风发在师专，万水千山，

巴塞罗那，希腊神殿，

万水千山要走遍。

心烦意乱，心烦意乱，

想赚钱为什么这样难？

她用的是京剧腔调，我只听懂最后一句：想赚钱为什么这样难！

有一次，我看革命样板戏《杜鹃山》，才知道她改编了主人公雷刚的唱词。

想赚钱为什么这样难？正在我苦思冥想，赵学兵从广场北边走过来。

看见我俩，他洋溢出热情的笑容。甩开胳膊，疾步紧走，好像我马上会从时间隧道消失。他一边打招呼一边从口袋里掏烟，等走到近前，一根烟刚好递过来。我问他是不是刚下班，他说皂天天都是这么个。随即摸出打火机，偏头、躬身、双手抱拳，吧嗒一声摁亮。整个过程一气呵成、浑然一体。待我把烟头吸红，他才给自己点上一根。我顿觉全身三万六千根毛孔无比舒畅，想赚钱为什么这样难的问题瞬间消失。

从崆峒山回来，他就约过我。我忙着和方媛做生意，哪有时间吃饭？

"相请不如偶遇。明天下午，泾平，你把他们都叫上，咱们在菊花园坐坐。"他的谷山口音还很浓重，但方言已少许多。

菊花园在广场西侧，饭菜味道不错，一桌饭至少二百。能在那吃饭，很有面子。我们的收入，哪里敢进这些地方？我欣然应允。

梁红刚又在忙，我们五个准时到场。

饭桌上赵学兵非常客气。不停点烟敬酒，对我更是恭敬异常。张远黎、李华光一直套话，想知道为什么会这样。我俩均笑而不语。

杨执戈暗暗较劲，一定要和他对碰三十六个（杯）。

方媛半开玩笑半认真的说："快好好吃菜，你两个还不是砖头上画老爷（神像），一般大。"

张远黎吸一口烟，悠悠反问："你能不能说白话文？他们两个和老爷有撒关系？"

"惦记了一两年，都给别人的媳妇操心。你说他们不是一模一样？"

哈哈，大学里谈恋爱，不就是替别人照顾媳妇吗？

红山茶和陇南春是高档烟酒。回想赵学兵用作业本卷旱烟叶子、几个人要一瓶啤酒的情形，我相信了他的真诚。加之酒精对友谊向来有催化作用，出门时，我们成了生死之交。

生死之交的赵学兵隔段时间就来找我，要么就请大家吃饭喝酒。虽然再没去过菊花园，但频繁的邀请，已足以润滑情感。我们也不啬皮（吝啬），有活动也去喊他。不久，他便融入凉城同学圈，和好多人成了哥们。他结婚时，新娘就是那个凉城女孩——我用太师椅换饭菜时遇到的三角眼。正是她父亲的关照，赵学兵分配在了凉城。

肆肆

谁说失之东隅，收之桑榆？全是骗人的。喝了赵学兵的两瓶酒，我停在门口的自行车不见了。

天刚刚擦黑，谁这么大胆子？我催促他们四下里找找看。杨执戈说我的车子刚好停在最外侧，里面灯一亮，外面撒都看不见，肯定丢咧。再说吃了两个小时的饭，比起他丢的那辆，都算慢的。他上楼送个东西，前后五分钟，车子就没了。我要去派出所报案，张远黎见怪不怪地说："报什么案，我过年丢的那辆连塑料纸都没撕，梁红刚说根本找不回来。"赵学兵不甘示弱："皂额哈以为奏额一个丢着尼，么想到你们都丢着。"

"把你们这算个撒？从上班到前天，我丢了三辆，全是新新的凤凰。"李华光到底能沉住气，丢了三辆车子连个声息都没有。

丢车子也能作为炫耀的资本，我彻底崩溃。明天要上班，怎么去赵家堡？

李华光暂时没钱买第四辆凤凰，赵学兵每天要下基层，杨执戈和我一样，七点半得到学校。方媛的弯梁飞鸽最新，骑上却不得劲。张远黎加重永久漆皮都快掉完了，稍微用力一蹬，就往前蹿，被我临时征用。

唉，可惜我那凤凰老二八。父亲为奖励我上高中，还是托人要的购车票，在十三间房买的。

"丢咧就丢咧，这会着急也不起作用。"方媛安慰。

"就是，权当你两个月么上班。"李华光还是想得开。

"你那老凤凰多少年了，早都够本了。"

"你们知道个撒，从高一到现在，这车子整整陪了我六年，我真恨不得把那个贼撕地吃咧。"

"你们不要打击他了，娃心里难受滴像猫抓着呢……我去下二号（厕所），三分钟。"方媛向集贤巷走去。

到底谁了偷车子，丢车子怎么会成为一种普遍现象？

"还不是那些大烟鬼偷的。"李华光对此很了解。

大烟鬼（吸毒的人）烟瘾犯了，又没钱买白面（毒品）。人一失急（着急），看见撒偷撒。车子到处是，又没标记；容易偷，还好脱手。二三百的车子，四五十就卖了。有些人贪图便宜，明明知道是贼赃，还是敢买。丢了买，买了丢，恶性循环。有段时间，要是你没丢过车子，都不好意思说自己是个良民。

李华光卸下钥匙扣上的塑料小金鱼，将钥匙扔进花园深处。

"你……"

"车子都不见咧，还要钥匙干撒？"

"皂要是车子刚一买哈，奏到派出所挂上个牌牌，他们就没办法偷喽。"赵学兵想了个办法。

"人家不会连牌牌一起偷走？"李华光反驳。

"弄上两个牌牌，上面写上一样的号码。一个钉车子上，一个放身上，两个牌牌的号码不一样，说明来路不明，当场没收。"杨执戈对数字情有独钟。

"街道上那么多车子，一辆一辆地查，得多少警察？你想让梁红刚累死吗?"张远黎当教师后不太说话,一说话就击中要害。

"把牌牌做大,像汽车牌子那么大。一个焊死在车子前面,另一个出门时挂脖子上,老远地就能看见。只要号码对不上,拦车检查,肯定是偷哈滴。"我把他们的办法做了完善。

方媛在后面接话:"嗯,这娃脑瓜子还是灵光(聪明),这么个谁还敢要贼赃……我车子呢?"

方媛的车子呢?方媛的车子呢?

五个人原地没动,哪有机会搞恶作剧?那么,方媛的车子呢?

就在我们高谈阔论,就在几个人自以为是绝妙主意时,贼把方媛的车子偷跑了。

"直接站咧五个死人,眼睛是出气的?"确定她的车子丢了,还是在我们眼皮子底下丢的,方媛气得咬牙切齿。"还有你,是不是故意让贼偷跑的?这样你心理就平衡了?"

五个大活人没看住一辆车子,这耳光扇得太响。

借着酒气,大活人怒骂偷车贼不得好死,要是抓住他,非把他打死。

"方媛你先回,说不定那个贼还在附近,只要他露头,就把车子给你要回来。"张远黎恢复曾经的血性。

方媛将信将疑,再三叮咛遇事冷静,千万别动手。

"放心,都是上班的人了,谁还要二球?"张远黎催促方媛赶快离开。

方媛走远,大家瞅着昔日大哥。

张远黎分析这个贼极有可能在周围窥视,可以采取诱敌深入的办法让他再次作案。只要抓住,一指头都不动他,也不要钱,把方媛和我的车子追回来就行。

张远黎和杨执戈把他俩的车子停在新华书店门口,大摇大摆地离开。五人分两组隐在十几米远的路灯阴影里,假装说话,眼睛死盯车子。贼娃子胆敢现身，定叫他有来无回。

十分钟、二十分钟、半个小时过去，没有人靠近那两辆车子。

张远黎招手，我们聚拢在一起。他说估计行动暴露了，贼娃子早跑咧。为了让方媛明天有车子，他想到一个办法。

赵学兵嘴张了老大："这个、这个怕……看你们，你们说能行，就能行。"

在粮食处家属院寄存好车子，从大门出来，我感觉情形不妙。五个人缩头耸肩、东张西望，一看都是贼。没等我提醒，杨执戈转回来低声告诫："你们好好走撒，咋们（怎么）都像贼一样？"张远黎说好像整条街的人都在往这边看。

给方媛夸了海口，人人丢车子的怨气又没地方撒。在酒精的兴奋下，我们硬着头皮走进十号大院。

十号大院是凉城最大的居民区。南到郑家沟，北临红旗街，西接地委家属院，东至广播电视台。箍窑楼、独院子、成排平房……院子连着院子，有好几个出口。万一出现状况，也利于逃跑。

家家户户都亮着灯，门也开着，电视里全是"山川载不动太多悲哀"的《戏说乾隆》。只要见到自行车，我们就偷眼斜瞄，先看锁子。锁子坚定忠实，默默守护着自行车。有的车子前后两把锁，有的用铁链子拴在窗框上。迎面过来个人，我的心咚咚直跳；李华光、杨执戈故意大声说话，假装迷路；张远黎和赵学兵便站住发烟点火。从西院走到东院，从东院走到西院，不知点了几次烟、迷了几次路，始终没人敢靠近任何一辆自行车。

转了两圈，鬼鬼祟祟的形迹似乎引起怀疑，不时有路人回头张望。大家不敢逗留，迅速撤离。

走到南门什字，人行道上停着不少自行车。只要我们往车子那边一看，四面八方就有无数警惕的眼神射过来。别说偷，正眼看车子的胆量都快没有了。

　　五个人垂头丧气地向前乱撞，灰心又不死心。十点多时，我们窜进南极巷的工行家属院。

　　院子里停放着好几辆车子。从前院走到后院，还是没人敢动手。后院有个小门，出去是楼和围墙之间形成的一条狭长小路，小路尽头有一间公共厕所。绕过公共厕所，是一排独门独户的二层楼，楼前的小巷长约一百多米。除了楼上微弱的灯光，小巷昏暗，一个路人也没有。

　　走到巷子中间，几人同时止步，心跳加快，呼吸急促。众里寻他千百度、踏破铁鞋无觅处……古人凄凄惨惨戚戚之后的喜悦原来是这种情形！

　　在一户人家的院门口，一辆车子，一辆车子倚墙而立。

　　小巷静的出奇。我们直勾勾地盯住那辆车子，谁也不说话。过了一个世纪，刚要靠近，大家又忽地站住。这该不会是陷阱吧？张远黎往前走十几米，没人；杨执戈回走十几米，没人；我趴在门缝向里看，没人。李华光捡来一截铁丝，小心翼翼穿过门上的锁环，用力绞着……微弱的灯光下，门牌号隐约可见：39-11……

　　"毒药？农药？这怕不太吉利……"一切准备停当，几个人都怂了。杨执戈示意他再看一下后边，蹑手蹑脚地朝巷子里面隐去。李华光指指前面，高抬腿向巷口走去。我和张远黎、赵学兵找不到借口，沉默不语……忽然，赵学兵迈上一步，猛地扛起车子，向外疾跑。他的脚步声不大，张远黎和杨执戈回过神似的，彼此呼叫，掩护赵学兵撤退……

　　"锁着呢，锁着呢……"跑出巷口，赵学兵没敢停下来。

　　"先到泾平家，他那有改锥（螺丝刀）。"

　　我在前面跑，张远黎带着赵学兵，赵学兵扛着车子，如江洋大盗般的逃跑。

　　我们大气不出一声，摸黑把自行车抬进油毛毡房。待气息稍定，呼吸均匀，我轻轻拉开灯——天啊，这是一辆满是尘土、脚踏脱落、车圈扭曲、前后胎瘪烂、破得不能再破的破车！大家全都傻了眼。

那会只想着逃跑，谁还顾上看车子的品相？

撬锁子费了好大劲。张远黎嫌我笨，杨执戈又嫌张远黎慢，李华光总算把锁子撬开了，拇指却被蹭破，鲜血直流……

我们坐在床上，一人点着一根烟，望着这辆破车发呆。张远黎说趁街道上没人推出去扔了，李华光说万一人家刚好找来怎么办？我也想到警犬的鼻子……

坐了足足一个小时。李华光、杨执戈在大门口瞭望十分钟，确认并无尾巴追来。四人警戒，一人推车，悄悄走出院门。穿过同善巷，走到北后坑，趁四下无人，把它往路边一丢，迅速遁去。

我没有着急回家。在对门的市医院要了瓶酒精，悄悄撒了半院子。

梁红刚得知此次行动后怫然作色。他严正警告，车子丢了就自认倒霉，千万别做违法的事。到处都丢车子，万一被抓，狗巴滴都是我们巴滴（狗拉的屎都是我们拉的屎）。这和偷羊不一样，抓住要判刑。再说，偷东西会上瘾。一次侥幸逃脱，下次还偷，胆子越变越大。众人表态不敢了，实在毛骨悚然。再丢三辆都不敢了，抓住一辈子完蛋。

我们没有让方媛知道这件事。

肆伍

钱没赚下，丢了两辆车子。方媛说后面再有个生意还得花钱，她暂时步行上班。我距离学校远，他们凑钱给我买了辆新的。

新车子买下后，我带着方媛在城里兜风。

凉城老城区在一片土台子上，东高西低。从西到东只有一条主街道，以北门什字为界，分成两截。虽然全长十里左右，绝对不能叫做"东街"或者"西街"。中国人凡事讲究排场和来头，起名时如果没有"大"字，那是万万不行的。"某某大酒店""某某大剧院""某某大舞台""卫生大检查"……这十里长的街道，自然要叫成东大街和西大街。

东西大街上汽车很少，像现在的自行车；满街乱窜的自行车却很多，像现在的汽车。用自行车带着人在大街上东扭西拐，完全不用担心李刚的儿子撞你，只要你不撞人就行。

"停停停，"方媛用手拍我，"你看你看……"

顺着方媛所指望去，剧院门前有七八个人在"套圈圈"。

"套圈圈"是一种博弈游戏。设局者将十几盒烟按价格高低远近散放，在自认为安全的距离（一般是三到四米）画一条白线。距离白线近的，是山丹花；距离远的，是两块钱的红奔马，最远处是几盒阿诗玛。参与者站在线外，将直径十二厘米左右的竹圈抛向看中的香烟，套中哪盒，哪盒烟就归参与者。套不中，钱归设局者。竹圈是设局者的，玩一次一毛钱。

此游戏最大程度地激发了人们的投机心理：投资一毛钱买回一盒阿诗玛，那是多大的收益？何况最便宜的烟都要一块二，怎么都不吃亏。

有人花了一块钱，什么也没套中，讪讪离开。个别执着的人，锲而不舍，屡败屡战。十个竹圈扔出去，什么也没套中，又买一块钱的。扔出两三个后，眼见自己的钱打了水漂，就把剩下的竹圈一股脑抛出去。竹圈在水泥地上四处乱滚，恰巧有一个绕着盒山丹花转了两圈半，极不情愿的套住那盒烟，人群里一阵惊喜的叫声。执着人捡起地上的烟，满脸开心。设局者从包里拿出一盒，补充在原地。

也有极少数幸运的，一个圈就套中阿诗玛。围观的人"噢"的一声，个个摩拳擦掌、跃跃欲试。

虽说有人套走一两盒烟，更多的人空手而归。不到半小时，设局者挣了十多块钱。

这不就是我和方媛一直在寻找的生意吗？投资少，见效快。只需准备几个竹圈而已，还不用沿街叫卖。参与的人那么多，纯属姜太公钓鱼。

"用不着买太多烟，创业阶段，要节约成本。"

"你不是说要做儒商吗，套圈圈还算儒商？"

"你咋这么笨撒？折腾了这么多天，实际情况和预想的不一样，咱们也得跟着变。不管做啥生意，先积累经验。赚的钱比工资多了，再给家里说，他们就不言传了。有了资本，我们就做大生意。"方媛用不容置疑的口吻说着，好像这次一定能成功。

她爸书柜里有一条红奔马，还有两盒红塔山，她能偷偷拿出来。只要我把竹圈做好，再买一条山丹花，即可开张。

第二天早晨上完课，我领了一把扫帚。关上门，抽出一根竹棍，量好长短，用木工刀截断，再用手捏住两端，慢慢往回拉——啪，竹棍断了。

我回忆昨晚情形。他们的竹圈应该不是囫囵竹棍做的，是从中间破开的。我又抽出一根，量好、截断，用木工刀小心的从中间推着。嘶！拇指被竹签剌了条小口子。虽说不疼，一会却渗出血来。我撕张纸条，把指头一缠，继续破竹棍。

在不同的手指被竹签刺了好几个口子后，我想起办公室里有副手套，戴上操作应该比较好。一窍不得，少挣几百。半小时后，二十来根竹棍被我划开。

左手大拇指和食指捏住竹篾两端，右手用线绳在接口处缠上几圈，打个死结，一个竹圈做好。

我在院子里放了几个烟盒，站在三米外，掂掂竹圈轻重，瞅个准头，挥手抛了过去。

没课的老师都来凑热闹。他们纷纷嚷治（挖苦），说我尽动歪脑筋。苦练杀敌本领，晚上进城想套人家的阿诗玛。有老师把烟撒在地上，接过竹圈跟着练习。

三米距离不算远，好像一下就能套中——事实上很多次都套中了。竹圈有弹性，落地时会弹起来。想用一毛钱买盒阿诗玛，不是很容易的事。

平时中午，大家都休息。今天有了这事，几个同龄教师就不懈练习。有人说，练好后他要进城砸场子。

功夫不负有心人。下午两点多，经数学老师严密演算，套中率由起初的百分之十上升到百分之六十，我的套中率已达百分之八十。

我暗自焦虑：这么高的概率，有多少烟都会被人套走。那还赚什么钱？肯定血本无归！

上课铃响，大家各自散去。我拿着竹圈反复琢磨：怎么才能做到套不中呢？

竹圈的轻重决定命中率，竹圈越轻，力度越难把握。我戴上手套，拿起木工刀，对一个个竹圈进行再加工。一刀，一刀，又一刀，一个多小时的精雕细琢，竹圈变得又细又轻。我在地上试了试，命中率极速下降：十个竹圈扔出去，一个也套不中了。

距离放学还有半小时。我把自行车悄悄推出学校，又到校长办公室和他说了几句话，然后顺着墙角溜到大门旁，贼一般闪出，一道烟似的向方媛单位进发。

方媛的单位在西门口。走进楼门，迎面墙上一面宝石蓝大镜子神威凛凛、光彩照人。我叉开五指梳梳头发，再把衣襟往下拉了拉。小伙还算精神，就是衣服不太迎人，与金碧辉煌的地级单位不大相配——这会不会有损方媛形象？

二楼大厅的横梁上挂着全国通用的职工守则：开拓进取、求实创新。只要是单位，一进大门总会看到类似的标语，多以八个字为最。好像只要写在墙上，职工就会努力，工作就能创新。我向它们投以熟悉的目光，走向方媛的办公室。

房门虚掩，屋内无人。我刚要高呼方媛二字，楼道的静谧典雅使我不敢随意放肆。进退维谷之际，一间房里有人语传出。循声过去，半开的门里有三个人围看一台小电视。

"祁泾平……进来进来……来，把拖鞋换上。"方媛从门后拿出一双蓝色塑料拖鞋。

办公室铺着红地毯，我怯怯的跨进去。方媛又说："算了，算了，去我房子吧。"

"那是你们局长？……还铺的是地毯……那个电视机太小了。"

"我把你个土锤，那是微机，不是电视……"

"微机？撒是微机？"

"就是计算器，不过比计算器大。一台要一万多块呢，省上配发的。"

"一万多?"

"人家说这东西不敢见灰尘，得有专门的微机室，房子里必须铺地毯，进去得换拖鞋。"

"这个微机是干什么的?"

"能做几十位的加减乘除，还能打字——叫五笔输入法。以后就不用铅字机了，只要色带盒和针头不坏，想出多少张蜡纸就出多少张。不过我们的微机一直闲放着……主任没事就翻扑克——就像你的那个小霸王……"

我似懂非懂，对升级版的游戏机不再关心。我关心的是一会儿怎么套圈圈。

方媛把我的竹圈拿在手里掂量半天，心存疑虑。

"不会被人都套去吧?"

"咋可能呢? 这东西拿手里轻飘飘的，根本套不上。我在学校试过了，要想套中，得练好几天。"

局长们都在，方媛没法先走，我俩在办公室闲聊。

她还是无所事事。早晨进楼，提水拖地擦桌子，喝茶看报送文件。

"一天太无聊了，毕业分配的时候真应该再坚持一下。"

"要不咱俩换换? 你来当教师，让我把这无聊的工作干几天?"只要不写教案，对我来说就是好工作。

"你得了，你们给学生上课，还有个存在感。哪里像我，每月领工资都有点愧疚，尸位素餐……"

"唉，瘦猪哼哼，肥猪也哼哼。来来来，咱俩换了。"对她的内疚我极为不满。

"你是不知道……"方媛故作神秘的望一眼房门——房门进来时已经关上。

"你是不知道……"方媛压低声音,给我讲了各类奇闻轶事。

某某局长是某某的外甥,某某的儿媳妇和某某的关系非同一般,某某的一个字就能卖几百块钱,某某公司其实是某某的……

近一年来,我不是在写教案,就是在聆听不写教案的人要求怎么写教案;不是在上课,就是在接受不上课的人指导怎么上课;不是在改作业,就是在学习不改作业的人纠正怎么改作业……

一名农村中学的普通教师,哪里听得到这些高端机密?

"要不是因为我爷……这一年时间,我只有一个字:空虚。"

"这是两个字。"

"少管!"她武断地挥手。

"我不想一辈子坐在这里,不想一辈子都在听他们说,谁又调了、谁又栽了,你明白吗?"

"我明白。"

我一点都不明白。

城里上班,没有及格率、合格率、优秀率,享受地区工资——我到现在也没搞懂工资的地区差别。同届师专毕业、承担同样教学的某同学。我俩职称一样,他的工资每月比我多三四十块——二十年后他比我多了五六百。仅仅因为他进了地级中学,我在区级中学,尽管两所中学的直线距离不超过五千米。

"我拿把旧钥匙,敲打着厚厚的墙。"方媛空灵明净的眼睛眺望夕阳下的太统山,太统山巍峨成一道屏幕。屏幕之上,我看到两年前的方媛,嗜书如命的方媛,有着独到见解,独到个性的方媛,一心想去埃及的方媛。

在师专的图书馆里,我也曾看到过世界,也有过浪迹天涯读夕阳的狂想。一成不变的生活,不是我想要的。

她早已看到了世界。曾经的梦想一直在心头萦绕、挥之不去。她会守着办公桌终老一生?

那天，我才知道这个世界上还有叫李嘉诚和邵逸夫的人。对他们来说，不要说万水千山走遍，就是让千山万水改变模样，也是易如反掌。

我明白了。

吃完何记刀削面，我俩分头回家拿烟。七点南门什字转弯处见。

肆陆

南门什字是个丁字路口，凉城主要商业区之一。丁字路口的北边是人民剧院，剧院门口一年四季有几辆架子车，车上卖着瓜子、麻子和杏干。戏剧火爆时，舞台上下演绎过无数悲欢离合。听老辈人说，剧院是参照人民大会堂设计的。站在舞台中央，不用话筒，全场听得清清楚楚。我一直想检验传言的真假，想象哪天站在台子上，让八百多人听听我的声音。这个雄心壮志被剧院觉察，它明显看不起我。九年后的春天，它燃了一场大火，把自己化为灰烬。

丁字路口的西南是一排转角商店。市场没有放开以前，里面的售货员都是顾客的上帝。上帝面对着的东南方，是凉城被服厂。被服厂刚刚拆掉，一位泾州商人正在原址修建一座叫金星商厦的大楼。

上高中时，我常常见到那位泾州商人。无论寒冬腊月，还是酷暑炎炎。他站在转角商店门前，左胳膊弯里搭数条线裤、毛裤抑或汗衫、背心，右手拿着一条线裤、毛裤抑或汗衫、背心。有人路过，他热情地迎上去，如老朋友般的搭话。

"线裤要吗？便宜咧。"

"毛裤要吗？便宜咧。"

"汗衫要吗？便宜咧。"

"背心要吗？便宜咧。"

我不曾知道他的名字。被服厂拆了，有人说是江正新买下了那块地皮，他要建一栋凉城最大的商厦。

"江正新是谁？"

"你不知道？"

"谁？"

"就是原来一直在转角商店门口卖线裤的那个人。"

站在转角商店门口，看着修建中的金星商厦，我发出由衷的赞叹。几年时间，人家从卖线衣线裤做起，居然把生意做这么大，能盖自己的大楼。我怎么不行呢？

方媛还不见来。我在人行道上选了块比较平整的地方，用粉笔画了条横线。将十盒山丹花分两行摆好，又极不放心的把两盒阿诗玛放在最远处，然后用自娱自乐做广告。

不一会，有人围观。二十几个竹圈被我伺候了一天，明显有了感情。我抛出的第三个竹圈套中了山丹花，第七个让阿诗玛乖乖就范。没等我吆喝，一位年龄相仿小伙掏出两块钱，接过竹圈尝试他的手气。

两块钱换了主人，小伙的同伴不服气，又掏出两块。他直奔阿诗玛抛去，阿诗玛笑纳，依旧躺在地上诱惑路人。

"你这个圈圈太轻咧。"他的第三个同伴用两块钱买到我的秘密。

它要是不轻才怪。我用刀子削了一下午，绝对不是想当篾匠。

围观的人越来越来多，想花一毛钱买山丹花、阿诗玛的人也不少，我顿感人手不足。竹圈只有二十来个，每次要等前一个人扔完，捡回来，才能让下一个人参与。

有对恋人，女的跃跃欲试。男的执拗不过，给我一块钱。没想到她一出手，就套中一盒山丹花。女的欢天喜地，用妩媚的笑容告诉她的爱人：哈不让我玩，看我增（厉害）吗？

我大骇。高手？同行？当第二个竹圈被她扔出后，我满不在乎的紧盯竹圈运行轨迹，心里暗暗祷告。竹圈在地上一下弹，摇晃着滚出场地。我长出一口气：竹圈啊，我的竹圈，看在我划破指头的情分上，千万要争气啊。

成功的喜悦让那女孩得陇望蜀，每次拿着竹圈都冲阿诗玛抛去。阿诗玛身着金钟罩，轻轻化解来袭之敌。五个一块钱归我后，女孩被男朋友连哄带骗地拉走。

又有人花几块钱套走两盒山丹花。地上剩九盒烟了，摊子的规模缺气许多。

"你们的烟太少了，对面要七八十盒呢。"

"就是，才这么几盒，谁能套中？"

我抬头看剧院门口，那边聚集了很多人。这个方媛，死哪去了？她再不来，我只能撤摊子。

"哎，小伙，给我一百块钱的圈圈。"一个熟悉的声音挤过来，抬头……我呸，是杨执戈！

杨执戈拿着竹圈，瞄准阿诗玛。"前几天你们不是卖撒算卦的呢，可咋又弄这个咧？"

"那个卖不动。我买两条烟，你帮我看摊子……一次一毛。"

边走边清点身上零钱。不到半小时，竟赚了十五块二毛！如此骄人成绩让我喜上心头。买了山丹花，我决定窥探一下同行的情况。

同行还是昨晚那人。他的经营方式有所改变：用地上白灰画了个边长五米左右的方框，方框里散放七八十盒山丹花，给人容易套中的感觉。站在白灰线外，任意选择角度，任意抛出竹圈。

他增加了两个合伙人。每人胳膊弯里挎着三四十个竹圈，可同时招揽生意。这效益不是立即翻番吗？更科学的是，每人手里拿了根长杆子，竹圈落地后，用杆子轻轻一挑，竹圈就顺着杆子溜回手中，不用来来回回地捡。

这么个生意也在不断创新？学艺不精害死人啊。"人无我有，人有我新"哪里是一句口号？它分明是无尽的财富。

待我拿了两条烟回去，方媛正和杨执戈说话，地上多了二十盒红奔马和两盒红塔山。

"刚才和我爸去你们家了。"

"我们家？告状？"

"哪有，我爸感冒了，我陪过去请老叔开个处方。"

80年代中后期，话剧逐渐淡出人们的文化生活。作为文工团的台柱子，方媛的父亲放弃他硬朗的正面形象，在单位门口——曾经的火神庙——现在的世纪银鼎前——卖起烤羊肉串。在那之前，凉城人只知道吃了陈佩斯的羊肉串，朱时茂会拉肚子。现实中的烤羊肉串到底什么味道，很少有人品尝。方媛的父亲就是凉城第一个卖羊肉串的人。如果写凉城逸闻趣事，得有这么一笔：凉城烤羊肉串，自方媛父亲始。

小城市就是这样，经常在同一区域活动的人，慢慢会彼此认识。方媛的父亲是凉城明星，而我父亲所谋生的医院，距离火神庙也就二百米左右。两人之前就有交往，只是不熟悉罢了。

"老叔说他见我时，我还是岁女子。没想到我都长这么大了。"方媛扬着她的长发。

"你爸没说咱们最近的事吧？"

"说了，我爸根本不管。你爸说怪不得你这几天鬼鬼祟祟，忙得不见帽盖。"

"哎呀，这下完了，我爸肯定不同意。"

"起撒，人家两个哈哈大笑。一个说等把钱挣哈咧，权当彩礼了，一个说那就不要彩礼了。"

杨执戈还在用竹圈和阿诗玛较劲，扭头问道："你们两个到底停口子了没有？"

　　"撒叫停口子?"

　　"停口子就是……"方媛刚要解释，对面街道上一阵吵闹，人们齐刷刷的向那边看去。

　　路边停着几辆三轮摩托，七八个人推搡着我的同行，地上的香烟四处乱飞。

肆柒

"打架着呢，快快快……" 杨执戈把竹圈往方媛手里一塞。

我拔腿就跑，忽而想起地上的阿诗玛、红塔山……忙交代方媛，"你看摊子，我们过去……"

说话功夫，我和杨执戈跑过马路。

七八个很威猛的人一面推搡竞争对手，一面怒斥："我不让你摆，就不让你摆。"

"为撒不能摆，你说为撒？街道又不是你们家的!" 小伙子争辩。

"占道经营，知道吗？占道经营。人行道上不让摆摊摊，给你说几遍了？" 一年长威猛者嘴里叼着烟，气定神闲。

"他们能摆，我为撒就不能摆？" 小伙据理力争。

"人家交管理费了。两块钱的管理费你从前几天就拖，一问就说交加（呢）、交加，你交咧吗？"

"凭撒交管理费，你们管理哈撒？" 小伙还在执着。

"管哈撒你少管，你也管不了。" 另一威猛者很不耐烦。

竞争对手的两个伙伴忙忙发着烟，手里攥着一张十块钱："交加、交加，就交加木。”

“现在可交加？把我们当猴耍着尼玛？惯哈滴毛病。不要咧……来，把这些烟全部没收。”年长威猛者斩钉截铁。

几个年轻威猛者立即转身，把地上乱了队形的山丹花一盒一盒捡起，码成一摞，扔进摩托车车斗。

竞争对手一下红了眼，急忙扑向摩托车，两手从车斗里不停的往外抓烟。两位威猛者拽住他的胳膊向后拉，竞争对手肘子往后一扬——

砰！刚好撞在一个威猛者的脸上。

没有询问，没有停滞，威猛者的拳头砸了下去。

小伙子遮挡几下，旋即被更愤怒的拳头击中。威猛者拳脚并用，嘴里不停的喊着：“你咋哈打人尼，你咋哈打人尼撒？我叫你打，我叫你打。”

一切如此之快，快到围观的人还没反应过来，竞争对手已躺倒在地，满脸流血。

他的两个合伙人从后面分别抱住威猛者：“打人组撒吗？打人组撒吗？”

这一举动激怒了几位插不上手的威猛者，他们手脚齐上，以摧枯拉朽之势把两人撂翻。

“带回队里处理。”年长威猛者安排。

人群中有人说话：“有撒事情好好说尼木，你们咋打人呢？”

“你们把人打成这么个咧，要给人家看一哈尼。”

“你们凭撒抓人？你们又不是警察。”

年长威猛者吸一口烟，斜眼人群：“谁说我们打人了？是他们先动手的，这是正当防卫!”

“明明是你们先动手的，你看把人打成撒样子了。”

“就是，就是，就是你们先动的手。”

人群骚动。

年长威猛者淡定地吸口烟，看都不看人群。"那好，谁跟我们回队里做个证明。"

人群忽而鸦鸦无声。大家互相观望，鼓励对方出去作证。对方的脸上反弹回四个字：你敢去吗？

我拔身上前，准备出去作证。胳膊却被人死死抓住，回头一看，是方媛。她大大的眼睛冷静地盯着我，微微摇头。

杨执戈刚要张口，也被方媛以同样的方式制止。

三个竞争者站起来，不停地用手擦着脸上的血。威猛者们二话不说，将三个人分别搡进摩托车斗，把散落在地上的山丹花撒到他们怀里，任竹圈、竹竿在脚下呻吟。

威猛者们跨上摩托，有一个侧坐在车斗后面的备胎上，翘起二郎腿。点火、挂档，钱江750动力非凡，"突突突"冒着青烟，驮着四个人起步。

围观的人张望着摩托车远去的方向，你一言我一语，纷纷表达义愤填膺和正义凛然。

地上遗落了一盒山丹花。有人颇为意外地捡起，擦擦上面的尘土，商榷似得观看左右，把烟装进口袋。

"这些人是干撒的?"杨执戈皱着眉头问。

"工商局的?"我也不知道。

"管市容的。"方媛毕竟在城里，见多识广，"就是不让你随意摆摊摊。"

"前几天咱们咋没遇上?"我庆幸的追问。

"谁知道呢，有两天没人管，有两天白天晚上的出来，估计是省上来人了。"

"噢——"我似懂非懂的答应。

以后二十年，威猛者上街率越来越高，装备越来越专业、规模越来越大。他们从没有制服到有制服，从徒手到钢盔、盾牌橡胶棒，从偏三轮摩托到微型客车，从靠嗓子干吼到车载高音喇叭，从什么监察大队到什么局……然而，人行道上依旧在卖烤肉，大功率音响仍然在卖袜子……

沿街叫卖者只要一嗅到他们的气味，立即鸟兽逃窜。个别刚出道的新手，被高音喇叭一声断喝，头也不回，只是骑着三轮车猛蹬。

叫卖者侵占街道，人们会想起管理者，管理者对叫卖者实施处罚，人们又指责管理者太过严厉。

或许只有将贩夫走卒的利益和购买者的方便结合起来考虑，这个矛盾才能解决吧？

"烟呢？你把烟呢？"我想起阿诗玛、红塔山、红奔马和山丹花。

"我看形势不妙，收了。"方媛提提她手里的黄军拎。

"这下怎么办？"我很郁闷，"那些竹圈做了一天呢，手都划烂了。"我伸出左手。

"还套个屁呢，到你们家走，看我爸还在吗。"

院门口迎面遇到一位身材魁梧，浓眉乌发，相貌英俊的中年男子。

"爸，处方开好了吗？"

"开了——你们不是……？"

我立即收腹挺胸，谦恭问好。

中年男子上上下下研究我。"这个娃咋也长这么大了？把我们方媛领好。赚哈钱咧都给方媛保管，你们拿上都抽烟喝酒了。"

"赚辣子把把呢，差点叫人把烟没收了。"

"你们卖哈假烟？"

"能批发下假烟，谁还上街摆摊摊？"

方媛把事情的原委大致说了一遍。她父亲皱皱眉头，关切的提醒："你们要注意呢，那些人疯着呢。你就不知道，上一次……"他很快复述了一件更恐怖的事，听的我和杨执戈倒吸一口凉气。幸亏刚才没有多嘴，要不这会我俩怕在医院急救室里吸氧呢。

在油毛毡简易房里，我们对刚才的事情非常怄气。

"好在咱们的摊摊规模小，要是摩托车停到这边，以你两个的脾气，说不定都是伤胳膊断腿的事。"

的确，这事如果发生在高中时代，如果发生在师专教育之前，我绝对会把刀子掏出来。幸好有方媛！

中国之大，不是每个人都有个叫方媛的朋友，不是所有人在不公对待时能保持冷静。后来，终究有人把刀子掏了出来，而且还放进威猛者的身体。

"生意还弄吗?"我把玩竹圈，为手指头上的几道口子惋惜。

"弄屁呢，算了。这些烟你和杨执戈分了抽去，拿回去还让我爸笑话。"

杨执戈拣出阿诗玛和红塔山。"拿两盒好的，剩下的你慢慢抽。"

"那会就二十来分钟，还挣了十五块呢，比那个算命的强多了。"我不死心。

"瓦罐不离井口破，天天让人追来撵去的。还儒商呢，一点尊严都没有……"

肆捌

杨执戈用阿诗玛吐出一圈疑惑："上了十三年学，为撒还不如卖鸡蛋的？"

"也没有人指导他怎么摆鸡蛋，怎么卖鸡蛋，更不用把卖鸡蛋分成几个步骤。"

"卖完也不写总结。"

"也不抄笔记。"

"我其实最爱抄笔记。"

"我最爱卖鸡蛋。"

我们彼此挤兑，搞不懂这是为什么。

抄笔记是一件很有趣的事。为了考查职工的思想动态，常常用抄笔记的页数衡量人的认识水平。抄的越多，说明认识越高；抄的越少，说明问题很多。至于给灾区不留名捐了五十块钱，在马路上很勇敢的扶起了一位跌倒的老人，那都不算觉悟，关键看笔记抄了多少。

一位老教师抄笔记时记忆错乱，拿着去年的材料抄了一百多页。老教师捶胸顿足、痛苦万状。在年轻人的建议下，老教师战战兢兢地把笔记本交给学校，战战兢兢地等待宣判。总结会时，老教师不但没挨批评，学校还对他进行了表扬。老教师就是老教师，这次笔记又是全校抄得最多的。为鼓励本人、激励他人，学校给老教师奖了一个更厚的笔记本。

有时我想，如果有个潜伏特务，平时和大家一样表现。要求抄十页笔记时，他就抄一百页；要求抄一百页时，他就抄一千页……他会不会评上先进成为众人学习的榜样？

"别发牢骚了，再怎么个，国家对教师尊重着呢……"

"歪嘴和尚把经念日踏咧。我们乡上的教育干事，连土皇帝一样。乃窝儿（那个坏家伙，蔑称）在外面海吃海喝，晚上七八点咧，闲滴么事干，就通知开会。胡然半天，都是闲弹牙擦骨（说闲话、空话）着呢。我就想不来，凭啥八小时以外要开会？看谁不顺眼，往古镇西沟的小学里一塞——那地方连自行车都么是（不能）骑，步行一个多小时才能看见公路……"

方媛打断杨执戈的牢骚："你以为你是个撒？英语里面早把教师的地位说清楚了……"

"撒意思？说的好像你是英语专业。"

方媛给两个教师上了一节英语课。英语中，某些动词加上后缀词，表示"从事某种职业的人"或者"某一类人"。一、加er，表示在社会中处于较低地位或者普通人。如worker工人、driver司机、teacher教师、runner跑步者/送信的人。二、加or是社会中较高地位或管理和支配别人的人。如doctor博士/医生、director导演/主任。三、加ist表示事业有成或较为特殊的人。如artist艺术家、scientist科学家、pianist钢琴家。

"怪说呢，看来教师在外国也不吃香。"我茅塞顿开。

"谁知道你说的是不是真的。不管怎么样，下辈子打死我也不当教师了。"杨执戈要改变来生。

"要是真有下辈子我就变个猪。"我畅想轮回转世。

"猪?"方媛和杨执戈表情惊讶。

"那不是让人一刀子给捅了?"

"这你们就不懂了。"我解释,"最后被捅了,也是公平竞争,谁胖谁上秤。不用走后门,也不要那么多无用的论文,更不用为一个虚名争得你死我活——你见哪个猪为了上秤拿着一沓沓荣誉证?"

杨执戈被我说得心服口服,接话道:"做猪这么好,会不会变猪的时候又轮不到咱们了?"

"关键看猪能不能把你当朋友。"

"你这么一说,我下辈子真的要变个猪尼,猪从来不看领导眼色。"杨执戈变猪的决心变得无比坚定。

"关键猪里面没领导。"方媛总能透过现象看本质。

"唉,再不要欺负猪了。只要不当班主任,我就偷着笑去了。"一年多的班主任让杨执戈苦不堪言。

"班主任有那么累吗?"方媛不解,"为撒好多同学都说打死不当班主任?"

"我给你讲个事。"杨执戈抽出一支烟,慢悠悠的张嘴。

"今年过年,古镇南坡村有个大款。他嫌面粉厂加工的面不好吃,为了炫耀,请全村人吃石磨子面。腊八那天买了一头驴,在村口的石磨上磨面。四邻八乡的亲戚都来咧,驴拉咧三天磨,面还是不够。驴累的背不住,躺地下不动咧。"

"然后呢?"

杨执戈瞅瞅手中的烟,又看看我。我把打火机凑过去,敬畏的给他点着。

"大款一顿鞭子,把驴抽的浑身都是血道道。"

"驴呢?"

"驴不管咋抽,躺地上就是不动。大款没办法,又在大棚里买了些苜蓿、香椿给驴吃,驴还是不动。大款一下急了——要是亲戚吃不上石磨子面，不是坏他的名声吗?"

"这头驴是班主任没教好吗?"我对杨执戈的叙述方式有点不耐烦。

"不要急，马上就讲……"杨执戈拿腔作调。

"这大款在村口围着驴急滴打转转，眼泪都出来咧……"

"你然死咧，快说班主任。"方媛催促。

"刚好村学里的校长路过，一听这么个情况，笑着对大款说：'这多大的事吗?你咋还和念书的时候一样笨?'大款诚惶诚恐的给老校长发了根烟，哀求他想个办法，老校长把烟点着……"

"你到底能不能简洁一些?班主任呢?"

"你慌撒嘛?校长都来了，班主任马上出现……"

"我不想听了。"方媛失去耐心。

"老校长走到驴跟前，附在驴耳朵上嘀咕了一句——你们猜怎么着?"

"你说嘛不说?"

"驴咣的一下站起来，围着石磨子撒腿就跑，二百斤麦子半个小时就磨完了。关键是麦子都磨完了，驴还停不下来，大款咋喊驴都停不下来。驴边跑边叫：再给我来二百斤、再给我来二百斤……"

"现在回答问题，校长给驴说了个啥?"

"答应驴磨完麦子，保证它来世变个猪?"

"让驴以后再不用抄笔记?"方媛试探。

"一看你们就当不了校长。"杨执戈吐出一个烟圈，"校长给驴说：你要是不好好把麦子磨完，下一学期就让你当班主任……"

我和方媛一口水差点喷出来。

"生姜还是老的辣。"我对校长五体投地。

"花椒还是小的麻。"方媛夸赞驴。

"你俩一唱一和要干撒?"杨执戈斜了眼看手里的阿诗玛。

"能干撒，我看撒都干不了。"我完全对做生意没了信心。

"在街道上摆摊摊挣不下钱。"方媛总结近一个月的经商经验。

"我看摆个台球案子还挣住钱。"杨执戈提供新的发财思路。

"台球案子？这个也能赚钱？"

"对呀，我们学校有个民办教师，在西门口摆了个案子。一天能挣二三十呢。"

"二三十！"

"对，一间不大的房子，三个案子。白天他媳妇经管，晚上他经管。"

"要不明天你带我们去考察一下？说不定就挣哈钱了。巴塞罗那去不了，亚特兰大总可以吧？亚特兰大去不了，说不定2000年奥运会就在中国呢，咱们总不能不去吧？"方媛来了兴趣。

肆玖

早晨起来，天上飘着濛濛细雨。我穿了雨衣，推出自行车，一路踽踽着向赵家堡中学骑去。

初夏的雨似大非大、似小非小的纠结缠绵，纤细的雨丝鲜亮田野的麦苗。雨雾中的公路变得模糊不清，偶有汽车驶过，溅起的积水打在腿上是微微的疼。

一年前，临近毕业。很多同学都在畅享未来，设想要成为怎样的人。所有的设想都不能脱离既定轨迹，很少有人幻想自己成为工商、税务或者国企中的一员。大家所能遐想的，只是在什么地方当教师，如何当教师。我的梦想是万里山河踏遍，做寻访古迹的探秘者。命运开了个玩笑，把我圈到四堵高墙之内。

一个多学期，我不仅适应了教学工作，每次走进教室还有一种莫名的兴奋。看了《肖生克的救赎》，我知道这种现象叫被制度化。要不是又遇到方媛，要不是她的鼓动……

雨淅淅沥沥地下了两三天，同事大多没有回家。放了学，有几个男教师隐藏在操场边的房子里打麻将。他们让我把门从外面反锁，以避免校长知道。百无聊赖中，我会进去看一会。看不到几分钟，心里对这种行为很是不满：大好青春，应该追求进步，多钻研业务才对，怎能在麻将桌上虚度光阴？

一两年后，我们相继调离赵家堡中学。锁在房里打麻将的同事，有几个人在事业上风生水起。我为当时一刹那的不屑感到可笑。你的进步和天天晚上打麻将没有一毛钱关系，虽然你赢的就是一毛钱。一毛钱不是进步的关键，关键是你在和谁打麻将。

周四上午，雨渐渐小了。站在房檐下，我考虑着下午要不要回家。要是明早雨变大，上来又是一身泥。

校门口停进一辆黑色的桑塔纳，方媛探出头来。

这个死女子，又整哪一出？

他们在赵家堡村开现场会，中午局长回赵家堡老家。方媛去单位拿资料，下午会上要用。

方媛让我随她进城，我说放学时间没到。

"两点半就上来了，不耽误你上课。"

我没坐过桑塔纳，略作犹豫后钻进汽车。

桑塔纳又长又宽，坐在后排，翘起二郎腿也不憋曲。我一会趴着玻璃望着窗外，一会又头枕靠背，闭目养神。桑塔纳，桑塔纳啊。可惜杨执戈见不上，要不活活把他气死。

没容我陶醉几分钟，车到西站。司机说他回家眯会，方媛能开车，又有驾照，两点在门口等他即可。

我连忙坐在副驾驶位置，让方媛把车沿312国道开到盘旋路，顺着解放路、中山街、船舱街、东大街、西大街绕城兜一圈。

雨还没有完全停，我摇下车窗，探出半个脸去，任雨水将头发淋湿。桑塔纳，这可是桑塔纳。

"倨着吗？"

"倨滴很。"

"你撒时间也给偺一哈。"

"那就要当局长呢。"

"你当不了局长。"

"为撒?"

"你这性格就不适合当领导。再说教育系统有文凭的人那么多,想要出类拔萃太难了。"

"看来这辈子我都别想有桑塔纳了。"

"好好做生意,绝对能有。"

取上资料,方媛问想不想再来一遍,我当然愿意。她又沿着红旗街、南门巷、北后街、新民路兜了一圈。一直开到凉城最东边的宝塔巷,看见马师炒面馆,才算消停。

吃完炒面还不到一点,我想应该给李华光偺一哈。

一进储蓄所,我前后左右的盯势(打量):如果抢银行,该从哪里下手?铁栏杆将钱隔在笼子里,要想拿到钱,得让里面的人递出来。除非用枪威胁,否则他们不会听我的——看来就是需要枪,我想起前段时间拆开安不上的玩具手枪。

李华光顾不上打招呼。他左手压着一沓十元大钞,右手拇指、食指和中指不停的搓着,嘴唇微微抖动。数完一沓,把钱往桌子上两撴,用皮筋扎好,放进身旁的铁皮箱子。干完这些,他才抬头问我怎么进城了,为撒没上课。我说上不上课是校长要操心的事,你把你的钱数。他嘴上说不要紧闲着呢,手却伸向另一沓钱。看着几个柜员忙忙碌碌的数钱,我又想起他的一句话:钱不是自己的,比屎都臭;屎可以不理,钱你得为它操心。

钱不是自己的,事业却是自己的。凭着过硬的业务能力和朴实的处世为人,帅小伙李华光很快受到重用。数年后,他成为所在银行的高级管理人员。

隔着铁栏杆聊天,让我和方媛很不自在,总觉得李华光在笼子里或者我们在笼子里。不要说让他出去看桑塔纳，我连说桑塔纳的机会都没有。为了不让他数错钱，没待几分钟，我俩出门。

"一点二十，还早着呢。要不到杨执戈那转一圈?"方媛打着火，准备让我继续享受正县级待遇。

雨停了，我把车窗全部摇下来，伸出半个身子。"走……"

"施主，恁好福气好面相啊。"一个光头，国字脸，身着褐色唐装的人笑眯眯的站在车外。我莫名惊诧，以手指鼻。

见我搭理，光头用洪亮和蔼的口气说："施主这面相好啊，一看都是青年才俊，国家栋梁。"

我哑然失笑。光头又来一句："俺在凉城这几天，很少见过恁(你)这面相的。"

方媛忍俊不禁："他这长相一笤帚就能扫几簸箕，有这么劲大?"

"恁是干大事的，不是那烧包的人。"光头对着我的五官，上下左右品究，"恁看恁天庭饱满，地阔方圆，皮肤白净，文质彬彬，俺没看错的话，恁干的是动脑不动手的大事。"

"你看我是干撒大事的?"

"干啥大事俺不说，俺先说个事，恁脖子是不是一直疼?"

这也要看? 上班的有几个脖子不疼?

方媛来了兴趣，熄火拔钥匙："就是就是，能把他疼死"。

光头矜持一笑："俺给恁发个功，绝对让恁这脖子得劲，恁看中不中?"

"要钱吗?"方媛问。

"出家人讲的是广结善缘，俺如果要恁一分钱，立马走人。"

"你给他试试。"

我推开车门，侧过身子，向方媛挤眉弄眼，方媛一本正经的看着光头。

光头一边煞有介事的来回运气，一边问我感觉如何。推、按、揉、捏、摩、拿，手法还算专业。

"哎哎，这里，这里，还有这里，对、对、对……"我心里嘿嘿，嘴上很佩服，"哎呀，真的不疼了，神奇啊"。

光头微微一笑："俺没坑恁吧？俺四岁出家，在寺里见天就练，四十多年了。这功给恁发了，恁这病挨黑就好了。另外，恁把这药贴上——这是俺们寺里秘方配制的。"光头给我一袋膏药。

我接过膏药，递给方媛。她打开黄纸包装，一股伤湿止疼膏的味道。

"师傅你太好咧，现在这药贵滴，你哈免费送……你让他咋感谢你呢？看你累地一头汗。"

光头："么事么事，谁让俺今哩个遇到恁呢？施主一脸福相，这姑娘花容月貌、冰雪聪明，俺高兴结这个善缘。"

光头转身欲走，我和方媛疑惑：这就完了？没有继续了？这不符合逻辑啊。

光头转身的同时很随意的看我一眼，"施主……（略带迟疑的）虽说顺风顺水，得心应手，不过……不过还是……（继续略带迟疑的）有过大挫折……"

谁能没有挫折失败？这是秘密？

方媛叹一口气，往事不堪回首月明中："是啊，去年真不容易……"

光头凑近车窗，压低声音，仿佛FBI要告诉我肯尼迪被暗杀的真相："俺有句话，恁别介意。俺看施主眉宇间还有点……估计最近有点不……"

我眼露急切之态，方媛迟迟疑疑："这个……他最近确实……唉……"

"俺佛慈悲，出家人讲个随缘。俺们能遇上，是缘分。平时俺懒得理凡尘俗事，今哩个就破个戒……"光头犹豫着从衣服里层掏出烟盒大小的红纸袋，"这是俺们寺里开过光的，恁随身带上，保恁事事顺心、一年十几万。"

接过红色纸袋，卍下印了三个字——平安符。

见我把纸袋交给方媛，光头挠挠光头，迟迟疑疑地说："施主啊，给恁发功俺不要钱，不过这平安符恁得给个香火钱。"

"这得多少?"方媛把纸袋放在中控台上。

"姑娘恁看，多少都可以，开光平安符，俺不是谁都给他，这没价……"

"哦……（思考）……五十行不?"

光头的光头一亮，语气里却很淡然："姑娘恁说多少就多少。"

"没事没事……不过只一个平安符，我们谁带呢?"

光头目视方媛，停顿三秒："俺还有串佛珠，自小带着，很有灵气，一并送给施主……（视死如归的表情）"

十八个山桃核做的佛珠还算精致。

"不好吧，你带了这么多年……"方媛继续调皮。

光头大度地："俺们是有缘人，姑娘随便着给个价……"

"还是五十……师傅您能给我发个功吗?"

光头一怔："好好好，平时俺见天只发一次功。今哩个遇到姑娘了，恁是厚道人，俺就再发一次。"

推、按、揉、捏、摩、拿，又是五分钟。

方媛拿起平安符，随意问道："在哪座寺庙开的光啊?"

"五台山，山西五台山。"

"哦，那你是禅宗还是净土宗?"

"这个，这个……"光头没想到方媛会问这些。

"俺出家人不能随便说的，随便说那是猫恁。"光头高深莫测。

"哦，听说毛主席还在五台山抽过签，是哪座寺?"我问。

"这个，呵呵，这个，呵呵，施主，现在庙里要求保密的，不能向外人说，要不那多人去抽签，庙里忙不过来……"

"不会吧?电影上都演过的，是显通寺……"

"施主恁俩果然学问不浅，这些恁都知道。"光头面露怯相。

"师傅是在哪座寺里受的戒?"方媛再次发问。

"就五台山啊……"光头忿然作色，"姑娘恁咋这样拿捏人？恁怀疑俺？俺那膏药，都是虎骨、麝香、穿山甲……"

方媛拿起所谓平安符、佛珠和膏药，递回光头手里。"不是我怀疑你，五台山有四十多座庙宇，都是有名字的，你不知道？你说说五台山是哪个菩萨的道场？"

光头悻悻："俺出来时间久了，走遍大半个中国……好多都不记得了……"

我呵呵两声："出来久连香疤都没了？八三年以前出家的和尚都有戒疤的哦。据我所知，佛教就不送平安符，佛家好像不能把寺叫庙吧？庙里住的都是神仙……你说你的剃度师傅怎么称呼？"

光头的神秘感顿失："俺给姑娘和施主发功，多少得给点啊，多少得给点啊……"

方媛叹息："唉，你是不知道，这桑塔纳是朋友滴。他就是个穷教书滴，一年连一千五都挣不哈，还十几万……"

"现在哪达哈有虎骨、麝香尼？膏药里基本是丁香、肉桂、防风……你是和尚你说《华严经》有多少偈？"

光头左手抓着道具，右手食指轻点，侧身拔步，且退且笑："恁这俩施主……可短……恁这俩施主……"微微摇头，"恁这俩施主……可短……"略显惋惜的，"恁这施主……可短……恁这施主……"

光头走远，我俩照着彼此肩膀就是一拳。

"你太淘气了，这人怕把你恨死咧。"

"你就不淘气吗？是你先让人家按摩的。我想打发时间呢，谁想到……"

"人家这也是个生意。"

"就是，凭一张嘴，都能走遍中国……你回去好好想想，咱们的生意咋办。"

伍拾

天终于放晴。周六下午，大家脱笼之鹄般飞回城里。

家里一切如旧，没有什么特别需要做的。换洗完衣服，我去找方媛。

方媛家在火神庙后面，距离我家不远。我很奇怪，双方父亲彼此熟知，她的名字又如雷贯耳；我买醋的门市部，她也在买盐；我爬上的城墙，她曾在那里背单词；我天天走过的南门什字，她也早晚经过……为什么高中时我俩的交集竟是零？

我把二八大扛在肩上，一口气上到五楼。敲门，没人。再敲门，还是没人。她应该知道我今天回来的……带着一丝失落，我下到一楼。抬头再看五楼窗户，方媛从阴台上探出半个身子，居高临下……

"我就知道是你，哈哈，让你锻炼锻炼。"

死女子……

住宅楼还很少，赞美完两室一厅，我很是羡慕。什么时候我能有这样一套楼房？

"叔和姨呢？"

"云游四方。"

"这是你的房子？"

"你瓜咧。"

方媛的房间在南边。进门左手的墙上镶嵌了一个很大的书橱，写字桌上是一叠厚厚的稿纸，单人床上斜倚一把吉他。

"会弹吗？"我提起吉他随意拨拉两下。

"生意受挫，心烦意乱。前几天跟上团里老师乱弹……"

"乱弹？你天天在家就是乱弹琴？头发起风了，女子的心乱了……"

"滚远。现在刚能弹一段，还不会和弦……你听谁说的头发起风了？"

"学校请凉城作家到四中做报告，有个老汉介绍诗歌呢，提到你的名字……"

"撒时候的事？"

"高三……好像是八月十五……对，就是八月十五……老汉一哈把你夸滴。"

"八月十五？……就是你们在一中打架的八月十五？我第二天知道你的……"

这么巧？有这么巧吗？我俩细细回忆认识的点点滴滴，发现许多巧合的事情。

当年学校文理分科，我们都在理科班上了一个月，觉得数学太差跟不上。国庆节后申请进的文科班。

我初中一位同学，考到一中后，一直和她在一个班……

高三开学，几位著名作家受邀在一中举行讲座。方媛读了一首同学间流传的诗，被作家误以为是她所写……

中秋节听到作家说她的名字，我当晚在一中惹事……

师专报到，是另一个中秋节的第二天。本来是她负责接待中文系新生。到了最后一天下午，梁红刚硬要接替，他说还有几个女生没报到，看能不能结识个外县的……

子夜逃亡……

跳舞……

……

方媛坐在床上，拨弄琴弦。旋律优美，曲调绵长。

"这是什么曲子？"

"自己想。"

"想不来，感觉好像几个人在窃窃私语，密谋着要把你卖了。"

"你去死吧，来来来，阳台在这边……"方媛站起拉门。

"我真听不懂……"

"你是么用心，注意，再听一遍……"

浩瀚沙漠，驼铃叮咚；幽静山林，溪水涓涓……我知道这曲子叫《爱的罗曼史》，是吉他名曲。

"你会弹吗？"方媛问。

"学过一月，手指头磨了层老茧，谱子全忘了……这些书你都看了？"

"好多是在师专买的，一直说看呢，一直没看。工作后有点不爱看书了。"方媛拉开书柜，"前几天没事翻了几本，《文学概论》《美学》有意思的很，上学那会咋就没好好听？"

我也不爱听这两门课。每逢上课就看小说，从没注意老师在讲什么。不是她说，我都不记得开过这些课程。

或许只有毕业后，每个学生才能意识到虚度了多少岁月。

我翻看桌上的稿纸："《青春不为少年留》？你要写小说？"

"不许看！"方媛用胳膊肘压住。

"我只看一眼。"我努力抽动稿纸。

"也是心血来潮，不知道能坚持多久。写好了再看，才写了三页半……"

"写哈撒吗?"

"我想写师专生活，还有最近做生意的事。"

"这也能写?"

"咋不能写? 别忘了咱们都是学文的。"

咱们是学文的，我又一次听她说这句话。作为中文系的学生，放弃了对文学的情怀，是很悲哀的;作为语文老师，作文课口若悬河、滔滔不绝，自己却写不出一篇文章，也是很悲哀的。

"写啥呢? 我是个没故事的人。"

"啊——呸——，我就么相信。每个人都是传奇，就看咋写呢。师专两年，没有让你荡气回肠的事?"

经她一说，我想起一段很久没想明白的经历。

大二，暮春时节。一位凉城老乡告诉我，他在英语系的表妹得病了，是绝症。女孩不想让家里人知道，他想让表妹开心点，介绍我认识那女孩。三个人打打闹闹的玩了两个多月，我没见那女孩病情加重，也没有见他俩有什么进展。只是毕业前夜，在告别峰城的闲逛中，女孩唱了一路的"你说我像云捉摸不定……你说我像梦忽远又忽近……

"那个女生是不是喜欢你? 所以请她表哥做介绍?"

"应该不是，女生每次都是约了她表哥，才来找我;要么就是先喊我，再去叫她表哥……"

"后来呢?"

"后来就没有后来了。从毕业到现在，我没见过他俩。我可以确定那个女生没有病，她喜不喜欢她表哥，她表哥为撒又拉上我，我一直没想明白。"

"这里面有故事呢……"方媛瞪着眼睛编导，"你可以这样写，再这样写……"

我俩讨论了好几种结局，每一种结局都能自圆其说，绝不雷同。

回到学校，我动笔编写这个故事。写出来后很不通顺，改了写，写了改，还是不满意。爱好文学的副校长成了报社总编，我向他请教。副校长小心地弹掉烟灰，轻轻地说了一句："文学这东西……谁敢说他独步文坛，没人能够超越？"

当它刊登在《凉城晚报》时，是三年后的2月14日。看到自己的作品变成铅字，我又想起方媛的一句话：每个人都有故事，或荡气回肠，或凄婉迷离，或惊天动地，或平淡如水。关键你得写。

这个故事将我俩的思绪引回师专。师专的生活好像在昨天，好像又在很久以前。我还能闻到电热杯里饺子的香气，还能听见关于路遥的那些讨论，还有那只翩翩的蝴蝶……

"你哈是曾着呢（厉害着呢），几句把我们说的没话了。"

"还不是为了把你们镇住？我胡诌呢，路遥到底怎么想的，我哪里知道。"

"我们宿舍的那个谁，说去西安拜访路遥，你有印象吗？"

"记得啊，短发不是和李华光好着吗？最后两个人连话都不说了。"

"说不定她真去西安了。"

我们没有问过李华光，李华光也没有再提及过她，好像这个女生在他的生活中没有出现过。

千禧年初冬，李华光去靖远开会。遇到中文系同学，他们说短发早已离职。

"老汉开煤矿着呢，她还上什么班？"

工作之余，李华光找到短发老汉的煤矿。一个胖而老、丑且俗的人审视他几遍，露出大黑牙吼了一声："喂，不要玩电脑了，开车把她同学送一哈。"套间里走出位年轻妖娆的女孩。

在一家茶楼，珠光宝气的短发正在打麻将。中指上的钻石戒指发出一道炫光，刺得李华光眼睛眨了好久。

李华光点燃一根烟，悄悄退出茶楼。实习期间，短发拐弯抹角地问他家里情况。李华光说他是农民的娃娃，一辈子只能当教师。她哪里知道，李华光父亲是厅级干部，对子女要求非常严格……

"张远黎不是说了吗？学校的那些事，早都过去了。谁会为上学时的一句话计较那么久？"

"有些话就是一辈子的梦……我要是再不变，这辈子就完了……杨执戈！"

本来找她是为台球生意，两人东拉西扯说起了文学……

杨执戈不在，他父亲接待我俩。

听说我是语文教师，他拿出自己写的剧本，让我提点意见。

杨执戈的父亲是凉城很有名的戏剧作家，很多剧本在省上拿过奖。

"教师好，教书育人，积德行善。你们都年轻着呢，好好把业务钻研，不要这山看着那山高。不管朝代咋变化，大夫和教师总是少不了的……你们是同学，互相督促着，把本职工作干好……做生意、干行政，都没有当教师好。"

我们在影剧院找到杨执戈，他正提着台球杆子研究八号黑球。

我告诉杨执戈，你老爸让你好好工作，献终身于教育呢。

他拿着球杆，眼盯八号黑球："哼，一月给我发两千，我就把终身献给教育。"

两千元是天文数字，杨执戈说的是放心话。谁曾想，没过几年，我们拿到了两千元工资。有次我拿这句话嘲笑他，他捋捋自来卷，眼睛一翻："说这个话滴时候，一个馒头才五分钱。"

他让我和方媛挑一局。

十分钟后，老板客气的说："杨老师，你这两个联手……半天了连一个都没进去，还把球掉地上了……你看这好多人等着呢……"

我和方媛看杨执戈表演。他俯下身子，瞄着两球之间的角度，左手支在案子上，右手握着球杆，来回滑动几下，猛的摆臂，"啪——啪"两声，杆子击中白球，白球击中花球，花球打着旋，擦着案子的边框，滚进袋中。

"绝对能挣哈钱呢，你看这人多的像撒一样。"杨执戈极力怂恿。

"天天晚上都要守着，第二天哪有精力给学生上课？况且白天又没人照看，房租怕都挣不回来。"我计算成本。

"里面人太杂，和他们搅在一起……"

杨执戈考察的生意被方媛否决，他却被考察进去。结婚之前，他同朋友合开了一家台球室，百分之八十的业余时间都在打台球。他给我介绍过高杆、缩杆、偏枪、跳球、一杆净的动作要领，还说他能打出刹车球。

我不清楚什么是刹车球，不过我知道台球估计是最中国化的西方游戏。只要沾上西方二字，那怕是街头快餐，到国人这里一定是高档有品位的象征。本来很宫廷、很绅士、有很多礼仪的台球，却普及到了中国的大街小巷——凡有井水处，皆有捣台球。

杨执戈的台球打得热火朝天，我俩看得索然无味。待了一会，起身离去。

走过公园路，卖过算命奇文的地方，有人在卖麻辣烫。

"要不卖麻辣烫吧？投资少、见效快。"再不出个主意，就太对不起合伙人了。

方媛立即同意，让我请她先吃一顿，美其名曰考察市场。吃罢麻辣烫，我俩惊呼，餐饮的利润太大！

一碗饸饹面街道上卖一块五，自己做只需八毛钱；一盘炒洋芋丝的成本最多六毛，却卖两块。为了说服彼此，我俩又找了几个例子：铁老板的简易房外面加了三张桌子；卖豆浆油条的半间屋，现在只卖炒菜；炸麻花的小吴，雇了四个人……

鉴于前几次失败的教训，我让方媛在家里做几次，如果张远黎他们没意见，就敢上街摆摊赚钱。

"你先练手艺，星期天把他们几个都约上。"

"放你一百二十四个心，味道绝对好……说不定以后咱们也能开个菊花园。"

未来的大餐厅为我俩又打了剂强心针，方嫒拍拍我的脊背，喊声"驾——驾驾——"，蹭的一下跳上自行车，嘴里哼哼：

> 曾经以为我的家
> 是一张张的票根
> 撕开后展开旅程
> 投入另外一个陌生
> ……

"你鬼念桃木决哼哼唧唧的唱啥呢？"

"姜育恒的，你没听过？"方嫒用手戳我的脊背。

"你知道我音盲……"

"《驿动的心》，你真不知道？"

"……我几乎不听流行歌曲……"

"你死远吧你……回去问你学生……"

伍壹

6月21日，夏至。虽说是个单日子，却有新人选择今天结婚，我父母也在受邀之列。我连忙通知方嫒，可在我家一展身手。

方嫒吩咐我骑车叫人，她负责采购原料。她在家做了两顿，父母都夸味道不错。没等我们把东西收拾齐备，各路大神陆续到场。不管谁进来，都要到厨房踅摸一会，问方嫒做的什么，会不会做。

麻辣烫上桌后，大神们吃得呲牙咧嘴、面目狰狞。

方嫒的麻辣烫，除了麻就是辣，要不就是菠菜太烂、菜花太硬……

我俩把半生不熟的菜回锅重煮，他们在油毛毡房里扯起嗓子喊饿。

"一会你们就甩开膀子猛吃，谁要不吃就等着……"菜买多了，无论如何得吃完。

大神们努力吃菜，个个都喊辣，个个都喊麻。每人要了一碗开水，不停地往嘴里灌，他们要浇灭胃里燃烧的熊熊烈火。

"以后我们要是摆摊摊，你们就来捧场。"我泄露了请客的目的。

一听方嫒拿他们的胃在练厨艺，还要靠这个赚钱，几位大神全都开了锅。

"麻辣烫里面肯定还有别的东西，不是说刚放些辣面子和花椒。"

"这手艺人家不要钱都是便宜你咧。"

"在家里啥都有呢，在外面摆摊子，锅锅灶灶都得备齐。"

"早晨买菜，下午调汤，你们两个谁有时间？"

……

我和方媛面面相觑。

"安分守己、家人平安就好。"梁红刚初现职业病，"说不定以后教师就吃香了。"

"教师也好着呢。"赵学兵说的很勉强。

"好着呢？你们为撒要转行？我咋没见过工商税务行政的申请当教师？"杨执戈不相信。

"最关键的是，咱们上了十三年的学，不就是为有个工作？早知道你两个要干这些，点灯熬夜的考啥大学？"张远黎的话让我对最近的做法产生怀疑。"你俩随意折腾，要是靠这能挣哈钱，上班的人早都跑光了……"

"干脆你们两个到四川报个厨师学校，再上个大专，回来保证生意好。"李华光建议。

"皂你俩要真的想赚零花钱，皂我看到西安批发些呼啦圈圈哈能卖得很。"赵学兵冒出一句。

方媛捶胸顿足，连连后悔对这么大的商机竟然熟视无睹。

呼啦圈在凉城流行两三个月了。公园、学校、路边、商店，随处可见一些六七岁、十几岁甚至二十几女孩在玩呼啦圈。她们将直径约六十厘米、粗约三厘米的中空塑料圈往身上一套，两手端平，向左一甩，腰肢迅速扭摆，呼啦圈呼啦呼啦地绕着身子旋转起来。

方媛问我手头有多少钱，我报了数字。方媛摇摇头，又让他们把身上的现金全部奉献出来——总共二百多：李华光整一百，其他人合计一百多。

“我家里还有一百，应该够了——西安车票多少？”

谁都没去过西安，只能揣测。揣测的结果是西安比峰城远，票价很贵，最好不要去。

“再贵我都要去。谁要去就一起走，不去的明天就给我们请个假。”

大家看方媛动了真的，没人再敢嘲讽，只是极力劝方媛不要激动。

李华光咂了一片萝卜：“明天走不行吗？明天我再找几百……靠这些钱……”

“不是我说你方媛，现在有多少人想进地区单位都进不去。你放下好好的工作不干，胡折腾撒呢？你问泾平，他现在是不是想进城？”张远黎正色劝导。

“你根本不懂我要干什么。”

“做生意没有你们想的那么简单。生意人天天和生意人在一起，谈的就是赚钱。咱们呢？接触的不是教师就是学生，不是文件就是开会，哪哒有生意做呢？”

“第一个做生意的是谁教的？”方媛寸步不让。

“好好好，我说不过你。国家掏那么多钱，不是让大学毕业了都做生意的。不碰南墙不回头，你们两个到西安城墙上碰一圈子就清楚了。”

“碰十圈都行，总有一天要让你知道我没有错。”

……

杨执戈说古镇中学太远，来不及给我们请假，他一会负责洗碗洗锅。银行的柜台上一个萝卜一个坑，李华光每天中午只有三十分钟的吃饭时间。张远黎气呼呼地看着赵学兵，一句话都不说。

梁红刚挤挤他的小眼睛：“完咧完咧，你们两个是疯咧……到西安车站注意贼娃子，看回不来咧着。请假的事交给我，派出所有摩托，一个小时保证把假给你们请好。”

到达西安已是半夜。我俩在一家地下室旅馆花十五块钱要了两张床，眯了三个多小时。

　　早晨六点多，古都的喧嚣将我们从梦中惊醒。鳞次栉比的高楼和宽阔的街道，没有让我俩有多么惊讶；川流不息的车辆和古色古香的招牌，也没引起我俩多少羡慕。我们只是有点辨不清方向。

　　方媛向一家商店的老板打问康复路的位置，老板说了半天，我俩也没听明白。他拿出一张地图，伸出三根指头。

　　根据所在位置，沿尚俭路向南二百米，过五路口，有去康复路的公交车。

　　"尚德路、尚俭路、尚勤路、尚爱路，德、俭、勤、爱，人家这些都文化气十足。哪里像咱们，动不动就是东大街、西大街，南后街、北后街……"看着地图上的街道名，我和方媛对古都一连声的钦佩。

　　岂止是地名，满街都弥漫着七千年的悠久。十三朝古都的霸气，铺天盖地侵入我俩的肌肤。走在人行道上，如同走进一处无比博大的图书馆，浩如烟海的典籍俯视着我俩，像看不识字的小孩。

　　这应该就是城市的底蕴吧？

　　康复路上人山人海，摩肩接踵。各式各样的服装、箱包、皮具堆积如山，露天的摊位分四行延伸到长缨西路。三轮车拉着大包小包"唰"的一声从身旁经过，骑车师傅用刹把敲打着斜梁，嘴里不住的吆喝："看路、看路，小心，让一哈。"

　　我俩一边警惕环视，一边睁大眼睛搜寻，不敢多说一句话。从街南走到街北，从街北走到街南，再从街南走到街北，没有批发呼啦圈的。迷惑不解之际，第四军医大学门口，一间不起眼的铺面前，有一堆呼啦圈。

　　老板年龄和我们差不多。他说这些呼啦圈有三百多根，要的话二百块钱都拿走。我俩假装内行和他讨价还价，没说几句就露馅。老板动了恻隐之心。他告诉我们，呼啦圈在西安不流行了。这是他朋友的一点存货，卖不卖都行，不值几个钱。

　　"伙计，看你俩都是新手，额奏不日弄（哄骗、糊弄）你咧。呼啦圈你那地方估摸着也快么人耍咧，把这弄回去你奏毕咧。你跟你媳妇商量一哈，弄些衣裳保准窝也（好）。"

凉城的呼啦圈一根卖两三块，听说零售价的一半就是批发价。我们只筹措了三百多一点，盘算着批发二百来根大赚一笔。除去车费住宿的花销，剩下的钱能进几件衣服？

"这奏挣个小钱，养家糊口能行。要想组生意，你俩奏多带上些钱，至少得一千元。伙计我不骗你，衣裳赚钱滴很。你看我这门面不大，一年少说弄个十来万……"

想赚钱为什么这样难？

走到长乐西路，方媛释然："算了算了，都怪计划不周，谁想到是这么个情况，权当学习了。"

我想象杨执戈他们的取笑，甚至把谁说什么话都在脑子里过了一遍。

"这样回去恐怕不行，让他们几个……"

"管他们组撒？"方媛有了答案，"你还没明白？小打小闹成不了气候。要想赚钱，得找到适合咱们的路子。我相信芝麻一定会开门。"

芝麻一定会开门，阿里巴巴的宝库在哪里？

我是不知道。同一年，或者是同一天、同一时刻，有个师范院校毕业的同行，正背着麻袋，奔波在和康复路一样的批发市场：进鲜花、进礼品……他后来成立了一家公司，公司起名阿里巴巴。

时间不到十点，回凉城的夜班车下午五点才走。康复路口，我俩铺开地图，寻找钟楼、大雁塔、兵马俑……

"去看路遥吧，记得第一次在宿舍，她们说你青涩得像个小学生，嘴头子倒利索……"

"人家是著名作家，能见你和我？再说上哪找呢？"

"先找陕西作协，再打问他的住处，一定能找见。"

"咱们这点水平，跟人家差了好几十个台阶呢。说不上三句话怕就么撒说咧，要不以后吧？等回去好好研究一哈咧再拜见？"

"那就等下次，等我把小说写完，让他老人家看一哈……可惜三毛再也见不上了……"

　　……等下次……等不忙……等将来……等有钱……人生就是这样，多少梦想都在等以后的等待中等成永远。

"从这下去是兴庆公园，去这里转转？"

"公园有撒看的？还不是放大了的柳湖……西安交大！"方媛指着地图。

西安交大是国家重点大学，录取分数很高。既然来了，转转也无妨。方媛说她的一名同学在那里读大四，明年要考研。

沿樱花西道进去，我俩暗暗咋舌。古朴典雅、钟灵毓秀的校园环境自不必说，携书走过的学生，举手投足间流露出的贵族气质，让我觉得进了大观园，那片刚刚落下的树叶，好像都在默念"制芰荷以为衣，集芙蓉以为裳"，空气里处处散发着天地交而万物通的诗句。

见到她的同学，我瞬时愣住：这小伙，在哪里见过？

"田永刚——就是田包子。"方媛拉过我，指着玉树临风的青年。

"祁泾平，我们师专的，现在是我的搭子。"

田永刚的惊讶稍纵即逝，温文尔雅地伸出手，轻轻和我碰了一下。

田永刚请方媛吃羊肉泡馍。说实话，那羊肉泡馍实在太难吃了。怎么能用死面饼子呢？我们凉城的羊肉泡馍……就餐的学生悄无声息，我不好拿凉城的羊肉泡馍做对比。田永刚极力挽留方媛在西安多待几天，周日和他一起去临潼、华山……

方媛看着我："兵马俑和博物馆肯定是要去的……他的假不好请……再说我们回去还有别的事。"

西安汽车站北边的城墙裂开一个豁口，像磕掉门牙的嘴，走风漏气着城市建设的败笔。火车站醒目的"西安"二字，让我忍不住感慨：我还没坐过火车。什么时候能从这里出发，一路向南？

汽车驶出西安时，方媛几乎没有说话。她斜倚我的肩头，出神地望着古都的城墙。深灰色的城墙上飘荡着汉唐雄风，凌烟阁内激越着南征北战的豪情。虽然困得要命，我的脑海里一直闪现着西安交通大学的校园环境和田包子稍纵即逝的微笑。那微笑流露出一种须仰视才见的优雅，那种优雅，我恐怕一辈子都学不会。

伍贰

我俩编了个借口，把西安之行搪塞过去。他们没有详问。

没几天，赵学兵又找了个赚钱机会。

望台巷一户独院内，他把我们介绍给一位同龄人。

"这个事情美着呢，前几天我听了一下，肯定能赚钱。我在凉城认识的人太少，单位上又忙，要不我早都跟上弄去了。凭你们的实力，半年时间绝对能把十年的事情干下。"说完这些，赵学兵离去。

同龄人穿着蓝衬衣，打着蓝领带。他热情地和我们握手，脸上带着一见如故的微笑。仅仅几句话，我成了他失散多年的兄弟。

走进房内，里面坐着三四十人。正面的墙上是十六个红色大字：相信自己、创造奇迹，超越自己、超越极限。

一位二十六七左右，衣着时尚、身材高挑、艳若桃李的女孩正在调整幻灯机。

蓝衬衣用朝拜圣人的表情把我俩引见给女孩："这位是公司陕甘宁青新西北五省区业务总监白桃倩。白总监是复旦经济学博士，这几天刚好路过凉城……"总监向我俩微笑致意，目光既充满亲和力又隔着上万公里的神秘。

"这两位刚刚大学毕业，都是铁饭碗。他们不甘现状，对咱们的事业很有信心……"博士立即停下手里的活，拍着方媛的肩膀，安顿蓝衬衣要特殊关照我俩，最好让我们坐在第一排。

分享会开始，主讲人是蓝衬衣。

起初我以为他讲的是人类进化，后来他讲的是人类健康，最后听明白他讲的是人类睡眠。

睡眠不好，会引发各类疾病，容貌衰老、情绪恶化、夫妻关系紧张、工作效率低下……

如何解决呢？70年代初期，日本数百位科学家经过十几年的研究，终于发明一种磁性床垫。短短的几年时间，日本人均身高增加五厘米。这是一张优质的、符合人体学原理的、面向21世纪的智能仿生高科技床垫。

幸亏我自小见过父亲给患者把脉看病，了解一些医学知识，要不我真就相信了。

日本技术、澳洲原料、美国监督、德国生产……这种床垫价格不菲，中国大陆很多人没有能力消费……但是，他们公司引进了这种床垫……

普通人能购买这样的床垫吗？购买这样的床垫会带来哪些神奇的变化呢？陕甘宁青新西北五省区业务总监粉墨登场。

她先是陈述，渐渐成为演讲。

这是一种传奇的销售模式，迅速使美国和日本摆脱二战后的经济萧条。无数贫困者、无数低收入家庭，成为百万富翁、跻身上流社会。传奇的灵感，来自一个不起眼的故事：阿基米德和国王下了一盘棋。古希腊文明孕育了欧洲文明，两千年后，它又给不甘平庸者最后一次机会。这种机会百年不遇，一百年后，你又在哪里？

"我要扼住命运的喉咙，它绝对不能使我屈服。"

"每一个成功者都有一个开始。勇于开始，才能找到成功的路。"

"机会每个人都有，但更多的人放弃了它。"

……

排比句、反问句、设问句、祈使句、感叹句……演讲妙语连珠、舌灿莲花。各类句式和名人格言的恰当运用，适时的停顿和以身示例，语惊四座，振聋发聩。整齐划一的掌声和铿锵的口号，让人心潮澎湃、热血沸腾。

当即有人掏钱购买床垫；有人钱不够，放下五十押金，三步并作两步回家取钱；有人没有押金，千叮咛万嘱咐给自己留个名额，他立即马上一定来……

这是我听过的最蛊惑人心的演讲。我承认，即使我练习二十年，也达不到这样的高度。

蓝衬衣递上一瓶健力宝，问我俩认购几套。方媛说容她想想。蓝衬衣说你们刚毕业，经济上不是很宽裕。趁业务总监在，他去请示一下，可能会适当优惠。

走近业务总监旁，蓝衬衣俯首耳语，侧身目示。总监依旧隔了上万公里，飘过蒙娜丽莎的微笑。

"总监同意，三天内购买就行……她原来是外交部的翻译……才做了半年，就有一辆捷达……"

捷达十八万，我得干二百年。

"我们回去借钱。"方媛找了个托词。

蓝衬衣使劲同我握手，用孩子信任父母的眼神盯着我和方媛："我相信，你们一定会成为咱们团队中最优秀的……"

出门后，方媛说她不知道什么是几何倍增，不过每个人都发展下线，最后谁发展谁？

那么多人、那么多钱，前景应该不错。我劝方媛不要忙着下结论，先考虑考虑再说。为避免张远黎他们笑话，我拉着她咨询潘虎鸣。

潘虎鸣瞪着牛铃眼睛，偏着头将我一顿臭骂："你把书念到脚趾头上咧吗？还大学生呢。钱那么好赚，全国人民都发展下线去了，还上撒班呢？让你辅导学生呢，你又不敢。那你在我们公司当业务员来，要不就买份保险，帮我完个任务。"

我没有买保险，也没有当业务员。不过潘虎鸣的业务越来越好。十年后，他成为部门经理，收入是我的几倍。每逢同学聚会，都是他主动买单。

陕甘宁青新业务总监失望了，我和方媛没有加入他们的团队。赵学兵也认为我们放弃了一次成为李嘉诚的机会。

"皂我看你两个是真的想赚钱呢……皂算喽，哪天请兄弟们吃饭。"

他最后一次请我们，是在过店街的半间屋。那次有两桌师专同学。酒过三巡，菜过五味。他举起酒杯、涨红着脸说："兄弟的副科批下来了……刚五年……以后有撒事你们就言传……来，干咧……"他极力掩饰内心的激动，但表情和语气又忠实的暴露了他的喜悦。

我对干部的级别已有概念，由衷的替他高兴，又对他的后半句话心底不服。一个乡镇的副科级，能给教书上课帮上什么忙？

他成了副科之后，语速逐渐变的缓慢，也不再邀请我们小坐。偶尔聚会，心事重重，仿佛他知晓了地球要毁灭的具体时间。再以后，我们的活动他很少能来。街头遇见，我洋溢出热情的笑容，他却用平静的目光质疑：我们有那么熟吗？

某次文学酒会，他由主办者陪同挨桌碰酒。我正要向他问好，他似笑非笑，游目众人，只等主办者开口，并不接触我友谊的目光。主办者先介绍他："这是某某局的赵局长。"我同众人起立以示致意。他平抬双手，掌心向下，十指略动，缓缓吐出两个字："坐，坐。"主办者又逐一介绍我们。他轻轻点头，慈悲满怀的伸出右手。那情形恰如教皇的手拂过信徒的前额，经他这轻轻一握，对方绝对妙笔生花，灵感不断。我不是基督徒，对教皇不崇拜。轮到我时，我站起来向主办者合掌答谢。然后拱手点燃一根黑兰州，自言自语："这烟怕贵着呢，一盒十六？"他伸出的手僵在半空，差点收不回去。

友谊的小船翻了。

再几年，他又有新的故事在同学中流传。受朋友之邀，结合好几个人的事例，我写了篇短文。

> 同学赵某，高中一班，大学同届。
>
> 豪放不羁，待人以诚，义气相投，故为挚友。
>
> 学成归来，吾为教师，其入仕途。
>
> 三日五天，常聚常聊，酒醉天明，粪土王侯。
>
> 后升副科，话语渐少，虽亦聚会，官气初显。三月半年，不常相见。
>
> 旋至正科，抑或副县。
>
> 同学聚会，邀请渐难。偶有赴宴，迟来早走；电话过去，嗯啊哼哈，几句敷衍。
>
> 街头邂逅，远远站定，脸笑眼直，颔首致意，似与你千里之遥。
>
> 待你越过马路，方才淡定伸手，轻轻一握。及你问候，其口略开，英气逼人。
>
> 同学叙旧，无人再约。间或谈起，皆言该伙伴见人冷淡，你不搭话，他无反应。你若问候，总有巴结之感。
>
> 三年五载，我小醉小乐独木桥，赵某鹏程扶摇阳关道。或一乡诸侯，威震村野。或某局首脑，权倾半城。
>
> 街头再见，赵视吾等如路人甲，吾等视赵为路人乙，南极赤道两重天。
>
> 前日忽然来电，邀吾一聚。吾甚惊讶，仔细辨听，知是其人。问有何事，赵言无他，但叙旧耳。

其言切切，其情戚戚。始知现被闲置，已回原形。官场朋友，唯避之不及。今心惨然，叙旧云云。

忆及昔日种种，吾笑而应允。出门看天，天空飘来九个字：离开位置，你屁都不是。

伍叁

以后的日子我还去找方媛，她也来找我，我俩依旧探讨做什么生意好。无论是规模超级大的餐厅舞厅服装店，还是一般规模的酿皮醪糟饸饹面，抑或是夜市上的袜子裤带牛仔裤，都因资金、时间、精力、技术等原因一一放弃。

某天黄昏，我和方媛又去兜风。

斜阳疏落十里长街的国槐树影，满天的余晖毫不矜持的渲染晚霞的绯红。

方媛又在哼哼。

> 细雨带风湿透黄昏的街道
> 抹去雨水双眼无辜地仰望
> ……

我在前面骑车子，却能看到后座上的方媛，能看到她白色的长裙和黑色的秀发在微风中轻扬，能看到她在黄昏的温柔里，是怎样的一幅美丽。

凉城二中的校门上悬挂着一条横幅：冷静思考，谨慎答卷。

"今天高考？"我问。

"昨天开始的……"

"7月8日？毕业一年了……"

"我两年……"

每个参加过高考的人，对这个特殊的日子都有某种说不清道不明的情愫——这三天，改变了多少人的命运？

"咱们现在还能参加高考吗？"方媛问。

"拿撒考呢？我忘光了……"摊丁入亩、四大洋流、排列组合函数向量，too、also、as well、either的应用，高考结束的那个下午，我永远地和它们说了再见。

"研究生好考着吗？"

"你要考研究生？"

"研究生可以重新分配工作，我想选个四方走遍的职业……做生意……要和生意人接触呢……张远黎说滴对着呢……咱们那是在闭门造车。"

我没有吭声，让车子顺着312国道向前滑行。

沉默半响，方媛又问："你考吗？"

"我带毕业班，要是走了，学生的课怎么办？"

"你只是个教师，又不是上帝。"

我不再吭声。夕阳的斑驳里，我俩的影子忽明忽暗。东边天际，有云缓缓升起。

7月25日，陈登科的孩子过百天。他在家里摆了流水席，每席开四桌，总共三席。

把客人打发完，已是晚上。我们躺在土炕上，喝酒拉闲，等着看两点奥运会开幕式。

邓亚萍、王义夫肯定能夺冠；冷战结束，美苏不可能像莫斯科、洛杉矶奥运那样互相抵制；许多新国家诞生，全体奥委会成员都报名参加；第一次采用数字电视向欧洲转播……这是一次值得期待的开幕式。

巴塞罗那风景优美，柳湖春酒甘爽绵甜。喝着喝着，大伙都有点迷糊，彼此的说话声越来越小，大土炕的温暖最终使我们沉沉睡去……醒来时，电视机里传出主持人激越的声音：中央电视台，中央人民广播电台，第二十五届奥运会实况转播就到这里，观众朋友们，听众朋友们，再见……

第二天走的时候，陈登科大腿一拍："方媛怎么没来？"

潘虎鸣牛眼斜翻："还惦记撒呢？明年你们娃都跑地腾腾呢（小孩会走路了）。"

陈登科的孩子很快健步如飞。考上大学那年，陈苏村沸腾，祝贺的人络绎不绝。他在家里摆了流水席，每席二十桌，共五席。

"我们娃是庄里第一个考上复旦大学的。"

潘虎鸣牛眼微醉："要不是你当村主任，能有这么多人？"陈登科没有解释，他要去村口接一位重要客人。

"这人是复旦大学的教授，咱们凉城人，我通过关系认识的。娃上学有朋友照应我就放心……你们几个坏怂等一会儿替我把人招呼好……"

人来了，我一眼就认出了他——田包子！他没有认出我。

马永恒咧嘴一笑："我就知道，我就知道……"他知道个撒？他刚知道在城里开连锁店！

八月，我陪父亲回镇县老家。立秋过后，再去找方媛，方媛消失了。

她家的门老锁着。单位的大姐说方媛请假了，方媛停薪留职了。

"这女子不知道咋想着尼，这么好的工作还想着跳槽。"她挑着毛衣，言语间流露出一生都无法明白的迷茫。

向梁红刚他们打问，几个人的回答如出一辙：天天和你在一起，你这会来问我们？说，你把人家怎么了？

又去她家，房门久敲不开。走到楼下，仰望五楼窗户，听不见方媛咯咯咯的笑声。

有人说方媛考研了，有人说她去外地做生意了。

有人说……

有人还说……

潘虎鸣结婚，张远黎、梁红刚、杨执戈和李华光作为娘家人受到邀请。大家都有点愕然，感慨凉城真是个大城市。数年前一中打架，张远黎和杨执戈也在文科班参加联欢会。围追堵截我们的队伍里，他俩也跑得气喘吁吁。

"方媛呢？你把方媛领哪去了？"潘虎鸣夫妻问。

好多同学把目光聚集在我身上，仿佛方媛就藏在我的上衣口袋里。

"把你个囊棒（笨蛋）……"潘虎鸣翻着牛铃大眼。

我真有点囊棒。潘虎鸣娶到方媛的同学时，我却不知道方媛在哪。

"让你领上到我们陈苏来呢，你偏偏不来。看领地不见了吗？"陈登科对陈苏之邀记忆犹新。

潘虎鸣又翻牛眼："还惦记撒呢？你的娃都跑地腾腾呢。"

"我就知道，我就知道。"马永恒到底知道什么？

师专同学聚会，大家会偶尔提起方媛。个别人煞有介事的说我被方媛抛弃……她又成了高中时的女孩。

时间在不经意间流逝。大家以为只是过了几天、几周时，岁月的杀猪刀在每个人脸上偷偷割了无数伤疤。

奥运会将在北京举行。只是从2000年向后推迟了八年。

电信局门口，人们排着长队交钱，要求给家里安一部固定电话；电话安装班里压着厚厚一叠工作通知单；叼着纸烟、屁股上别着改锥的工人师傅，从鼻孔里哼出几个字：早着呢，得等一个月。很多人随身携带两寸见方的笔记本，里面写着亲朋好友的电话号码。街道上、医院里、厕所门口，有人踱着方步、捂着耳朵高声说话，面带傲视群雄的优越，辅以不容置疑的手势。傲视群雄的人愈来愈多，报纸电视上又规范出许多接打移动电话的礼仪。包工头有了私人汽车……

仿佛一眨眼的功夫，延续几千年的鸿雁传书被大哥大、二哥大和固定电话逼出历史舞台。有人撰文怀念书信，书信的速度很慢，思念的距离却很近。收到书信的人，也可傲视群雄——你还能接到手写的书信。

某年、某月、某日，我收到一封信。红蓝相间的航空信封上是娟秀的汉字和英文，右上角的几枚邮票上印着三座金字塔和一架凌空而过的飞机。

打开信封，一张照片翩然眼前。

方媛着一身蓝色牛仔服，黑色皮靴显现她的挺拔。凝脂点漆的脸上戴了副墨镜，上扬的嘴角是一丝自信的微笑，白纱巾和着长长的秀发随撒哈拉的热风轻舞，远处的狮身人面像清晰可见……

照片背后，有两行字：

> 小伙，一切安好？
> 我在尼罗河，你人在哪里？

透过西郊大的天空，乞力马扎罗山的雪在阳光下熠熠发光，齐秦略带沙哑的歌声轻轻飘过。

> 我听到传来的谁的声音
> 像那梦里呜咽中的小河
> 我看到远去的谁的步伐
> 遮住告别时哀伤的眼神
> 不明白的是为何你情愿
> 让风尘刻画你的样子
> ……

2016年10月30日